脇坂副署長の長い一日

真保裕一

集英社文庫

目次

主な登場人物

賀江出署

署長　菊島基

副署長　脇坂誠司

- 警務課　課長　梶谷崇
  - 上月浩隆
  - 小松響子
- 刑事課　課長　猪名野尚嗣
- 生活安全課　課長　福山利一
- 交通課　課長　寺中幹雄
- 地域課　課長　有賀芳樹
  - 仙波元康
  - 鈴本英哉

脇坂家

妻　有子

娘　(児玉)由希子

息子　洋司

娘婿　児玉康明

県警

刑事部　部長　赤城文成

刑事総務課　課長　保利毅彦

脇坂副署長の長い一日

プロローグ

0:25

いったい何が起きたのか。

久しぶりに使った実家の鍵を握りしめ、由希子《ゆきこ》は誰もいないリビングで立ちつくした。

「お母さん、上で寝てる？　どこか悪いの、ねえ？」

由希子は三たび階段の上へ呼びかけた。やはり返事はなかった。

日付が変わろうとする深夜だったし、突然の帰宅でもあった。こんな時間にゴメンね、ちょっと帰ってきちゃった。神妙そうな声を作って言ったが、家の中は静まり返ったままだった。

首をかしげながら玄関を上がると、理解しがたい光景が待っていた。

いや……そもそもタクシーを降りた時から違和感はあった。この深夜に、門扉がほぼ全開になっていたのだ。

だらしないにもほどがある。洋司《ようじ》がまたコンビニへでも出かけたのだろう。何たる防犯意識の低さか。警察官の自宅がこのザマでは示しがつかない。また説教してやらねば……。そう心に決めながらパンプスを脱ぎ、明かりのついたダイニングへ歩くと、テーブルに食べかけのカップ麺と箸が置かれたままになっていた。

これまた洋司だ。腹立たしい思いで、一年前まで自分の席だった椅子を引いてバッグを置いた。ところが、カップの中を見ると、麺はまだたっぷりと残り、ぐだぐだに伸びきっていた。

この時点で次なる疑問に襲われた。

カップに手をそえると、まだ温もりが感じられた。夜食を残してコンビニへ走るとは考えにくい。では、どこへ出かけたのか。門扉を閉め忘れるほどの大急ぎで……。

首をひねってシンクをのぞくと、夕食の食器が洗われずに置いてあった。ご飯茶碗はふたつ。赤と緑。家族四人で金沢へ旅行した時の土産物で、母と洋司の色だった。

あの几帳面《きちょうめん》な母が、夕食の後片づけもしていない。

そこで二度目の呼びかけをした。お母さん、どうかしたの、調子悪いの、と。

またも返事はなし。人の気配もしなければ、物音ひとつ聞こえてもこない。

由希子は鍵を握ったまま、明かりの灯《とも》るリビングへ歩いた。すると、ここでもガラステーブルの上に開きかけの夕刊が置きっぱなしになっていた。

家には誰もいない。門扉はほぼ全開。食べかけのカップ麺と食器が残され、夕刊も開きかけ。乗組員が消えてサルガッソー海をさまよう難破船かと思いたくなる。

まったく、もう……。

一人で呟《つぶや》き、ダイニングへ戻ってバッグからスマートフォンをつかみ出した。腰に手を当て、洋司に電話を入れる。

呼び出し音が続いたが——出ない。電源が入っていないか、電波の届かないところにいる、と音声メッセージが返ってきた。

あのバカ。どこで何をしているのやら。

食事の後始末もできない親頼みの甘ちゃんだから、就職に失敗するのだ。ゼミの教授に泣きついて、もう一年大学に残る道を選んだらしいが、母親に頼りきったマザコンの半人前では、この先の展望も怪しいものだ。

生憎《あいにく》と、母の携帯に電話を入れても、出なかった。母まで何をしているのだ。

由希子はあらためて家の中を見回した。シンクに食器が残されていたので、母にとっても急の外出だったと思われる。洋司一人が残り、日付が変わるころになってカップ麺を食べようとしたが、門扉を閉め忘れるほどに慌てて家を出ていった……。

そこでようやく思い当たった。

母と弟が夜中に家を空けているのだ。もしや、父に何か——。

幼いころの記憶が甦《よみがえ》る。夜中に電話が鳴ると、母はいつも身を震わせた。固く目をつぶって息を整えてから祈るようにして受話器を手にした。その姿を見て、父の仕事の重みを子どもながらに感じたものだ。

今はそこそこ管理職になり、そのうえ部下のミスで責任を取らされたとかで、父は現場の第一線を離れた。とはいえ、仕事柄、何があってもおかしくはなかった。

由希子は家を出たし、夫も父と同じ仕事に就く。大した怪我《けが》でなかった場合、わざわざ夜中に娘夫婦を心配させたくない、と母なら気を回しそうだった。

壁の時計を見上げた。午前零時二十八分。

再びスマホを握った。電話に出られないという状況も考えられたが、部下が私用の携帯を預かっているかもしれない。

辺りを歩きながら、長いコール音を聞いた。電話がつながった。

「どうした、こんな時間に」

いつもの不機嫌そうな父の声だった。

拍子ぬけして返す言葉が出てこなかった。

「おい、何でこんな時間に電話してくる。康明《やすあき》君に何かあったのか」

「そうじゃないの、ごめんなさい」

「だったら何だ。心配させるな。おかしな時間に電話してくるやつがあるか。警察官の妻たる者が、夜中においそれと電話なんかかけてくるんじゃない」

頭ごなしの苦言。いつものことだ。仕事が最優先。家族は二の次。

物心ついた時から、脇坂《わきさか》家はほぼ母子家庭だった。お父さんは世の治安を守るため日夜走り回っている。だから我慢しなさい。母の決まり文句は耳タコだった。絶対に警察官とは結婚するまい。そう胸に誓ったはずなのに……。

康明の仕事を聞かされた時、由希子は目眩《めまい》を起こした。〝うちの会社〟という言い方を、素直にそのまま受け取っていた。驚きのあまり問いただすと、よりによって父と同じ県警だとわかり、茫然自失《ぼうぜんじしつ》となった……。

もしかすると運命ってやつかな。そうささやいてきた康明の笑顔にだまされたようなものだった。

今さらながらに唇を噛《か》む。悔しさに任せて由希子は言った。

「お母さんがいないのよ。洋司も帰ってないし、こんな時間に。どうなってるのよ、この家は！」

「待て。今、うちにいるのか？」

憎らしいまでに落ち着き払った声で問いつめてくる。

父は腹立たしいほど慌てない。警官が取り乱しては、周りに動揺を与える。その信念を超えた覚悟には、ほとほと頭が下がる。

由希子が九歳の秋だった。自転車ごと配送用の軽自動車にぶつけられたと、母から電話を受けても冷静に怪我の具合を確認した。十年ほど前、洋司がバスケ部の試合中に腕と指の骨を折った時も、窃盗事件の捜査で現場を離れられないと言い放ち、病院に来もしなかった。母が子宮筋腫の手術を受けた際、病室につき添ったのは由希子だった。筋金入りにもほどがある。

「何があっても、電話はするなって、お父さんは言うわけなのね。リビングの明かりはつけっぱなしで、門も開いてた。二人の携帯にはつながらない。てっきりお父さんに何かあったと思うじゃない。問い合わせたら、いけないわけ！」

「冷静になれ。おれに何かあれば、まず康明君に連絡が行く。警察官の妻なら想像つくだろ。疑問を感じたのなら、なぜ康明君に電話をしなかった。したくない理由でもあるのか」

冷静かつ鋭く、またも要点を突いた指摘を浴びせてくる。

由希子が黙っていると、父の声が低くなった。

「あきれたな。喧嘩《けんか》でもして戻ってきたのか」

警察官の妻が、たかが夫婦喧嘩ぐらいで家を空けるとは何事だ。その先の説教を聞きたくないので、由希子は言った。

「お父さんは家族を心配したこと、ないみたいね。十二時をすぎてもお母さんが帰ってきてないのよ。食器も片づけてないし、夕刊も開きっぱなし。誰だって心配するでしょ、普通は。——ああ、そうなのね、確実に失踪したって証拠がないと動けないってわけか。そんなふうに警察の腰が重いから、世間の批判を浴びてるのがわかってないみたいね」

「まだ終電前だ。友人と酒でも飲んでるんだろうよ。官舎に寝泊まりしてる夫に、わざわざ家に帰るのが遅くなるって連絡する意味がどこにある」

「二人とも電話に出ないのよ。誰が見たって、おかしいじゃない！」

「騒ぐな。洋司だって二十歳を超えた大人だ。友だちから飲みに来いと誘われて出かけたのかもしれないだろ」

「証拠を出せ。誰が見てもわかる被害はあるか。はいはい、どんな可能性だってありえるわよね。何かあってからじゃ遅いっていうのが、どうしてわからないのかしら。一一〇番じゃなくて、わたしは家族に電話してるのよ！」

「それより、おまえだ。康明君はおまえが実家に戻ったことを知ってるんだろうな」

「もういい、聞きたくない。頭の固い警察官と話してると、こっちまでおかしくなる！」

腹いせにスマホの画面を強くタップして、電話を切った。

ソファに腰を落として息を整える。酸欠になりそうだった。

いつまで待っても、父から折り返しの電話は来なかった。熱が冷めるのを待つほうが得策。そのうち娘の夫から電話がくる。そう判断したのだ。もしかすると、まだ仕事中だったとも考えられる。あの人は二十四時間、警察官であろうと肝に銘じ、日々を生きている。

壁の時計を見上げた。

十二時半。母も洋司も帰ってこない。

この家はどうなっているのだ。

由希子は横に置いてあったクッションをつかみ、廊下に向かって投げつけた。

4:05

現場は見通しのいい、ゆるやかな右カーブだった。

県道五十七号線。賀江出《かえで》の市街地から、おおよそ十キロ西。南側に幅一メートルの用水路が走り、奥には田園地帯の闇が広がる。北は畑と雑木林で、街灯の数は少ない。かろうじてセンターラインが見えている。

この県道を通りかかった第一発見者から一一〇番通報が入り、通信司令部を経由して賀江出署に出動要請がきた。大破したバイクが転がっている。破片が散らばり、通行の邪魔だ、と。

司令部の通信係は、現場に残ってもらえるかと通報者に依頼したが、帰宅してから電話をかけてきたのだという。名前は確認ずみで、通報者が飲酒運転をしていた可能性は薄そうだった。

「うわぁ、けっこう派手に飛び散ってますね」

「あまり近づけすぎるなよ」

川添博《かわぞえひろし》はハンドライトを用意し、運転席の小宮山達男《こみやまたつお》に指示を出した。

倒れたバイクをヘッドライトで照らせる位置に、パトカーを停車させた。ドアを開け、闇に包まれた県道に降り立った。まずはハンドライトで路上を照らした。街灯から遠いため、スリップ痕の確認はできなかった。

「用水路を端から見てくれ」

「了解です」

五十ccクラスのスクーターだった。右側を下にして倒れ、歩道の縁石に後輪を乗り上げていた。スピードを出しすぎてカーブを曲がりそこねたか。フロント・フェンダーとライトの周辺部が砕け、破片が飛び散っていた。

「こちら賀江出4号車の川添です。現着《げんちゃく》しました」

無線で署の通信係に報告を上げた。

「こちらPS。現状報告してください」

「通報どおり。バイクの転倒です。辺りが暗く、路面痕跡はよく見えません」

「ナンバーの確認を願います」

「……賀江出、えの3862。くり返します――」

カーブを曲がりきれずに転倒したとなれば、運転者がスクーターから振り飛ばされた可能性はある。それでも第一発見者は現場を走り去ってから通報してきた。となれば、第一発見者の事故への関与も、頭の隅に置いておいたほうがいい。

接触や挑発の末にスクーターが転倒し、怖くなって逃げ去った。が、相手の身が案じられて、警察に通報した。深夜の田園地帯で民家は遠く、目撃者はいなかった。現場から離れてしまえば、自分との関係を証明できるわけもない。

「用水路にはいませんね」

「左のほうから田んぼを見ていってくれ」

若い小宮山に声をかけて、川添は用水路を飛び越えた。田植前で水の張られた田んぼにライトをめぐらせた。人影はどこにも見当たらなかった。

「助けを求めに行ったんですかね」

そう考えるのが最も理にかなっていそうだ。転倒して飛ばされたものの、歩くことはできた。携帯電話が壊れでもして、人を呼ぶ手立てがなく、徒歩で現場を離れるほかはなかった。

「こちら現場の川添です。運転者は見当たりません」

無線に告げたが、待っても返事はなかった。

「こちら川添。PS、応答願います……」

通信係が意味もなく無線の前を離れるとは考えにくい。別の通報でも入ったか。

四度目に呼びかけて、ようやく返事があった。

「……こちらPS。現場の捜索を続行願います。運転者の捜索を続けてください。こちらからも応援を送ります」

声がにわかに緊張していた。単なる転倒事故に応援を出すとは普通ではない。川添も声に力をこめた。

「運転者の氏名が判明したのでしょうか」

「川添君、落ち着いて聞いてくれ」

無線伝達の口調ではなくなっていた。見当がつく。スクーターの登録者が、よほどのVIPだったのだ。

「……該当車の登録名義人は、スズモトミチヨ。鈴本英哉《すずもとひでや》の母親だ」

無線を持つ手が震えた。

「うちの鈴本ですか？」

「そうだ。電話を入れたところ、母親は自宅にいた。スクーターを使っていたのは、おもに鈴本英哉のほうだったという」

――何てこった……。

鈴本英哉。地域課三係で最も若い巡査部長。

警官が、管内で深夜に事故を起こし、現場を離れた。しかも署には一切、報告が入っていない。

逃げた――わけなのか。

新たな人員を出すのは当然だった。大問題になりかねない。

今日は、賀江出署にとって特別な日なのだ。多くのメディアが署に押し寄せる。県警本部から大物幹部が来る。地元の代議士も顔を出すと聞いた。その日の夜明け前に、署員の一人が事故を起こしながら、報告もせずに現場から立ち去った。

なぜだ。疑問が胸を埋める。

そうか……思い出した。だから逃げたわけなのか。

目も当てられない立派な不祥事だった。辺りの闇が濃くなった。すぐ近くの足元で、カエルが悲鳴のような声で高らかに鳴いた。

「川添先輩。何かあったんですか？」

ハンドライトを手に小宮山が近づいてきた。

これは……大変な一日になる。脇坂副署長の怒鳴り声が署内に響き渡るはずだ。

あの人は次の異動で現場に戻りたいと考えているため、巣穴から出たばかりのヒグマに負けじと、いつも目を爛々《らんらん》と光らせていた。敵対派閥の署長が上に来たので猫を被った振りをしているが、緊急事態となれば豹変《ひょうへん》し、自慢の杵柄《きねづか》をぶんぶん振り回して、現場は尻をたたかれる。

「小宮山、夜勤明けでも、今日は帰れないと思え」

「はあ……？」

署に嵐が吹き荒れる。今から覚悟しておいたほうがよさそうだった。

第一章　消えた警官

4:35

耳元で電話がうるさく鳴っていた。

官舎の狭いワンルームはまだ真っ暗だった。脇坂誠司《せいじ》は携帯電話に手を伸ばし、時刻と着信表示をチェックした。横になってまだ二時間。署の通信係からとわかり、寝不足の頭に血が上る。

「……脇坂だ、どうした？」

「当直の折本《おりもと》です。こんな時間にすみません」

声が上擦っていた。不測の事態だ。ベッドの上で跳ね起きる。

「事件か事故か、どっちだ」

「それが……末宮《すえみや》町二丁目の県道五十七号線で、スクーターの転倒事故が発生しました」

たかが転倒事故で、なぜうろたえる。新人の当直でもあるまいし。

そうか、被害者がＶＩＰなのだ。一気に眠気が吹き飛ぶ。

「誰が事故った？」

「……登録名義人はスズモトミチヨ、五十二歳。うちの地域三係……鈴木英哉の母親でした」

なるほど、身内の事故か。不幸を仲間に伝える役目はつらい。

鈴木英哉、二十五歳。高卒の任官で、丸六年の経験を持つ。秋の異動で、賀江出署地域課に配属された。数年前に寮を出て、今は母親との二人暮らし。

「……死んだのか」

「あ、いいえ、それが……現場付近に運転者はいませんでした。名義人に連絡を取ったところ……本人は在宅しており、主に使っていたのは息子のほうだと……」

「おい、待て。事故を起こしたのは鈴木だったのか」

反射的に背筋が伸びた。嫌な汗が脇を伝った。

「いえ……現場には誰一人見当たらず……。ただ、スクーターはかなり損傷していて」

「待てよ、待て。確か鈴木は、インフルエンザだったよな……」

昨日の会議で報告を受けていた。季節外れのインフル罹患者《りかんしゃ》が地域課で出た、と。あの鈴木だと聞き、何となく納得していたのだった。

「はい……しかし、医師による出勤許可の証明書はまだ届いていません」

インフルエンザと診断された者は、発熱から五日を経ないと、出勤が許されない。署の規則で、医師による出勤許可日の証明書を提出する決まりだ。

「おい、まさか鈴本に連絡がつかないと……」

「はい、電話に出ません。今GPSで追跡しています」

「遅い！　まだ結果は出ないのか」

署員の携帯電話はすべて番号と機種を把握してあった。GPS機能を使えば、現在位置が特定できる。

電話の向こうで誰かが叫んでいた。署内の慌てぶりが伝わってくる。

「……副署長、ダメでした。電池切れか故障か……。GPS機能をオフにしたとも考えられます」

冗談を言うな！　のど元まで声が出かけた。誰も冗談など口にしていなかったし、折本警部補のミスでもなかった。

「えー、母親によると……インフルエンザを移したくないので、友人宅に泊まると……」

ベッドマットをたたきつけた。ついに、恐れていた時限爆弾が炸裂《さくれつ》した。

鈴本英哉は、署内きっての要注意人物だった。

警察学校の成績は優秀そのもの。が、柔剣道と逮捕術はからっきしで、持久走も最低ランク。頭はそこそこ切れるが、体力はない。近ごろ目につくタイプの若者と言えた。

最初に配属された米本《よねもと》署の地域課での勤務評定は、C。可もなく不可もなく。命じられたことはそつなくこなすが、指示待ちの典型。この五年、職務質問による不審人物摘発の実績は一度もない。大きなミスの記録もない。巡査部長昇任試験に合格できたのは、そこそこ成績がよかったからだと思われる。

ただ——問題行動の兆しがあった。

三年前、県内のアニメショップで万引きが続発し、フィギュアと呼ばれる高額の人形が次々と盗まれる事件があった。防犯カメラの映像が調べられ、そこに鈴本が何度も登場した。常連客の一人だったのだ。が、人の趣味にとやかくは言えず、上司がやんわり注意するにとどまったと聞く。

署内の飲み会には、まず出席しない。強引に連れ出しても、酒を口にするのを拒み、すぐ帰りたがる。米本署の地域課では、彼の扱いに困り果てた。面倒を嫌う署長が県警本部にかけ合うこと二年、昇進を理由にして、やっと追い出しに成功した。

その情報を、菊島《きくしま》署長が聞きつけてきた。鈴本の配属前から、決して注意を怠るな——そう厳命された。鈴本に、文字どおり鈴をつけろ、と。

脇坂は杞憂《きゆう》にすぎないと考えていた。鈴本の働きぶりは、決して悪いものではなかった。遅刻や欠勤はゼロ。書類にミスはない。緊急の呼び出しにもすぐ駆けつける。深夜のパトロールも滞りなくこなしていた。

己の甘さを知った。そら見たことか、と署長が目をむくだろう。

落ち着け。こういう時は深呼吸だ。

瞬間湯沸かし器は軽蔑される。省エネに長《た》けたインバーターエアコンがもてはやされる時代だ。上司もしかりで、調整能力がものを言う。いくら怒鳴りつけようと、最近の若い者は動いてくれない。理屈で説いて納得させないと、不平ばかりをつのらせる。

「現場に人を増やせ。非番の者を片っぱしから呼び出して、鈴本を追わせろ。初動にかかっているぞ。心してかかれ！」

「しかし副署長……。鈴本を捜すにしても、署員に事情を告げねばなりません。いずれ……噂《うわさ》が広まります」

自明の理だ。当然そうなる。人を集めて現場へ送れば、今日のイベント警備にも影響が出る。

黒いシミの浮き出た天井を睨《にら》み上げた。何という日に問題が起きたのだ。

今日あと五時間ほどで、一人の女性アイドル歌手が賀江出署に来る。春の交通安全運動のスタートを飾る一日署長のイベントが開催される。

脇坂は名前も知らない小娘だったが、管内の小中学校を卒業しているとかで、一日署長を地元で務めたいとブログか何かに余計なことを書きつけたらしい。マスコミ受けを狙う県警本部の点取り虫が目敏《めざと》く気づいて出演を打診し、トントン拍子で今日のイベントが決定した。実績を積み上げたい署長は、一も二もなく話に乗った。

地元出身のアイドルが華々しく凱旋《がいせん》する。

連日、メディアからの問い合わせが殺到した。この一週間、署を挙げての対策会議に明け暮れた。昨夜は、署を出たのが午前一時半。官舎に帰ったあとも、警務課で用意した署長のスピーチ原稿に手を入れ、三時前に寝たばかりだ。

何の因果か、その日に限って……。

「鑑識作業を急がせろ。第一通報者にも話を聞きに行かせたろうな」

「あ、そこまでは、まだ……」

「馬鹿者。交通捜査の尻を蹴飛ばせ。鈴本の母親には、おれが聴取に出向く。いいか、イベントのスタートまでに片をつけるぞ、そのつもりで動け」

今日は取材陣が大挙して署に押し寄せる。県警記者クラブからも人は来るのだ。下手に動けば、署内の慌ただしさに気づかれる。どこまで捜索班を拡充できるか。ここは腹をくくるしかなかった。

「現場に可能な限り、人を回せ。特A配備と同じ態勢を取らせろ」

「そこまでやって、大丈夫でしょうか……」

「いいから、やれ。責任はおれが取る」

「わかりました。あとは……お願いいたします」

何をお願いされたかは、嫌でもわかる。

4:47

狭いシンクで顔を洗った。両手で頬をたたきつけた。その勢いに任せて、署から支給された携帯電話のボタンを押した。長いコール音を聞き、電話がつながった。

「……早朝から申し訳ございません、脇坂です」

「まだ五時前じゃないか。こんな時間に何だね」

ひそめた声が巻き舌気味になっていた。早くも苦言のニュアンスがにじみ出す。

菊島基《もとき》。歳《とし》も年次も四つ下だが、百二十人ぬきで警視正に昇進し、周囲を驚かせた男。東京の国立大卒とあって、キャリアでもないのに能吏《のうり》を気取りたがる。県の幹部職試験にも合格しながら、あえて警察の職を選んだとの噂があった。身形《みなり》には気を遣い、いつもオーデコロンの香りを周囲に振りまく。が、ご面相はモアイの石像。署員が束になって押そうと自説を曲げず、決して動こうとはしない堅物だった。

次の署長がこの男だとわかり、署内の空気がざっと二度は冷えた。今なお息苦しさは続く。

「穏やかならざる状況が発生しました。うちの地域三係の鈴本英哉が乗っていたと思われるスクーターが、県道五十七号線で転倒事故を起こしました。鈴本本人とは連絡が取れていません」

「待ってくれたまえ。あの鈴本、なのか」

わかりきった質問を「はい」と受け流して、早口に詳細を告げていった。インフルエンザが仮病であった可能性。GPSで追えない現状。周辺の捜索に人員を投入した件。

「おいおい、今日がどういう日か、わかっているだろ。副本部長までが来るんだぞ……」

たかがアイドルの一日署長に、県警ナンバー2の幹部までが立ち会うケースは滅多になかった。理由はただひとつ。次の国家公安委員長を噂される地元の大物代議士が、わざわざイベントに顔を出すとわかったからだった。

国家公安委員長は、警察庁を統括し、国の治安を担う組織のトップに当たる。警察にとって、最大級の――まさしくVIPそのものなのだ。

絶対に失礼があってはならない。大物代議士の接待役を、副本部長が買って出た。もちろん、点数稼ぎのためだ。どこかで本部長の席が空くのを期待しているらしい。

二人のVIPが出席すると決まって、署内は俄然《がぜん》、色めき立った。署長の菊島は、万難を排して準備に全力を挙げよ、と大号令を発した。上を下への騒ぎが始まった。よりによって、その当日に――。

「だから言ったんだ……。メディアの連中だって押しかけてくる。その日に、か」

ねちねち、ぶつぶつと、菊島はぼやき続けた。

「この半年の勤務態度に問題は見られませんでした」

事実を告げたが、繰《く》り言は止まらなかった。

「当然だよ、当たり前じゃないか。体裁を繕うのには慣れてるんだよ、最近の若い連中は。殊勝な顔して指示を聞く振りをしながら、内心じゃ舌を出して上を軽く見てる。個人主義に徹した育てられ方をしてきたんで、小さなミスが組織の根底を揺るがすという自覚に欠けすぎてる。何がインフルエンザだ。イベント警備を面倒がってのことに決まってるだろうが」

見事な決めつけようだ。早朝からよくも辛辣《しんらつ》な言葉が次々出てくるものだと感心する。寝起きなので、いつもよりやや勢いには欠けていたろうか。

「直ちに動員をかけるんだ。徹底的に鈴本を追わせろ。イベントが始まるまでに決着をつけるんだ。猶予はないぞ」

「特A配備で追わせます」

「地域課と交通課に任せたのでは、不安が残る。君から刑事課にも話をつけてくれ」

予想はできる。おれたちに迷子捜しをさせる気か。刑事課は間違いなく反発し、首を縦に振ろうとはしない。

説得と懇願に努めるしかなかった。板挟みになって間を取り持つ。副署長たる者の務めだ。

「何とか猪名野《いなの》を説得します。それと……まだ早いかもしれませんが、本部の監察に話を通すべきかどうか」

下駄《げた》を預けて、出方を待った。署長が決めるしかないことだった。

一瞬の間があく。

「……君は何を言ってるんだ。逃げたという確証がまだあるわけじゃないだろうが。本部に話を上げれば、騒ぎが大きくなる。そう思うだろ」

「おそらくは……」

「第一に現状の確認だ。曖昧《あいまい》な段階で話を広めれば、せっかくのイベントにも横槍が入りかねない。今日のために署員がどれほど尽力してきたか、君だって見ているじゃないか」

下手に動くな、と釘を刺してきた。正規のルートでなくとも、県警本部の意向を見極める手段はあった。

菊島の警戒心は承知ずみだ。彼と出世を競う男から救いの手を差し伸べられた過去を、脇坂は持つ。敵対派閥の犬——そう見なされていた。

賀江出署で、派閥抗争の局地戦が勃発するぞ。

野次馬は勝手な憶測を語りたがる。菊島は着任すると、脇坂に山ほど仕事を振り当てた。おかしな動きを封じたい、との思惑が透けて見えた。

彼らは警視正なので、身分は国家公務員になる。警視正より上の階級の者は、県警本部の管理を離れ、警察庁が人事権を握る。が、ともに県警の生え抜きであり、その影響力は計り知れない。ノンキャリアの星として将来を嘱望され、ライバル関係にあると見なされてきた。

脇坂は派閥に興味などなかった。願いはひとつ。現場への復帰。そのためになら泥でもかぶる。

「早まった真似《まね》は誤解を招く。署員にも徹底させてくれ。今は確認に全力を挙げて、鈴本を捜し出す。脇坂君、君は捜査の経験が豊富だ。ひとまずイベントのほうは気にせず、鈴本の件に専念してくれ」

表舞台には顔を出さず、裏の捜査本部長に徹しろ、との命令だった。光栄だ。

「そのつもりでいました。何かあれば、逐一報告させていただきます」

「君の手腕にかかっている。頼むよ」

珍しくも激励の言葉を残して、電話は切れた。火の粉を浴びたくないので、イベントにかこつけて陣頭指揮を回避する気なのだった。

トップは早くも腰が引け気味。使える署員は限られている。ＶＩＰとメディア襲来の時間は迫る。逃げ道なし。

不運をなげいていても始まらなかった。携帯電話のボタンを押し直した。次の相手は、刑事課長の猪名野尚嗣《なおつぐ》だった。

「こんな早くからすまない。もうわかると思うが、突発事態だ」

「副長さんから直々とは、恐ろしいですね。何が起こりましたか」

猪名野も、脇坂の経験を警戒するうちの一人だった。

現場に口出しされたくないので、〝副長さん〟とあえて昔風の呼び方をしてくる。あんたはもう現場を追われた昔の人だ、黙っていてくれ。そういう本音の表明でもあった。賀江出署は管内が広く、署の規模も大きい。実績を上げれば、注目を集められる働き場所だ。その点から見れば、やる気のある男でもあるが、少々気負いが目についた。

「そっちも忙しいとは思うが、人を出してもらいたい」

不満を封じる策として、急場の事情を一気に伝えた。最後に、署長の指示だとつけ加えた。

「でも、副長さん。地域や警務にも、刑事の経験を持つ者はいたと思いますが」

春は人の動く季節で、事件が増える。刑事課の検挙率は上がらず、菊島から名指しで叱咤《しった》されてもいた。人を取られるのは痛手でしかなかった。一日署長のイベントにも、彼らは無関心を決めこんでいる。予想どおりの言いようだった。

無難な言葉を探した。

「署長は、署内全体の問題としてとらえ、対処すべしと言っている。刑事課が本気で動いたとわかれば、地域も交通も危機意識を持つ。先頭に立って署員に手本を示してほしい。わかるだろ、いくつもの捜査本部に参加してきた君なら」

嘘《うそ》も方便。頭ごなしに押しつければ、あとで痼《しこ》りが残る。誉めて、持ち上げ、自尊心をくすぐり、頼みこむ。

「今日は賀江出署にとって特別な日だ。正直言えば、署長は寺中《てらなか》君や有賀《ありが》君を不安視してる。経験豊富な君に託すしかないと言うんだよ。わたしも同じ意見だ。君の見立てと腕が必要なんだ」

どうにかおだてて木に登らせるしかない。

狙いどおりに、猪名野の鼻息が小さくなった。まんざらでもないような声が返ってくる。

「……副長さんに言われたんじゃ、仕方ありませんね」

「そうか、助かるよ。君と刑事課が頼りなんだ。今から交通捜査と連絡を取り合い、早急に動いてくれ」

「了解です。三係に招集かけて、向かわせましょう」

5:16

耳障りな音で目が覚めた。着信メロディーだと気づいて、由希子は急いで身を起こした。母と弟の行方は知れず、連絡のついた父からは邪険にされて、冷蔵庫で見つけた缶ビールを飲みながら、深夜のテレビに文句を言い続けているうち、寝入っていたらしい。

着信表示を見ると、心当たりのない番号だった。

「もしもし、由希子です……」

「こんな時間に失礼します。児玉《こだま》由希子さんに間違いないでしょうか」

男の声が不躾《ぶしつけ》に名前を訊《き》いてきた。失礼と言いながら、そう思ってもいないとわかる口ぶりを聞き、即座に見当がついた。

高圧的な物言いを恥じるどころか、誇らしげにさえ口にしたがる者は、まず警察官と決まっていた。父も夫も、よく由希子を軽んじる言い方をしながら、自分の口調に気づいてもいなかった。

「はい……どういうご用件でしょうか」

「旭《あさひ》中央《ちゅうおう》警察署、地域課の川北《かわきた》と言います。脇坂洋司君のお姉さんで間違いありませんね」

「あ、はい、弟が何か……」

身内に何かあったのなら、ここまで不躾な訊き方はしてこない。そう思いはしたが、夜明け時の電話に声が震えた。

旭町は県の官庁街に近く、盛り場として知られていた。夜中に遊び歩いて事故にでもあったのだろうか……。

「弟さんが喧嘩騒ぎに巻きこまれて軽傷を負い、旭南《あさひみなみ》病院に運ばれました。頭を少し打っているようなので、しばらく横になったほうがいいと判断され、現在こちらの病院で休んでいます」

仕事だから電話しているものの、迷惑なのだという雰囲気が、はっきりと感じられた。

夜中に喧嘩騒ぎとは――。

「申し訳ありません」

反射的に頭を下げていた。そう気づいて、内なる怒りがこみ上げた。警察官の身内が警察の世話になる。最も恥ずべきこと、と当然のように考えていた。

「あの、相手に怪我は……」

「どうも弟さんが一方的に殴られたようです。三人の男が逃げていったという目撃者がいます」

何をしているのだ……。警察官の息子が、情けない。

「実は、本人がなかなか名前を言わず、少し手こずらされました。事情はわからなくもありませんが、家族に連絡を取りたがらないので、わたしどもから電話をした次第です」

顔から火が出そうになる。

あのバカ……。自分が何をしたか多少は自覚できたらしく、駆けつけた警官の前で名前をごまかそうとしたのだろう。どこまでまぬけなのか。とんだ赤っ恥だ。

「本当に申し訳ありません。弟にはよく言い聞かせます」

「まあ、単なる盛り場での喧嘩だとは思います。しかし、少し頭を打ったようで、あとで何かあった場合、問題になりかねませんので、相手は誰なのか、こちらとしても話を聞いておくべき状況にあります。冷静になったところで、署のほうに来てもらいたいのです」

「わかりました。必ず出頭させます」

「いえいえ、出頭ということではなく、事情を話しに来ていただければ……。では、よろしくお願いしますよ」

まさに冷や汗ものだ。

電話をかけてきた警官は、同業者の家族だとわかり、穏便にすませようとしてくれていた。警察はよく身内への甘さを指摘されるが、今はその温情がありがたかった。

次の就活に動き出す時期だというのに、夜の盛り場で騒ぎを起こすとは、開いた口がふさがらない。しかも、親の名前を出せず、姉にSOSを求めるとは……。何たる甘ったれか。

病院の名前を訊き直し、何度も礼を言って電話を切った。

そろそろ電車は動き出すころだが、早朝なので本数は限られている。由希子はタクシー会社に電話を入れて、車を呼んだ。

さて、どうしたものか……。

母と洋司の不在を告げても、軽くあしらってきた父の態度を思うと、断じて納得がいかなかった。あんたが仕事にかまけてきたから、息子が甘えん坊に育ったのだぞ。そう知らしめるために、と電話を入れた。今度は二度のコールでつながった。

「どうした、また何かあったか！」

嚙みつきそうなほどの勢いだった。それほど心配でいたなら、素直に言えばいいのだ。

わざと焦《じ》らすために、たっぷりと間を取ってから言った。

「それがね……。洋司が帰ってこないわけがわかったのよ」

「だから何だ」

「よっぽど楽しくお酒を飲んでたみたい、まだ学生の身なのに。でね、喧嘩して警察の世話になってたのよ」

　盛大な舌打ちが聞こえた。

「……あきれてものが言えんな」

「旭中央署地域課の川北さんて人から、電話があったところ。喧嘩して頭打って、病院にいるって。寝ぼけた根性が少しはしゃきっとしたら、あらためて署に来いって言われた」

　ガツン、と何かを蹴飛ばすような物音がした。いいざまだ。

「由希子に電話がかかってきたんだな」

「そうよ。恥ずかしくて、お父さんの名前は出せないと、いくらか心を痛めたんでしょうね。わたしの名前を出したって、同じなのにね。何を考えてんだか……」

「悪いが、あとのことを頼めるか」

「あら。お父さんは、可愛い息子のために頭を下げに行く気はないのね」

「少し厄介なことが起きてる。これから聴取に出かける」

「どういうことよ。副署長さんが捜査の第一線に出るわけないでしょ。わたしだって、三十年近くも警官の娘をやってきたんだから、下手な嘘はつかないでよ」

「だから、厄介な事態が起きたんだ。そう言えば、由希子にだって少しは想像つくだろ」

悔しいかな、たちどころに見当がついた。

家族にも言えない厄介ごとで、こんな朝っぱらから副署長が自ら調べに向かう。となれば、身内の不祥事――に決まっていた。そりゃ、ご愁傷様だ。

「悪いが、洋司を頼む。こっちの片がついたら駆けつける。康明君には迷惑をかけるなよ、いいな」

なぜそこで夫の名前が出てくるのだ。頭ごなしの言い方に、向かっ腹が立つ。

「変なこと言わないでよ。夫婦なんだから、少しぐらい迷惑かけたって、当然じゃない」

「彼には将来がある。おまえが支えてやれば、必ず活躍できる男だ」

「もう充分、妻の助けなんかなくても、活躍してるわよ」

「何があった？　母親相手じゃないと、話しにくいことか」

そうよ。先日も、互いの亭主の悪口で、どれほど盛り上がったことか。その続きをしたくて帰ってきたようなものだった。

ちょうどタイミングよく、呼び出しのチャイムが廊下で鳴った。

「あ、車が来たみたい。ろくでもない弟の尻ぬぐいに行ってくるわよ、じゃあね」

父から折り返しの電話があっても、誰が出るものか。

5:30

軽はずみにもほどがある。

怒りを静めるために、脇坂は深呼吸をくり返した。今すぐ病院へ飛んでいき、洋司を怒鳴りつけてやりたい。が、あとは由希子に託すほかはなかった。あの子は妻に似て、どっしりと腰がすわっている。気も強い。警官の妻としてやっていける子だ。

クローゼットに八つ当たりしながら身支度をすませて、ワンルームの官舎を出た。東の空がもう明るい。

裏の駐車場へ走った。見上げる窓に明かりがいくつも灯っていた。彼らにも招集がかけられた証拠だった。

ひと足先に脇坂は、自分の軽自動車で出発した。のろのろと前を走る田舎の軽トラックにパッシングを浴びせて追いぬき、アクセルを床まで踏んだ。

五分もせずに、署から渡された携帯電話が鳴った。道交法違反になるが、通話ボタンを押した。現場に先乗りした鑑識係長の和田《わだ》光正《みつまさ》警部補からだった。

「お疲れ様です。今、署にも一報を入れたところです」

「その口ぶりだと、糸口なしか」

「残念ながら……。スリップ痕はわずかなものでした。南の路地から県道へ飛び出し、曲がりきれずに後輪から滑ったんでしょう。派手に破片は散らばってますが、さしてスピードは出てなかったと思われます。運動神経のいい者なら、たいした怪我も負わずにすんだかと」

「待て。接触ではなく、自損だというのか」

「現状を見た限りでは、そのセンが濃厚ですね」

信号につかまって急ブレーキを踏んだ。無精髭《ぶしょうひげ》の浮かんだ首筋を撫《な》で上げる。

和田の読みどおりなら、なぜ鈴本は立ち去ったのか。

スピードを出しすぎて他車と接触して事故になったのであれば、逃げたくなったとしても、うなずけはする。が、自損であれば、一般市民に迷惑をかけたわけではないのだ。

無論、インフルエンザの一件はあった。ズル休みが発覚すれば、単なる注意ではすまない。しかし、スクーターという動かぬ証拠を残したまま逃げるのでは、頭隠して何とやらだ。意味がない。

この状況で、なぜ逃げたのか……。

謎だ。

近ごろの若い者の行動は、脇坂の理解を超えていた。よその署で、配属まもない巡査が女性を追い回して通報され、別の署員に逮捕される不祥事があった。隣の県警では、生活安全課の警部補が、摘発した覚醒剤を愛人に分け与えるという、前代未聞の事件も起きている。が、たかだか仮病の発覚を恐れて逃げるのでは、笑い話にもなりはしない。

あるいは……事故を起こしたのは別の者だったか。

知人にスクーターを貸し、転倒事故を起こされた。いいや——警官から借りたバイクで事故を起こして、現場から立ち去る愚か者はいない。直ちに捜査の手が及ぶのだ。であれば、スクーターを盗まれ、本人はまだ気づいていないか……。つい希望的観測も頭をよぎる。

地図を見ながら、国道を左へ折れた。新興住宅地らしく、似たような家々が並ぶ。細い路地を進み、五軒目の小さな家が該当する番地だった。

路上駐車をしてインターホンのボタンを押すと、玄関ドアが細く開いた。化粧気のない初老の女性が出てきて、深々と腰を折った。

「お忙しいところを……」

「早速ですが、話を聞かせてください」

悠長に挨拶している暇はなかった。忙《せわ》しなく靴を脱ぐと、雨戸を閉めたままのリビングに通された。家の中は寂しいぐらいに片づいていた。先入観も手伝ってか、家族の温もりらしきものが薄く感じられた。

勧められたソファには座らず、憔悴《しょうすい》の色を見せる母親に向き直った。そのまま聴取を始める。

「鈴本君は、いつ自宅を出ましたか」

「……昨日は夜勤明けでしたので、九時ごろには戻ってきたかと思います。でも、体調が悪いので、医者に行くと言って、すぐに出かけて……」

この母親も体調がよくなさそうだった。自慢の息子が警察に嘘をついて休みを取ったと知り、ショックを受けているのはわかるが、顔色も声の細さも病人さながらに見えた。何かしらの持病持ちであれば、インフルエンザを移したくないという息子の言葉を迂闊《うかつ》に信じた人のよさを責めるわけにはいかないだろう。

「鈴本君は、どこに泊まると言ってましたか」

「友人の家に、とだけ……。看病してもらえるようなことを言ってたので、てっきりおつき合いをしてる人がいると思い……」

「交際相手がいたのですね」

警察官に限らず、世の不祥事の原因は、九割方、女と金だ。

「いえ、そう聞いたわけではなく、ただ何となく……。そういう年ごろかと思いましたもので……」

頼りない言葉しか返ってこない。この親あって、あの子あり。

苛立《いらだ》ちがつのるが、初対面の女性に声を荒立ててもいられなかった。取り調べは我慢比べでもある。結果を急《せ》いては、重大な見落としが出る。

追い立てずに、質問を重ねて反応を待った。が、恋人らしき女性がいる気配も、泊めてもらえる友人の心当たりもない、と首をひねられた。

家族とはこんなものか。子どもの交友関係を細かく知る親など、滅多にいない。脇坂自身もそうだった。仕事優先で生きてきた。それでも家族としての暮らしは成立する。今も息子が誰と飲みに出かけて喧嘩になったか、心当たりは皆目ないのだった。

「スクーターはお母さんが購入されたものですね」

「あ、いえ……。ひざの調子が悪くなって、仕事に通うのが億劫《おっくう》だとこぼしたら、英哉が買ってくれまして……」

用意された嘘なのかどうか。真実であれば、まずまずの孝行息子を演じていたようだった。

「でも今は、主に英哉君が使っていた、と」

「はい……。自分が一緒にいるんだから、もう無理することはない、そう言われたんですが……体が動くまでは働きたいので、バスでも通える営業所に異動させてもらいまして……」

親思いの若者が、嘘をついて警察の勤務を休む。二律背反に近い矛盾を感じる。それが人というものだとはわかるが、警官に白黒激しい裏表があっては困るのだ。

「体調が悪いのに、スクーターで出かけていったのですね」

「危ないからやめたほうがいい、と言ったんですが……」

「末宮町の辺りに、英哉君が立ち寄りそうな場所の心当たりはありませんか」

母親は目をしょぼつかせて首をひねった。末宮町がどこにあるのかも知らないようだった。

「彼は以前に勤務していた署で、アニメショップ通いを注意されたことがあったのですが、聞いておられますでしょうか」

「いいえ、まったく……。あの子が何か問題でも……」

さらに身を縮め、おどおどと見返してきた。彼女自身も息子のことをつかみかねていたらしい。

「警察官に相応《ふさわ》しい行動を取るべきとアドバイスをされたわけで、具体的に何か問題を起こしたのではありません。最近、英哉君は夜中にどこかへ出かけたり、金遣いが荒くなったというようなことはなかったでしょうか」

「たまに外で食事をしてきたりはしますが……。賭け事はしませんし、お酒も飲まない子でして」

「英哉君の部屋を見せていただきたいのですが」

語気を強めずに言った。強制力はまったくない。だが、息子の上司相手に拒否できる人ではないと思えた。

「あの……英哉は警察で何か……」

「一昨日《おととい》まで、いつもと変わらず仕事を滞りなく果たしてくれてました。彼が言ったように、友人の家で休んでいるだけかもしれません。スクーターは盗まれたという可能性もあります。我々が心配しすぎであるならいいのですが、警察官たる者、いかなる時も万全を期すべきと思えますので、ご協力を願いたいのです」

背を丸める母親のあとに続いて、二階へ上がった。

手前の部屋のドアが開けられた。四畳半だろう。ベッドが部屋の半分ほどを占めていた。壁にガラス戸つきの棚があり、怪獣や美少女キャラの人形が見えた。自慢のコレクションは二十体を超えている。横の本棚にはマンガのたぐいが目立つ。

古めかしい学習机が窓際に配置されていた。ノートパソコンの横には、昇任試験のテキスト本と警察六法が積んであった。洋司の部屋よりはるかに片づいている。

「失礼します」

一礼してから、机の抽出《ひきだし》をあらためた。筆記用具が雑然と入れてある。あとはパソコンとプリンターの説明書。洋楽のＣＤにアニメや映画のＤＶＤも見つかった。ベッドの下からは雑誌が出てきた。が、どれも女性の裸とは無縁のものだった。ゲームとコンピュータ関連。こんなところにも最近の若い男の軟弱さがうかがえる。

「念のためです。中を確認させてください」

机の前に戻ってノートパソコンを開けた。今や手帳を持ち歩く若者は、ほぼ絶滅した。パソコンやスマートフォンの中身が重要な情報源となる。通信の秘密に抵触しようが、母親立ち会いの下でなら問題はなかった。

スイッチを押してパソコンを起動させた。メールソフトを立ち上げた。受信トレイに残されていたメールは八十三件。女性らしき名前もちらほらあった。

いくつか最近のものに目を通してみた。知人の消息を問い合わせたり、近況を報告したりする内容がほとんどだった。アニメ関連の話題もあった。男女を問わず、深いつき合いを思わせる文面は見当たらない。親しい友人とは、スマートフォンで連絡を取り合っていたのだろう。

アドレス帳には四十七人の登録があった。メール専用のアドレス帳で、電話番号が記された箇所は数えるほどだった。念のためにプリントアウトさせてもらった。

その間に、ホームページを閲覧するソフトを立ち上げ、履歴を表示させた。ゲーム関連のサイトが多い。あとはニュースと音楽配信のショップに、またもアニメ関連が続く。競馬や麻雀など賭け事に類する履歴は見当たらなかった。

まったくの収穫なし。

部屋を調べたにもかかわらず、鈴本英哉という男の姿がまったく見えてこなかった。

6:11

病院に駆けつけると、治療室の奥に置かれたストレッチャーの上で、洋司は呑気《のんき》に高鼾《たかいびき》をかいていた。

看護師に案内されて廊下を歩き、横になった弟の姿を見て、まず頭の包帯に目が行き、その時は背筋が寒くなった。が、近づいてみれば、このざまだ。全身から力がぬける。レントゲンと脳波に異常はなかったが、念のために朝まで様子を見たほうがいい。そう説明を受ける間も、洋司の穏やかすぎる寝顔が目に入り、ふつふつとまた怒りが呼び起こされた。

立ち去る医師と看護師に頭を下げたあと、由希子は大きく息を吸った。病院でどやしつけるわけにもいかず、代わりにストレッチャーの脚を思いきりこづいた。その衝撃に、洋司が慌てたように目を覚ました。

「バカ。何してるの、あんたは。いい歳して、甘えるのも大概になさい」

目をまたたかせて現状把握に努める弟を見下ろし、小声で非難を浴びせた。

由希子を認めた洋司は、すぐまた目を閉じ、背中をストレッチャーにあずけ直した。

「……ゴメン、こんな時間に」

「ゴメンですむなら、お父さんが汗水流す必要あるもんですか」

子どものころ、姉弟喧嘩の際に何度も使ったお決まりの売り言葉だった。

「言っとくけど、おれは被害者だからな。わけもなく殴られたんだぞ」

「男のくせに、だらしない」

「オヤジのこと考えたら、こっちから手ぇ出せるかよ。康明さんにだって迷惑かかるだろうが」

「心にもないこと言って。自分の臆病さをお父さんたちのせいにするなんて、恥知らずね」

「うるせーな。やっぱ姉さんなんかの番号、教えんじゃなかった」

「そのとおりよ。あたしは家を出た女よ。あんたの保護者じゃないの」

「仕方ねーだろ。警官が怖い顔して、親族の連絡先を教えろって言うんだから」

「バーカ。隠そうとしたって、もうとっくに気づかれてるわよ。名前と生年月日で検索かけりゃ、警察でなくたって素性を探り出せる時代なのよ。あんたのおつむは過去の遺物ね」

洋司は眩しさを嫌がるように両手で目の辺りを覆い、ぐっと唇を噛みしめた。父親の素性を隠そうと努めたようだが、そもそも盛り場で騒ぎを起こすこと自体が浅はかすぎる。

「説明しなさい。どこで何をしてたの」

またストレッチャーの脚をこづいて問いつめた。

洋司は舌打ちを返し、ふて腐れたような声を出した。

「……一人で遊んでたんだよ、ゲーセンで。そしたら、おかしな連中にからまれた。いい迷惑だよ、ホント」

「嘘ついたら承知しないよ」

「警官や姉さん相手に、嘘つく度胸なんかあるもんか」

「今やあちこちに防犯カメラが設置されてるんだからね」

「ゲーセン出て歩いてたら、からまれたんだよ」

微妙に言い方が変わってきた。

「じゃあ、何でカップ麺を食べかけのまま残して家を出たのさ。門まで開きっぱなしだったじゃないの」

驚きに満ちた目が由希子をとらえる。

「えっ……？　どうして姉さん……。うちに帰ってくるなんて言ってなかったろ」

「いいでしょ。たまには実家が懐かしくなるの。お母さんまでいないし。どうなってるのよ、脇坂家は？」

「知るもんかよ……」

また顔を隠すように両手を目の前に持っていき、壁へと寝返った。まともな演技もできない、馬鹿がつく正直者の反応だった。

「あんた、お母さんがどこに行ったか、聞いてるわよね」

「知らねえよ」

返事がやけに早かった。うちの夫も、取り調べを仕事にしているくせに、都合が悪くなるとすぐ言葉を返すのが早くなる。わかりやすい男たちだ。

「じゃあ、あんた、お母さんがどこかへ出かけていったのを見て、カップ麺もろくに食べず、すぐさまゲームセンターへ遊びに行ったって言いたいわけね」

「そうだよ。母さんがいたんじゃ、夜遊びもしにくいだろ」

「嘘言わないの。だって、夕食の食器がシンクに残ってたもの。お母さんは、あんたがカップ麺を食べようとするより、何時間も前に家を出たはずよ」

「ホントだよ。母さんだって、食器を洗いたくない時もあるだろ」

嘘が下手な男だ。母がどこへ出かけたのか、どう見ても洋司は知っている。なのに、姉に隠そうとしている。

「ねえ。お母さんはどこに行ったの」

「知るかよ。ちょっと出てくる。そう言って出かけていったんだよ。どこへ行こうと、知るもんか」

6:25

親を見ることで、本人の気質を探る糸口になると考えたが、鬱蒼《うっそう》とした藪《やぶ》に踏み入ったようで、手がかりらしき光はどこからも射してこなかった。

母の前では孝行息子の一面を見せ、昇任試験の勉強を真面目に続けながら、インフルエンザにかかったと嘘をついて警察を休む。偽造した証明書さえ出しておけば楽勝、と組織を軽んじる狡猾《こうかつ》さまで感じられた。現に、スクーターの事故が起きていなければ、発覚しなかった可能性は高く、愉快犯めいた動機の側面も考えたくなる状況だった。

ひたすら恐縮する母親に管理能力のなさを責めても始まらず、連絡があったら署に伝えてくれ、と無難な言葉を残して、鈴本家をあとにした。

女、金、仕事の悩み。ほかに姿を消す動機は考えにくい。

友人に探りを入れるのが筋だが、消息を問い合わせる電話が警察からあろうものなら、仲間内で噂が広がりかねない。最近は、刑事の訪問を自慢げにブログやツイッターに書いて喜ぶ連中が多い。匿名であれば、何を暴露しようと、かまうものか。話題を取ったもん勝ち。自由と無秩序をはき違えて恥じない無知蒙昧《むちもうまい》が増殖中だ。

派手に動けば、世の関心を集めやすい。メディアも警察の噂には目を光らせている。本当に捜査のやりにくい時代だ。

憂さ晴らしにアクセルを踏み、またも道交法違反を承知で、署の折本警部補に収穫なしの報告を上げた。

「……こちらも残念ながら、手がかりなしです。通報者は夜勤帰りの男性でした。交通捜査の担当が自宅を訪ねて、車体に傷ひとつないことを確認しました。勤務先を出た時刻も判明し、証言に不審な点も見られません」

これで、第一発見者が事故にからんでいた可能性は低くなった。

「スクーターが転倒すれば、派手な音がしたはずだ。近くで事故に気づいた者は見つかってないのか」

「なにぶん現場周辺は田んぼばかりで、最も近い民家まで五百メートルほどあり……住人は物音ひとつ気づかなかったそうです」

「付近の防犯カメラは調べたな」

「周辺二キロ圏内に、コンビニひとつありません」

田舎の現実を突きつけられた。市街地での捜査手法は通用しない。目撃者もいそうにない。どこから鈴本を追ったらいいのか。

過去の経験を振り返り、ひとつ見つけた。

「現場から逃走する手段の確保ができたかどうか、至急、確認させろ」

「了解です」

もし逃げたにしても、歩きでは自ずと限界がある。考えられるとすれば――自転車だ。

「それと、別件なのですが……」

「何だ、今度は何が起きた？」

「署の前に、早くもファンが集まりだしています」


近隣五町村が急ごしらえで合併し、賀江出市となったのが八年前。古びた旧町役場に別棟を継ぎ足した歪《いびつ》な市庁舎があり、その向かいに消防と賀江出警察署が並ぶ。こちらも負けじと古くて狭く、ついに警備課は駐車場をはさんだ奥に建てたプレハブ庁舎に移動を余儀なくされた。

「こりゃ驚いたな……」

壁に罅《ひび》の走った賀江出署を眺めて、我知らずに声が出た。

歩道に多くの若者が群がっていたのだ。

何と熱心なことか。早くも五十人近くはいる。当直の巡査が車止めの前まで出て、彼らへの牽制《けんせい》に余念がない。

人気アイドルが一日署長を務めると、早朝からイベント会場にファンがつめかける。事前に聞いていたが、まさか署にまで人が集まってくるとは予想もしていなかった。

あの連中、トイレはどうする気だ。警察署も市民の施設だから使わせろ、と言われたのではたまらない。ましてや立ち小便はもっと困る。隣の市役所が開くまで我慢してくれることを祈りながら、路地を折れて裏から署の駐車場に入った。

さすがにファンの姿は見当たらず、いくらか胸をなで下ろした。イベント会場となる小学校や市民会館の警備が不安になる。

車を降りて、通用口へ走った。人手不足の折、裏に張り番は置いていない。古い庁舎だからオートロックの設備もなかった。インターホンで呼びかけて鍵を開けてもらうのは面倒なので、施錠もしていない。小狡《こずる》い記者に入ってこられたのでは困る。手を打っておいたほうがいいだろう。

ドアを押して署に入ると、裏の狭い階段から二階の地域課へ上がった。

部屋に駆けこむと、早くも関係部署の課長たちが集まっていた。地域課の有賀芳樹《よしき》はもちろん、脇坂が電話を入れた猪名野に、交通課長の寺中幹雄《みきお》の顔まであった。

「残念な知らせが入りました」

近づく脇坂を見て、交通課の寺中が走り寄ってきた。

五十二歳。所轄での勤務が長く、温厚な人柄から、課内では人望がある。が、その温厚さゆえに、取り締まりの実績が上がっていない、と歯がゆく思う者は少なくなかった。

「現場から少し行った先に公民館があり、隣接する民家の住人から話が聞けました。明け方四時前、物音を聞きつけて窓から外を見たところ、自転車で立ち去る男がいた、と」

予測が的中した。足を確保して逃げたのだった。

「盗難の確認はできたのか」

「まだです。公民館には、置かれたままの自転車が何台もあって、持ち主の特定はとても……」

「男の顔は見ていないんだな」

「暗くて、服装もよくは見えなかったそうです。ただ、体格と動きから若い男のようだ、と」

決まりだ。

事故現場から一刻も早く立ち去ろうと、近くにあった自転車を盗んだ——。

これで立派な窃盗罪が上積みされた。

「副長さん、指示を願います。盗難届を出してもらい、正式な捜査に動くのかどうか。

指紋を採取するなら、交通とは別に、うちの鑑識も出さねばなりませんから」

猪名野が痛いところを確認してきた。

「実はつい先ほど、管内の中学校から、職員室の鍵が壊されているとの通報が入り、すでに鑑識はそちらに向かってます。公民館にも送るとなれば、仕事を急がせねばなりません」

こういう日に限って、早朝から事件が続く……。

中学校への侵入となれば、生活安全課の少年係に任せる手はある。が、所帯は大きくとも田舎の署なので、鑑識班は刑事と交通、どちらも二手に分けるほどの人員はいなかった。

視線が脇坂に集まっていた。

何を優先させるべきか。彼らは副署長の判断を待っている。

署長の菊島はまだ到着していない。一日署長のイベントを優先したがるのは目に見えていた。二人のＶＩＰが来るのだから、署長には晴れ舞台にも等しい。

もし公民館の駐輪場から鈴本の指紋が出れば、県警本部へ事実を報告するしかなくなる。署長も呼び出しを食らうだろう。列席する副本部長にも恥をかかせてしまう。イベントそのものの中止も考えられた。メディアも集まるため、賀江出署の不始末は、当然ニュースとなって報道される。田舎町の名もなき警察署が、一躍、全国区の注目を浴びる。

鈴本の捜索に集中し、早いうちに見つけられれば、単なる自損事故として処理できる。自転車の盗難は、届けが出されておらず、署としては動けなかった、と言い逃れも可能になる。

さあ、あんたはどっちを選ぶのか。

彼らは脇坂の本意を聞きたがっていた。かつて県警本部で管理官を務め、いくつもの現場を仕切ってきた者が、内部の問題をどうさばくつもりか。

鈴本が自転車を盗んで逃げたとわかれば、上司の有賀は責任を負わされる。署長の経歴にも傷がつく。たった一人の軽はずみ者のせいで、幹部の将来と俸給に実害が出る。だから、警察は不祥事を隠したがる。

原則論は誰もが理解していた。事故現場から立ち去った者が自転車を盗んだ。その犯人らしき者の当てがあるのだ。

多くを道連れにしても、ここは襟を正せ、と言うわけか。

お飾りの署長より、現場の経験が豊富なあんたを、我々は信頼したい。そう言ってくれたようなものでありながら、実はこちらの器量を値踏みしてもいた。この副署長を信じていいのか。誰につくのが得策か……。

いたずらに視線を泳がせれば、弱気と取られる。脇坂は課長たちを見回した。

「予断は捨ててくれ。鈴本とは連絡が取れていない。しかし、彼が逃げたと決まったわけではない。君たちだって疑問に思うだろ。自転車まで盗んで事故現場から逃げて、やつに何の得があるのか」

男たちが肩を揺らし、互いの顔をうかがい合った。

脇坂は声に力をこめた。

「何かの理由があって仮病を使い、休みを取った。だからといって、嘘が発覚するのを恐れて、窃盗という、どこから見ても立派な犯罪行為を警察官が犯して、どうするのか」

「まったく割に合いませんね。わたしなら馬鹿な真似はせず、正直に申し出ます」

交通課の寺中が、望みを託すような言い方をした。

「嘘をついて休みを取ろうとした理由のほうが気になりますね」

猪名野が捜査の基本となる意見を口にした。この事件で誰が得をするか。不利益を逃れた者はどこにいるか。

脇坂は有賀地域課長に目を転じた。

「最近の鈴木の様子に何か変化が見られなかったろうか。どんな些細《ささい》なことでもいい」

わずかな間をあけ、有賀が首を頼りなげに振った。

「……三係長の仙波《せんば》にも確認しましたが、普段どおりの態度だった、と。もともと喜怒哀楽を表に出すタイプではなかったこともあり、気にして見ていたつもりでしたが」

「同僚との意思疎通に問題が出ていたとか、意見の食い違いがあったりはしなかったのか」

「少なくとも、わたしの目に特段の変化は……」

煮え切らない答えを続ける有賀に、批判をこめた視線がそそがれた。

「本性を隠すのが人ってもんだろ。だから地域で不審者情報が集まってこないんだ」

猪名野が日ごろの不満をぶつけて言った。お人好しの有賀も、さすがに顔色が変わった。

組織の常で、人は責任の所在を突きつめたがる。が、今はまだその時ではない。脇坂は間に入って言った。

「鈴本の周辺捜査が先だ。単なる自損事故で運転者が姿を消すとは理解しがたい。何か後ろ暗さがあるから自転車を盗んで逃げた。あるいは何者かに追われていたか。どちらも新たな事件に発展するケースも考えられる。そう思って行動してくれ」

「では、公民館にも鑑識を連れていきます」

猪名野が仕方なさそうに言い、廊下へ歩きだした。自ら鑑識を率いて現場へ出る気らしい。どうせ今日は仕事にならない。そう不平を語りたがっているような背中に、脇坂は声をかけた。

「手が足りない場合は、少年係に応援を頼む。いつでも言ってくれ」

「状況を確認次第、報告を上げますよ」

ひとまず仕事はしましょう。あとのことは知りませんよ。よその課長にも伝えるため、怒ったような態度を見せたがっているのだ。

「さあ、時間を無駄にするな」

一日署長のスタートまで、あと三時間……。それまでに目鼻をつけられなかった場合、次の難問が立ちはだかる。今は時間との勝負だった。

脇坂は、折本のもとに歩み、中学校から入ったという通報内容を確認した。小さな事件であっても、通信司令部を通して伝えられたものは、処理をあと回しにできなかった。

通報は、午前六時二分。部活動の朝練があるため、通いの用務員が門や玄関の鍵を開けていく。その際、職員室のドアのひとつが外れかかっているのに気づいた。確認したところ、鍵の部分がすっぽり外されていたという。

念のために職員室の中を見て回ったが、荒らされた様子はなかった。教職員が登校してからでなければ、正式な被害の有無はわからないという。先に校長の指示で通報を入れたのだった。

中学、というのが気になった。今日は地元出身のアイドルが凱旋する。

「……いえ、彼女の出身中学じゃありませんね。その確認はしてあります」

折本が首を振った。熱烈なファンがアイドルの通った学校を見たくなったにしても、職員室へ忍びこむとは考えにくい。昔の卒業アルバムが目当て、というケースはあるだろうか……。

市街地の小中学校では、防犯カメラの設置が進んでいる。が、通報のあった北吉川《きたよしかわ》中学校は警報システムの備えもなかった。試験や成績にかかわる書類を狙ったとすれば、現役生徒の関与も考えられ、捜査は難しくなる。あとは猪名野たちの判断待ちだ。

「副署長、八時半には北沢《きたざわ》副本部長の一行がお見えになります。どういたしましょうか……」

脇坂の手が空いたと見て、後ろから声がかかった。警務課長の梶谷崇《かじたにたかし》警部だった。

副本部長の一行は五人。イベントを発案したのは県警広報課なので、担当の広報課員も取り巻きとして帯同するのだ。

「いいか、君が絶えず北沢副本部長に張りつけ。何があっても、顔色は変えるなよ」

「しかし、署内の慌ただしさは悟られてしまうか、と……」

梶谷は脇坂の二期下で、学生時代から剣道の腕が立った。師範代として各署の若手を指導してきた実績を持つ頼りになる男の一人だが、今は目に迷いが見えた。

「下手に隠そうとするな。管内で自損事故が発生し、なぜか運転者が現場から消えたので行方を追わせている。訊かれたら、そう正直に答えろ。少し署内が慌ただしいが、イベントに影響は出ないと言っておけ。署長にはおれから言いふくめておく」

「やってみます」

「鈴本と同じ班の者はまだか」

地域課内を見回して声をかけた。どこかに電話中だった有賀課長が手を上げた。

「今こちらに向かっています」

「到着したら、教えてくれ」

言い残して地域課を出た。次は、アドレス帳にあった友人への問い合わせだ。猪名野まで出払ったため、刑事課の手は借りられない。となれば、自分でやるまでだった。

階段へ急ぐと、携帯電話が鳴った。

朗報であれば、まず署の無線に入る。音色から私用の携帯だとわかった。由希子が病院で洋司に会えたのだろう。人目があるので、廊下の先へ歩きながら通話ボタンを押した。

「怪我の具合はどうだった」

「何ともないわよ。頭に瘤《こぶ》ができてただけ。中での出血はないって。レントゲンも見たから」

「そうか……」

さほど心配はしていなかったが、それでも胸のつかえが多少は取れた。

「そうか、じゃないわよ。お父さんから怒鳴りつけてよ。あのバカ、平気で嘘ついてるから」

「何……？」

「お母さんがどこへ行ったかって訊いたら、慌てて目をそらしたのよ。何か知ってて、ごまかそうとしたとしか見えなかった」

「待て。母さんの行き先と、洋司の喧嘩に関係があるっていうのか」

「わからないわよ。でも、洋司は絶対、何か隠してる。嘘が下手だから、バレバレ。だから、お父さんから尋問してよ」

勘弁してくれ。署で問題が起きたことは、すでに伝えてあった。いい歳して親を頼ってどうする気なのだ。

「仕事中だ。あとは頼む」

「待ってよ。お母さんがどこへ行ったか、本当に心配じゃないわけ？」

たかだか一晩、妻が家を空けたぐらいで、警察官が慌てたのでは笑い物になる。昨日から由希子は苛立ちすぎていた。実家へ戻ってきた理由が心配になるが、娘夫婦のデリケートな問題に立ち入っている余裕はなかった。

「あとでたっぷり洋司を締め上げるさ。頼むぞ」

由希子の返事を聞かずに電話を切った。

五秒もせずに、呼び出し音が鳴った。手早くマナーモードに切り替えた。まだポケットの中で携帯電話が怒りに身を震わせている。誰に似たのか、本当に執念深い。

脇坂も現場時代は、執念深さを信条としてきた。が、名だたる先輩に鍛えられ、どうにか粘りを身につけたにすぎず、生来のものとは言えなかった。娘婿が今、どの捜査本部にいるか聞いてはいないが、向こうで朝の会議が始まる前に電話を入れておくしかないと思えた。

再び廊下の先に戻り、児玉康明の携帯に電話を入れた。

コール音が続くばかりで、出なかった。

妻が実家へ戻った翌日の朝に、舅《しゅうと》から滅多にない電話が入れば、何を言われるかは誰でも想像がつく。仕事の邪魔をされたくないと理由をつけて、とぼける気か。

どいつもこいつも……。

副署長が廊下の壁を蹴る場を見せたくはなかったが、体が先に動いていた。大きく息を吸ってから、小声でメッセージを残す。

「……由希子と何があったか知らないが、昨夜遅く洋司が喧嘩騒ぎを起こして旭中央署の厄介になった。君にまで迷惑をかけるかもしれない。その件で、ますます由希子が頭に血を上らせている。気をつけてくれ」

この緊急事態に、どうして娘夫婦の痴話喧嘩にまで気をもまねばならないのだ。

またひとつ壁に蹴りを入れた。力みすぎたせいで、足首に痛みが走った。ざまはない。

顔をしかめて視線を上げた。鼻先の掲示板に、ふと目が留まる。交通安全週間のポスターが貼ってあった。

あと数時間で一日署長に来るアイドル歌手が、脇坂に優しく微笑《ほほえ》みかけていた。

7:10

警務課の窓際に置かれた副署長の席に戻った。事務を受け持つ部署であり、まだ課員は数えるほどしか来ていなかった。そろそろ警備役を命じられた若手が出てくるころだった。

脇坂はリストを広げながら、片っぱしから電話をかけていった。署の番号を履歴に残すわけにはいかないため、自分の携帯を使った。

ところが、誰も電話に出てくれない。朝から見覚えのない番号から着信があれば、間違い電話だと誰もが思う。五件目で、ようやく相手につながった。

「誰？　こんな朝っぱらから」

「鈴本英哉の知り合いです。彼と連絡が取れなくなって、困っています」

「鈴本と、あんた、どーゆー関係よ。やつ、警官だからね。おかしな電話してきたら、すぐ逆探《ぎやくたん》されるよ。どこからおれの番号、知ったのかな」

それでプツリと電話は切れた。ろくな友人を持っていない。

あまりの反応のなさに作戦を変え、メールを送ることにした。鈴本の親戚で、母親から頼まれてこのメールを書いている。親族が急病なので連絡を取りたいのに、インフルエンザで仕事を休み、友人宅にいるらしいとわかった。心当たりはないだろうか。

キーボードに向かって文面を整えていると、内線で地域課から呼び出しがきた。鈴本と歳の近い三係の巡査が出てきたのだった。急いで二階のフロアへ向かう。

「遅いぞ、相浦《あいうら》、何やってんだ！」

脇坂が地域課のドアをぬけると、仁王立ちの男がこちらを見て怒鳴り声を上げた。三係長の仙波元康《もとやす》警部補だった。

脇坂の目の前に、ジャンパー姿の若者が立っていた。早朝から呼び出されたうえ、頭ごなしに怒鳴られれば、誰もが呆然《ぼうぜん》と立ちつくす。

「どうして寮からこんなに時間がかかるんだ。ほら、後ろに副署長がお見えだろうが」

仙波がまた、これ見よがしに叱り飛ばした。上司の前で部下に厳しく接したがる者は、まず小物と言っていい。指導を怠っていないとのアピールだろうが、相手を萎縮させるうえ、反発心まで根づかせることもあり、人の上に立てる器ではないと、自ら証明するに等しい態度だった。

脇坂は手で仙波に下がれと伝えて、相浦弦《ゆづる》を奥の応接コーナーへ誘った。有賀課長にも目で同席を求める。

「遅くなりまして、すみません……」

相浦はさして悪びれたふうもなく頭を下げ、脇坂たちを見比べた。仙波の怒鳴りようには慣れているのだろう。部下のほうが、少しは肝の太さを持っている。

「鈴本君のことなんだが……」

話を切り出すと、部屋に走りこんでくる者が見えた。警務課長の梶谷だった。

「菊島署長がお見えになりました。副署長をお呼びです！」

何という間の悪さだ。

知らせを聞いて朝食もとらずに駆けつけるならまだしも、一報から二時間近く経ってから来るとは、まさしく重役出勤だった。現場は部下に任せている。自分が出しゃばる必要はない。建て前でしかない理論武装を盾に、己を守ろうという意図さえ感じられる。

「すぐ戻る。待っていろよ」

脇坂は席を立ち、奥の署長室へ急いだ。梶谷があとについてくる。

ドアは開いたままで、菊島基は早くも制服に着替え、鏡を見ながら太い首に巻いたネクタイを直していた。

「君もそろそろ着替えたほうがいい。記者が来たら、何かあったのかと勘ぐられる。髭も剃《そ》りたまえよ」

署長たる者の第一声に、気勢を削がれた。その暇がなかったから、いまだ安物のジャケット姿なのだ。

「現状を説明してくれ」

進展のない現実を詳しく伝えた。菊島はひとしきりうなずいて鏡の前を離れると、署長の椅子に座って両手をデスクの上で組み合わせた。

「そうか、自転車の盗難に鑑識を出した、と……」

うなずき返しはせずに、黙って出方を待った。文句があるのか。本音を呑《の》んで無表情に徹した。

「まず指紋は出ないだろうね」

解説者のような口ぶりだった。警官が初歩的なミスを犯すとは思えない。酔ったサラリーマンが自転車を盗むのとは、わけが違う。

「出たら出たで大ごとだが、出ないのも、また悩ましいか……」

　菊島のこめかみが、わずかにうねった。彼は刑事部門で管理職を務めた経験がなかった。主に警備部門を歩いてきた。こういう時、下から報告を待つしかない身のつらさは、想像がつく。

「鈴本の関与が動かしがたいものとなったら、当然だが、わたしから北沢副本部長に報告させてもらう」

　だから、おかしな動きはするな。あらためての念押しだった。消えた署員を捜索しつつ、何食わぬ顔で一日署長のイベントを切り回していく――その決意表明でもあった。

「君は猪名野君と相談のうえ、情報を集約して事に当たってほしい。事故の処理だと言えば、不審に思う者はいないだろう。ただし、一緒に副本部長を出迎えてほしい。不自然に思われては、なんだからね」

「わかりました。あと……人手が足りないせいもあって、通用口に心配があります」

「記者連中を入れるな、と言うわけか」

　記者クラブの連中は、組織の動きに鼻が利く。彼らへの警戒を怠れば、綱渡りを成功に導いてはいけない。

「それと、北沢副本部長にも、事故があって運転者が消えている件は隠さないほうがいいと思われます」

　驚きに菊島が表情を固めた。

「下手に隠そうとすれば、必ずあとで問題になります」

本音を探る視線がそそがれた。この一件を揚げ足取りに利用されたくない、と保身の算盤《そろばん》を胸のうちで弾く音が聞こえてくる。

菊島が視線を戻して言った。

「今日のイベントには、代議士のほかに市議会議員も与野党問わず列席する。我々賀江出署のみの問題にとどまらず、県警そのものに及ぼす影響は小さくないと思ってほしい。いいね」

地方の政治と警察組織の関係は深い。予算は議会が握る。たかが一日署長でも、地方にとっては大イベントだ。ましてや、与党の大物代議士まで来る。中止になれば、各方面への影響は計り知れない。またも保身を考えた発言としか聞こえず、言葉が出ない。

それを了解と受け取ったらしい。

「全力で職務を果たしていこう。早速だが、警備と交通の担当を呼んでくれ。最後の打ち合わせだ」

署長は全力で一日署長に帯同し、副署長は内密の捜査に励む。職務が聞いてあきれる。

菊島が、「時間を無駄にするな」とばかりに視線を強めた。スピーチ原稿に手を入れていたが、もう脇坂に関係はなくなっていた。ゴミ箱に捨てるだけだ。

軽く一礼して署長室をあとにした。

7:25

着替えの時間も惜しかった。脇坂は制服を羽織ると、ボタンを留めながら更衣室を出た。

多くの署員がイベントのスタート時刻を前に動きだしていた。喧噪《けんそう》に近いざわめきが伝わってくる。鈴本の件もあるためか、かなりの騒がしさだ。これではメディアの連中に勘づかれる。

ロビーから階段へ向かおうとして、足が止まった。

昨日から「歓迎」の横断幕が張り渡され、誰が用意したのか、万国旗が天井の四方を飾る。交通安全を訴えるアイドルのポスターも壁一面に貼り出し、準備は万端だった。

ところが、どこを見ても、ロビーに署員はいなかった。

何だ、これは……。

正面玄関に目を奪われた。ガラスドアを透して、揺れ動く群衆が見えた。

この騒がしさは署内からではなかったのだ。張り番の巡査が警棒を手に、群がる若者を押し戻そうと手を広げ、そこに新たな警官が加わっていく。つい先ほどは五十名ぐらいだったのが、恐ろしい数にふくれあがっていた。

二百人はいたかもしれない。若い女性の姿も見え、なぜかそろいの赤い半被《はっぴ》を着て、手には団扇《うちわ》があった。その扇型の部分に、誰かの顔写真が貼ってある。

「——凄《すご》い人気ですよねえ、キリモエちゃんって」

呆気《あつけ》に取られていると、横で声が聞こえた。一人の女性警察官がハンディモップを手に受付カウンターへ進み出てきた。

「彼女が到着するまでまだ二時間もあるのに、この数ですもの。パレードの時間になったら、恐ろしいことになりますね」

友人に呼びかけるような気安さだった。見回すと、ロビーにはやはり彼女と脇坂の二人しかいない。自分に話しかけてきたのだと知り、脇坂は目をまたたかせた。

警務課の小松響子《こまつきようこ》、二十五歳、独身。署内でたった五人の女性警察官。席が近いので、脇坂のほうから声をかけることはあった。が、普段は〝はい〟と〝いいえ〟ぐらいの答えしか返ってこない。その彼女が、実に親しげな口調で話しかけてくるとは……。

これもイベント効果のうちか。

貴重な予算を使って有名人を呼ぶことに何の意味があるのか、脇坂には疑問だった。が、嬉々として準備に励む署員が多く、内心驚きを感じていた。

「あれ？　もしかして副署長、キリモエちゃんのこと、知らないんですか」

小松響子が丸い目を大きくした。無論、まったく知らなかった。知る必要もない。

デビュー直後は、鳴かず飛ばずの歌手だったらしいが、ある深夜アニメの声優を務め、テーマソングも歌ったことで名を上げた、と書類にはあった。テレビのＣＭで見た気もするが、似たような女の子が多く、正直判別はつかなかった。

「……確か、缶コーヒーのＣＭに出てる子だよな」

記憶に頼って言った途端、プッと噴き出された。

「違いますよ、お茶とヨーグルトのＣＭです。最近はゲームアプリのＣＭも始まってます」

賀江出署内では、任命書を手渡すセレモニーを行う。その様子はメディアに取材してもらう予定だが、ファンが署の前にいくら集結しようと、署長室でのセレモニーは見学できない。なのに、この群衆とは畏《おそ》れ入る。

「私設応援団の追っかけですよ。ずっと彼女について市内を回る気でしょうね。まだまだ増えますよ、絶対に」

認識の甘さを見せつけられた。車止めを囲むように半被姿の若者が列を作り、歩道の先にまで広がっていた。

「下手したら、全国からファンが集まってくるでしょうからね」

脇坂だけでなく、署長の菊島や警備課長も、アイドルの名前を知らなかった。本部の広報からアドバイスはされていたが、通常のイベント警備を二割増しする程度でいいと考えていた。

慌ててカウンターの中へ入ると、受話器を取って署長室の内線ボタンを押した。電話に出たのは梶谷だった。

「もうかなりの数のファンが署の前に集まっているぞ、二百は超えていそうだ」

「はい、署長から言われて警備の配置換えを練り直しているところです」

拍子ぬけして声が出なかった。何のことはない。重役出勤だったので、集まるファンの多さに驚き、早速指示を出していたのだ。知らぬは副署長ばかりなりけり。

それならいい、と受話器を乱暴に置いた。一日署長のイベントは、もはや自分の仕事ではなくなった。騒ぎがどう広がろうが、知ったことか。

小松響子が何事かと見ていたが、脇坂は地域課のフロアへ上がった。鈴本英哉に関する調べがまだだった。

ところが、奥の応接コーナーには誰一人座っていなかった。有賀も課長席に戻り、相浦弦の姿は、どこへ視線を振っても見当たらない。

「相浦はどこだ！」

怒りが爆発しかかる。

「彼は日勤ですので、イベントの応援で――」

「待っていろと言ったじゃないか」

「しかし、署長命令で小学校への応援に急げと言われて……」

床を蹴りつけ、天を仰いだ。

有賀も刑事部門の経験がない。些細な行動への疑問から、事件解決の糸口が見つかるケースは珍しくないのだ。通り一遍の質問をして仕事に送り出すとは、あまりに軽率だった。署長命令だと警備課に凄まれたにしても、弱腰すぎる。

「鈴本の話は詳しく聞いたろうな」

「特に変わった様子は、やはりなかったようです」

この逼迫《ひっぱく》した事態が本当にわかっているのか。人がいいにもほどがある。

「ほかに、鈴本と親しくしていた同僚はいないのか」

「相浦も、階級が違うこともあって、格別親しかったわけでもない、と。交際相手どころか、女性の話題を聞いたこともなかったそうで。上司への不満を匂わせる発言もなかったとか。書類仕事が多くて大変だと相浦がこぼすと、文句も言わずに手伝ってくれた、と言ってました」

これでひと安心だ、と一人で早合点したような口ぶりだった。同僚から危惧の声が出されてはおらず、仕事も進んでこなしていたとなれば、確かに上司の監督不行き届きとは言いにくい。

「インフルエンザの報告を受けたのは誰だ！」

部屋を見回して、誰彼かまわず視線をぶつけた。

「あ、わたしですが……」

そばで聞き耳を立てていたとおぼしき仙波が、書類ケースの向こうで顔を上げた。

二歩、三歩とつめ寄って言う。

「夜勤から引き継いだ時の様子はどうだった。記憶にあるだろうな」

「はっ、いつもと変わりませんでした。電話は昨日の午後四時前にかかってきまして、急な発熱で医者に行ったところ、インフルエンザのB型だった、と。薬をもらって熱は下がったけれど、次の火曜日まで出勤は難しそうだと……」

「どこの医者だ。名前は確認したな」

「いえ、そこまでは……」

拳を握って奥歯を嚙む。

出勤許可書はいずれ提出されるのだ。ズル休みを警戒して、医師の名前を確認しろ、というルールにはなっていない。そこに甘さがあった。医師の診断書を、警察官たる者が偽造するわけはない。だが、今後は身内を疑ってかかる厳しいルールが求められる。とんでもない時代になった。

顔色をうかがって立つ仙波を下がらせ、再び有賀に向かった。

「仙波やベテランたちから、パワハラを受けてはいなかったろうな」

先輩の厳しい指導を経てこそ、一人前の警官に成長していける。が、今や時代は変わり、上司が少しでも高圧的な態度を取ると、パワハラだと言われかねない。警察学校で厳しくふるいにかけたつもりでも、驚くほどナイーブな若者が時に入ってくる。

「その心配はありません。副署長もご存じのように、鈴本はそこそこ優秀でしたので。あまり言いたくはありませんが、書類仕事は仙波君より早くて、仕上がりもかなりのものでした」

どこまで人がいいのだ。警官が人の心の裏読みをしないでどうする。人をよく観察して職務質問にかかれ。そう指導する立場の者とは思えなかった。善人ばかりで世の中が動いているなら、自分たちの仕事はもっと暇になる。

「いいか、そのできのよさが心配なんだ。逆恨みだって考えられるだろ、違うか」

「しかし、どうでしょうか……。確かに、使い勝手がいいと見ていた者は多いと思いますが」

「書類仕事を彼に押しつけていたんだな」

「というより、自ら進んで引き受けてるところがありました。ほかに取り柄はないという自覚があったんでしょうね、鈴本にも」

弱点を補完し合って任務を遂行する。それなりの戦力になっていたようだった。有賀の言い方からも、鋏《はさみ》は使いようと割り切っていたことがわかる。

「私生活は、どこまで把握している」

「冗談交じりにアニメショップ通いの話を出したことがあるんですが、鈴本も笑ってました。自分が万引き犯に気づいていれば、問題にされなかったのに、なんて言って……」

「女の匂いはしないのか」

「勤務のローテーションを変えてくれと言ってきたこともありませんし、仕事を置いて早く帰ろうとしたことも皆無です。だから、インフルエンザだなんて嘘をついたのが、今も信じられません」

酒は飲まない。女の話題はおくびにも出さない。仕事でミスはなく、同僚とのもめ事もない。アニメとゲームが好きなものの、昇任試験の備えはしている。博打《ばくち》に手を出すような性格でもない。

本当に生身の男なのか、と疑いたくなる。

これが今の若者の現実なのかもしれない。

第二章　一日署長

8:15

鈴本英哉はどこに消えたのか。

携帯電話の電源を切ったことから見て、あとを追われたのでは困る――そう考えたと思われるが、嘘がばれたくないからといって、姿を消すまでのことはなかった。嘘をついて仕事を休んだ理由のほうに、消えた原因が隠されていそうだった。

鈴本は仕事を休み、同僚には打ち明けられない何かをするつもりでいた。そう考えるのが賢明だ。

警察を欺くからには、あまり誉められたことではないだろう。ただ、非番の日に警察手帳を持ち帰ることはできなかった。過去に手帳を私用で使った不祥事が起きたため、署で保管する決まりになっている。上司に黙って私用で手帳を使い、警官として何かしらの利を得ることはまず不可能なのだ。

単なるズル休みであれば、スクーターで自損事故を起こしたからといって、姿を消す必要まではない。そう考えていくと、スクーターを盗まれ、本人がまだ気づいていない――常識的にはそのセンが強くなってきそうだった。

そうであってほしいが、本人と連絡がつかない以上、あらゆるケースを想定せずにはいられなかった。何者かを追跡中に反撃を受けてスクーターが転倒し、鈴本本人が拉致された。現実に起こりうるとは考えにくいが、自分から消息を絶つ理由が浮かんでこない現状では、突飛な憶測も頭をよぎる。

周辺の捜索に人は送った。あとは交友関係を探っていくしか、打つ手はない。メールの続きを書こうと、脇坂は地域課を出て裏の階段を駆け下りた。

警務課の部屋へ急ぐと、ふいに男の声に呼び止められた。

「脇坂さん、すごい人出ですね」

署員の声ではなかった。いつも不機嫌な副署長に馴れ馴れしく話しかけてくるほど、心臓に毛の生えた男は、残念ながら署にはいなかった。

嫌な予感に振り返ると、会いたくもない男が廊下の先で取材用の大学ノートを手に笑っていた。

誰彼かまわず毒づきたくなる。が、ありったけの力を腹にこめて平静を装った。

「おやまあ……どこから忍びこんできたんだよ」

「お久しぶりです。冷たいこと言わないでくださいよ。地元凱旋のアイドルを出迎える署の奮闘ぶりを記事にしてみたいと思いましてね」

細倉達樹《ほそくらたつき》。東和《とうわ》通信、社会部記者。

そろそろ四十を超えるころだが、まだサツ回りをしているとは知らなかった。今日も、よれたチノパンに薄汚いジャンパーという清潔感とは無縁の格好だ。吹けば飛ぶような痩せぎすに見えるが、この男の粘り腰は幕内最上位に匹敵する。

「取材の時間はあとで取ると、県警の広報からペーパーが出ているはずだ」

「はい、いただきました。けど、噂の賀江出署ですからね。アイドルより、よっぽど気になる動きも、あちこちにあるみたいですし……」

意味ありげに笑いかけてくる。かなり面の皮が厚い。

細倉のしつこい〝夜討ち朝駆け〟に悩まされた県警幹部は多い。近隣の迷惑などおかまいなしに官舎を訪ね、ネタをもらうまでは帰ろうとしない。挨拶代わりの手土産を受け取ったら最後、骨の髄《ずい》までしゃぶられる。

「どうせまた、あんたが面白おかしく勝手な噂を流してるんだろ」

脅しをこめて言ったが、細倉はくすんだ笑みを変えずに近づいてきた。わざとらしく声を落として言う。

「脇坂さんだって、知ってますよね。赤城《あかぎ》派がずっと今回のイベントに難癖をつけてたのは」

初耳だった。本部勤務を解かれて早くも五年。今では、娘婿のほか、自慢できるパイプはなくなっていた。

「イベントが成功すれば、菊島さんの手柄になる。地元出身のアイドルなんかよく見つけてきたって、上層部は感心しきりでしたからね。菊島さんは、地元の商店会とも地道に顔つなぎをしてるって聞くし。この先、検挙率をアップしていけば、次の副本部長も見えてくるって……」

「あとでうちの署長に質問するんだな。準備で忙しいんだ。さあ、出口はそこだ」

派閥の人脈に取り入り、ネタの入手に利用したい。下心が見えた。こんな男に見透かされるほど、県警内で派閥をめぐる動きが目立っていたとすれば、なげかわしい。

無表情を保ち、細倉を通用口まで押しやった。敵は下手な作り笑いを変えず、まだ食らいついてきた。

「しかし、ホント残念でしたね。おかしな横槍が入らなきゃ、脇坂さんも刑事部に復帰できたわけですから……」

「イベントのスタートまで、あと二時間だ。せいぜいアイドルの笑顔を楽しんでくれ」

細倉の鼻先で、音を立ててドアを閉めてやった。通用口に人がいないのを見て、誰にも声をかけず立ち入ってくるとは、こそ泥なみのずうずうしさだった。

やつのほかにも、いけ好かない連中がそろそろ集まる時間になっていた。警務課へ戻る足取りが重かった。あの細倉も、五年前、本部の対応をつつき回したうえ、事をあおる記事を書いた記者の一人だった。

思い出したくもない記憶が甦って、胸をあぶる。

小さな贈収賄事件にすぎなかった。水道工事会社の幹部が市の財務課長に金を渡したという情報があり、検察と組んで捜査に動いた。時効が迫っているさなか、集めた証拠の一部を部下が紛失し、地検の幹部が激怒した。

のちに帳簿の中身を保存したＵＳＢメモリは倉庫で見つかったものの、番記者に騒動を嗅ぎつけられて新聞ざたになった。管理官だった脇坂は責任を負わされ、次の異動で警察学校の一教官という閑職に飛ばされた。

二年で県警本部の警務部に戻されたが、その裏で、菊島のライバルと言われる男が脇坂を刑事部に戻すべしと動いてくれた。

赤城文成《ふみなり》。

高卒のたたき上げで、年齢は脇坂の三つ下だが、刑事畑では昔から名が通っていた。情報屋を何人も雇い、県下の裏社会に目を光らせ、別件逮捕を得意技とする、古いタイプの辣腕《らつわん》だった。部下を鼓舞するため、わざと喜怒哀楽を表に出し、人使いの荒さを誇らしげに吹聴《ふいちょう》する。が、手足となって懸命に働く者には目をかけ、いざとなれば責任を被る男気があった。独断専行は目につくものの、実績が飛びぬけていた。高卒ノンキャリアのトップを走る男。

派閥の綱引きが本当にあったのかどうか、脇坂は知らない。

刑事部で一緒だったころ、赤城とはぶつかった経験しかない。叱咤を超える罵声は毎日だったので、部下をまとめる脇坂としては、負けじと言い返すほかなく、部内きっての険悪な仲として、上からも心配されていた。信頼関係があったとは言いがたい。あとで裏話を聞かされて、驚くばかりだった。下の者が関知できないところで、人事は決まる。

その赤城も、この賀江出署で刑事課長として実績を積み、今の足場を固めたと言われる。

賀江出署は県内で三番目の規模を持つ。工業団地を抱え、在留外国人の数も多く、小さな事件が多発する。県警幹部を目指す者には、試金石となる署だった。

だから脇坂も、賀江出署への内示を受けて、〝腕試し〟と受け取った。そこに、菊島基が着任してきた。

赤城派が先手を打ち、副署長の座を押さえておいたのだ。菊島はつらい立場に置かれた。副署長に反目されれば、署内は動いていかない。手柄の奪い合いと、責任のなすり合いが始まるぞ。

おそらく、目の上の瘤《こぶ》として脇坂を利用しようと、ありもしない噂を流す者がいたのだ。

もし今日のイベントが中止にでもなれば、またぞろ騒ぎ出す者が出る。そのあおりで、現場復帰の道が断たれでもすれば、泣くに泣けなかった。

急いでデスクに戻り、電動シェーバーで髭を当たりながらメールを仕上げた。その文面とアドレス帳のコピーを手に、再び地域課へ上がった。

手空きの者はいないが、有賀課長ともども電話作戦を強引に分担させた。一斉送信でメールを送らせてから、脇坂も再び自分の携帯を使って番号を押し続けた。

そのうちの一人とつながり、話ができた。

「……悪いけど、鈴本とは最近、会ってないなあ。あいつ、警官だから、警察に相談してみたらどうです？」

皮肉な親切心に礼を言って電話を切った。

ほかはすべて空振り。さらに、おかしなメールと思われたのか、どこからも返信はこなかった。手を借りた有賀たちも同じだった。たった十五分で、早くも追跡捜査は暗礁に乗り上げた。

「副署長、次はどういたしましょうか」

有賀が誠実そうな顔と身ごなしで訊いてくる。課長たる者が指示待ちの態度を恥じた様子もなかった。本部の元管理官を頼りきり、ついでに責任も負ってもらいたがっている。

「折本。鑑識と刑事課は何も言ってこないのか！」

本来なら夜勤明けなのに、今も無線係を請け負う善人に、脇坂は八つ当たりめいた口調で問いただした。

「鑑識はつい五分ほど前に到着したところです。まだしばらくは……」

現場周辺を捜索する交通捜査係も鳴りをひそめたまま。それぞれ全力で任務に当たっているだろうが、報告すべき手がかりが何も出てきていないのだった。

腹立ちまぎれに、デスクを掌《てのひら》でたたきつけた。部屋がしんと静まり返る。視線が痛い。

打つ手なし。嫌でもイベント開始の時刻が迫る。

動物園の灰色熊よろしく、うろうろと地域課の中を歩き回った。

窓際で足が止まった。玄関先に黒山の人だかりが見えた。どこまで増えるのか、不安になる数だった。テレビ中継車も到着し、群れなす若者にカメラを向けている。注目されれば張り切りたくなるのが人情で、団扇を手にした若者がおかしなダンスを踊り始めた。

それそれそれっ！　彼らの妙なかけ声が窓を透して耳を打つ。地域課の署員が振り向き、席を立った。

「何の騒ぎですかね」

「ほら、仕事に戻りなさい。君らも午後から警備に駆り出されるんだぞ。今のうちに、できる仕事を片づけておくんだ」

窓へと集まりだした署員に、有賀が待ったをかけた。が、当の課長までが、外の騒ぎに目を奪われているのだから、効果はなかった。

半被を着た若者たちが声を合わせ、頭と手を激しく左右に振り続ける。あきれ返る元気のよさだ。その情熱をぶつける場所はほかにないのか。踊る阿呆に、カメラを向ける何とやらだ。

熱気を帯びた馬鹿騒ぎを見て、背筋が寒くなった。イベント前からお祭りが始まるのでは、とても一日署長を中止にはできない。集まったファンが怒りだす。

その一方で、消えた署員を抱えながら、県警ナンバー2列席のもと、呑気にイベントを強行していいのか、と迷う気持ちもわいた。メディアが知れば、ここぞと騒ぎ立てる。対応策を誤れば、責任論は上層部にも及ぶ。そう危ぶみだすと、路上での馬鹿騒ぎが、生《い》け贄《にえ》を求める何かの宗教儀式のようにも感じられてくる。

刻一刻と時計の針は進む。ファンの熱気はヒートアップする。現場の捜索はどうなっているのだ。再び無線へ歩きかけた時、デスクで電話が鳴った。また警備課からの応援要請か。

折本が手を伸ばして受話器を取った。背筋が急に伸びたかと思うや、フロアに響く大声で叫びを上げた。

「副署長、鈴本です。鈴本から外線、三番です！」

ついに——来た。

シロと出るか、はたまたクロか。

脇坂はデスクへ走って受話器をつかんだ。点滅する三番のボタンを押す。午前八時四十二分。

「脇坂だ、今どこにいる！」

焦る気持ちを抑えて確認する。回線が切れたかと疑いたくなる長い間のあと、やっと細い声が聞こえた。

「……あ、お早うございます、鈴本です」

「今どこだ。インフルエンザじゃなかったのか」

「すみません。熱は下がったんですが、声がまだあまり出ません……」

「だから、どこにいる。友人の家にいるというのは本当か」

「あ、はい。でも……どうしてそれを」

「君のお母さんから聞いた。スクーターに乗ってどこへ行った。今何してる！」

まどろっこしいほどに、再び長い間があいた。デスクの周りに署員が集まってきた。

ここで猛然と責め立てたあげく、電話を切られたのでは事態の収拾がつかない。じっと耐えて返事を待った。

「あの……何かありましたでしょうか」

ふぬけたような声に、腸《はらわた》が煮えくり返る。

「あったも何も、あるものか。おまえのスクーターが末宮町の県道で発見された。それも大破してだ。知らないのか」

「……そうですか、ひどいことする人がいますね。実は、スクーターがなくなってるのに気づいて、盗難届を出しておいたほうがいいかと思ったんですが、まだ体調がおかしくて……それで先に電話だけは入れておこうかと。もし犯罪にでも使われたら大変なので」

「待て。おまえが運転していたんじゃないんだな」

曇天から陽の光が射しかける。だが、迂闊に信じるわけにはいかない。相手は署内きっての要注意人物だった。

「いえ……ここまで運転してきたのは、ぼくですが……」

「だから、今どこだ」

「えーと、言いにくいのですが……実は、その、ある女性の部屋にいまして」

横のデスクで受話器を取り、話を聞いていた有賀が大きく肩で息をつくのが見えた。まだ脇坂は安心できずに問い返した。

「名前は何という。どういう関係だ」

「えーと……名前はニシモトマスミと言いまして……親しくさせてもらってます」

「住所は？」

消え入りそうな声で鈴本が答えたのは、ＪＲで三駅東に行った隣の署の管内に当たる番地とアパート名だった。

「ずっと携帯に電話していたんだぞ」

「すみません……。まだ熱が下がりきってなくて、ここのアパートの階段で落としてしまい、壊れたみたいで……。お騒がせして本当に申し訳ありません」

「スクーターはどこに停めた」

「裏手の歩行者専用路です。携帯を落とした時、どうも鍵まで一緒に落としたみたいで……申し訳ありません」

アパート横の路地にスクーターを停め、近くに鍵も落としてしまった。論理に矛盾は見られない。小学生でも思いつきそうな言い訳だったが。

「なぜ熱があるのにスクーターで出かけた？」

「すみません。気をつければ平気だろうと……。彼女の家に寄るつもりだったので、バスだとちょっと面倒だなと、つい……」

全面的に鈴本の供述を信じていいのか。信じることができれば、多くの者が救われる。警官が事故を起こし、現場から逃げたわけではなくなる。

信じたほうが、楽になれる。事実をしつこく追及したところで、得をする者は一人もいない。が、確認が甘かったと、あとで糾弾される事態になれば、関係者の首が飛ぶ。

「女性を電話に出してくれ」

「すみません……彼女は仕事に出かけてまして」

「土曜日にも出勤か？」

「はい、美容室に勤めています。で、アパートを出た時、ぼくのスクーターが消えてると騒ぎだしたんです」

ここまでの供述に辻褄《つじつま》が合わない箇所はないと思えた。言いよどんだり、前言を翻すこともなかった。嘘偽りない真実であればひと安心だが、確信を抱くに足る材料はまだないと言えた。

「彼女の電話番号を教えてくれるな」

「かまいませんが……彼女はぼくを看病してくれただけで、迷惑はかけたくないんです」

甘っちょろい言葉を口にしながらも、鈴本は電話番号を告げた。

すでに口裏合わせをすませた、という可能性はあった。相手は警官で、たとえ刑事の経験はなくとも、アリバイをはじめとする各種証拠の重要さは熟知する。

「彼女に確認を取らせてもらうぞ。電話は切らずに、そのまま待っていろ、いいな」

「あ……はい」

保留に切り替えると同時に、メモした番号に自分の携帯で電話を入れた。

長いコール音のあとでつながった。少し舌足らずのような女性の声が答えた。

「はい、ニシモトです」

鈴本英哉の上司で、彼のスクーターがなくなっていた件で話を聞きたい。そう言うと、急にかしこまるような口調に変わった。

「あ、はい、鈴本君が大変お世話になっています。本当にすみませんでした。彼にインフルエンザを移してしまい」

そこそこ挨拶ぐらいはできる女性のようで、いくらか胸をなで下ろした。

詳しく話を聞いたが、鈴本の説明と変わるところはなく、声にうろたえるような気配もなかった。頭の悪い子でもない。最後に脇坂は言った。

「大変失礼ですが、そちらのお店のかたと少し話をしたいのですが、よろしいでしょうか」

「あ、はい、お待ちください……。店長、ちょっとよろしいでしょうか」

呼びかける声に続いて、事情を伝える声が小さく聞こえた。

「……お電話、代わりました。店長のマキタです」

張りのある男の声に変わった。

店長と名乗った男は、ニシモトマスミが先週の土曜日から水曜日までインフルエンザで休んでいたと言った。礼を告げて、再びニシモトマスミに代わってもらう。

「あなたが帰宅した時、彼のスクーターはアパート横の路地に停められていたのですね」

「いえ……。実はよく見ていないんです。彼が来てることはわかってましたから、悪いことをしたな、今度は自分が看病しないと、とばかり思っていて……よく見ていなかったんです」

「夜の間に、スクーターが走り去るような音は聞いていなかったのですか」

「すみません……。熱は下がったみたいなので、一時すぎまで二人でテレビを見てました。物音にはまったく……」

「つかぬことをうかがいますが、土曜から水曜日の間に、鈴本君が看病に来ることはあったのでしょうか」

「はい……申し訳ありません。火曜日が非番だったので。それと、土曜の日勤のあとにも……。英哉君の仕事を考えたら、甘えて看病してもらうんじゃなかったと今は反省しています」

地域課の警察官と交際すれば、相手の勤務ローテーションが自然とすりこまれてくるものだった。すんなり答えが出てきたところから見て、少なくともここ数週間程度の交際ではない。

礼を言って、電話を切った。その場にいる者すべてが脇坂を見ていた。

有賀が虚脱したような顔で訊いてくる。

「交通と刑事にまず一報を入れさせてください」

「もちろん、そうしてくれ。ただし、署長の正式な指示があるまで、しばらく鑑識作業は続けろと伝えるんだ」

「……はい」

「さらにもう一度、頭から鈴本に同じ質問を浴びせて、供述におかしな点が出ないかどうかも確認しろ。もし電話を切るようなら、女の携帯から居場所をつきとめろ」

そこまでするんですか。人を疑ってかかることをしない、警官としてあるまじき男たちが、驚き顔で脇坂を見つめた。緊張感が足りなすぎる。

威嚇をこめて男たちを見回し、言った。

「いいな、まだ気はぬくな。すぐに戻る」

8:51

廊下へ飛び出すと、署長室のドアが開き、菊島と梶谷が出てくるのが見えた。

「あ、副署長、県警本部の一行がもうお見えになります」

脇坂は梶谷にうなずき、署長の前まで駆け寄った。

「鈴本と連絡がつきました。女の部屋にいて、スクーターは盗まれたと言ってます。念のため、女には電話で確認を取りました」

菊島が足を止めた。鋭い視線が向けられる。

「信憑性《しんぴょうせい》は?」

「ひとまず筋は通っています。嘘だと決めつける材料はまだ何も……」

「早急に確定させるんだ。わかるね」

真実であるのが、最も望ましい。しかし、もし嘘であるなら、鈴本一人に責任を負わせられるか。たとえ嘘であっても、真実との主張を貫きとおせそうか。その辺りを見極めろというのだった。

「女のアパートへ行って、わたしがこの目で確認します」

「急いでくれ。ただし、ひとまず今は北沢副本部長を出迎えよう。さあ」

菊島がうなずき、階段を下り始めた。まだひとつも安心はできない。伸びた背筋に緊張感が漂っていた。

梶谷とあとに続いて、裏の通用口へ急いだ。ドアの向こうで制服警官が姿勢を正した。ちょうど黒塗りのセダンが二台、駐車場に入ってくるところだった。

制帽を手にした北沢副本部長が降り立った。菊島が満面の笑みを取り繕って進み出た。よくこの状況で笑えるものだ。図太い神経に感心する。

お疲れ様です。いやいや、早くもファンが集まってるね。まさかこれほど人気があるとは。警備は万全だろうね。はい、準備はできておりますので、ご安心ください。報道陣の数も多くなりますよ、今日は……。

簡単な自己紹介を交わしつつ当たり障りのない会話を続け、一行五人を応接室へ案内した。

脇坂は一人で頭を下げた。仕事が立てこんでいるため、失礼します。そう呟いたが、幸いにも副署長の退席を気にかける者はいなかった。これでいい。

地域課のフロアに駆け戻ると、有賀が目で首尾を問いかけてきた。

「公民館で指紋を採取できたら、駄目元でも確認させるよう、指示を頼む。鈴本の関与がなかったことを確かめたい」

「了解です」

無線係のもとへ急ぐ有賀を見送り、脇坂は鈴本との電話に割りこんだ。

「脇坂だ。今からそちらへ向かう」

「はい。でも、インフルエンザですので――」

「かまわん。そこを動くな。おれが到着するまで、もう一度詳しく今日までのことを説明しておけ。いいな」

一方的に告げて、受話器を署員に押しつけた。

脇坂は周囲に睨みを利かせてから、廊下へ走った。一段飛ばしに階段を下りていく。

通用口へターンすると、なぜか女性の声が追いかけてきた。

「あ……副署長、ぜひとも署長と話をしたいというかたが来ています」

またも小松響子の声だった。

ロビーを振り返ると、彼女の後ろに二人の中年女性が立っていた。どちらも五十年配で、地味なスーツに銀縁の眼鏡をかけ、脇坂を睨むように見つめてくる。

女の一人がハイヒールの踵《かかと》を鳴らして進み出た。

「昨日もお電話いたしました、賀江出市民ネットワークの市議会議員、陣内真紀子《じんないまきこ》です」

間の悪いことは、どこまで重なるのか。落としたトーストは必ずバターを塗った面が下になる。何とかの法則を思い出さずにはいられない。

二人の女性市議会議員は、小松響子を突き飛ばす勢いで脇坂に迫り、手にした書面を差し出して一気呵成《いっきかせい》に告げた。

「昨日、お伝えした抗議書です。同じ内容のものを、市役所の議会担当者と市議連の会長さんにも提出させていただきます。そもそも一日署長のイベントは、市民に開かれるべきものであり、一部の政治家のみに出席を許す暴挙は、決して見逃すわけにはまいりません。この書面はわたしども一党のみの名義になっていますが、声のかからなかった政党さんも、憤りの声を寄せられています。必ず次の市議会で議題とさせてもらい、こちらの署長さんにもお越しいただき、正式な見解をうかがわせてもらう所存ですので、おふくみおきください」

犯人の匂いを嗅ぎつけた警察犬なみの勢いだった。電話での抗議ではあきたらず、署に乗りこんでくるとは、よほど暇を持てあましているのだろう。市議会でも、市長や役人をこの迫力で無駄な質問攻めにしているに違いなかった。

「電話でもお話しさせていただきましたが、列席者の選定はすべて市議連に一任しており、わたしども賀江出署はかかわっておりません。抗議書を持ち寄られても、受け取る立場にないのです」

「責任逃れを言わないでください。ここに置きますからね」

女性市議の一人が言って、クリアケースに入った抗議書を受付カウンターに音を立てて置いた。正義はこちらにある。そう信じて疑わない四つの目が睨みすえてくる。

「置いていかれるのはご自由ですが、あとで返送させていただきます」

昨夜も、一時間にわたって電話で執拗《しつよう》な抗議を受けた。どう説明しようと聞く耳を持たず、署長を出せと言い続けた。

「あなたでは話になりません。昨日も言ったはずです」

「お引き取りください。我々は一日署長のイベントを企画いたしましたが、列席者の選定はしていません」

「わたしども市議には、調査権があるんですよ。公務員でありながら、その権利を蔑《ないがし》ろにする気ですか、あなたは」

「名前を教えなさい」

「お引き取りください」

政治家という人種は、ここまで浅ましいものなのか。

管内で夏祭りが開かれると、売名にいそしむ地元の政治家が必ず現れ、作り笑顔を振りまいていく。連中にとって、人の集まる一日署長は、地元の祭りそのものだった。市民に名を売り、地盤を固める絶好の機会、としか見ていなかった。

県下の西地区では、初めて開催される一日署長で、脇坂たちにも手探りのところはあった。

計画の立案は、県警広報課による。一日署長の任命式を署で終えたあと、パトロールという名のパレードで市内を練り歩き、その後は近くの小学校で交通安全教室を行う。

子どもたちとサンドイッチ・パーティーで親睦を図ったあと、午後は市民会館で振り込め詐欺撲滅キャンペーンの集会がある。

そのイベントに列席したい。四日前の火曜日になって突然、与党代議士の地元秘書から、強い要請という名の注文が寄せられた。

――うちの山室《やまむろ》は、県の議会にも働きかけて、警察予算の確保にずっと尽力してきたんですよ。その事実を君は知らないのかね。

議員秘書は、電話口で代議士の名を振りかざして息巻いた。

当然ながら、山室雄助《ゆうすけ》の名は知っていた。当選六回。親族が犯罪被害に遭ったため、地元の治安を公約の第一に掲げる政治家だった。次の内閣改造では、国家公安委員長への抜擢《ばってき》が噂される実力者でもあった。

その秘書からの強い要請は、ほぼ命令と同じ力を持つ。

脇坂は自治会に話をつけて、代議士の席を確保した。すると、山室と同じ与党の市議までが、出席させろと迫ってきた。

一部の政党の者のみを呼ぶのでは、あとで問題になる。市議の列席に関しては、議会の運営委員会に人選を一任した。当然、議員定数による割り当てとなり、少数政党は切り捨てられた。

「市民に等しく公平であるべき警察が、なぜ大政党のみを優先させるのですか。予算確保のため、一部の政治家に便宜を図る。多くの市民の目には、そう映ってますよ」

「政治家と役人の癒着だと指摘されても当然ではないですかね。税金を使って警察は何をやっているのか。与党の政治家を知らしめるためのお祭りではないんですからね。出るところに出て、市民に説明する義務が、あなたたちにはあるはずです」

抗議はあらかじめ予想された。だから議会に任せたのだが、彼らは要求だけ通して、責任逃れに走った。文句は警察に言ってくれ、と。

「市民による正式な抗議ですよ、これは。警察がそうやって市民の声に耳を傾けようとしないから、ストーカー被害が全国に広がったんでしょうが。わかってるんですかね」

それとこれとは話が違う。正直な感想を返せば、怒りの油にガソリンと火をそそぐ。難癖をつける隙を与えてはならなかった。

耐えろ。抗議書を受け取っては、相手につけこまれる。ここは頑として態度を変えず、引き取ってもらうのだ。

脇坂は長く刑事畑で捜査の仕事に邁進《まいしん》してきた。あのころにも、こういう雑事をさばく警官がいたのだと思うと、今さらながらに頭が下がる。いつ果てるともわからない非難を、全身で受け止めた。感情を封じこめて話を聞くだけは聞く。

これも今の脇坂に与えられた仕事だった。

9:15

やまない暴風雨はない。

胸で悪態をつきながら誠実そうな態度を装って耐えていると、暖簾《のれん》に腕押しする虚しさに襲われたようで、二人の議員は威勢のいい捨《す》て台詞《ぜりふ》を残して帰ってくれた。このままでは絶対すまさないから、覚えておきなさいよ、と。

世の中への義憤から政治家を目指したのであれば、そのぶつける先をもっと考えてもらいたい。二十分もの貴重な時間を奪われたため、脇坂は免停確実のスピード違反を犯しながら軽自動車を走らせた。

教えられた住所は、賀江出の市街地から国道を十キロほど東に行った住宅街の外れだった。畑と町工場の倉庫にはさまれた軽量鉄骨のアパートで、その二階に「西元真澄」と手書きの表札が出ていた。

チャイムを押すと、男の声で「はい」と返事があって、ドアが開いた。

マスクをかけた男が顔をのぞかせた。

上半身はニューヨーク・ヤンキースのユニフォームを模したトレーナー。下はスウェット。寝起きと見えて髪は乱れ、目は半開きで生気がない。長身で細面。鈴本英哉に間違いなかった。

「すみません、こんなところにまで来ていただきまして。ご迷惑をおかけします」

鈴本は頭を下げてもそもそと言い、玄関先から身を引いた。

「仙波係長から詳しい話を聞きました。まさか、そんな事態になっているとは思いも寄らず、本当に申し訳ありませんでした」

玄関を入ってすぐが、狭いダイニングになっていた。椅子の背に体をあずけながら、鈴本がまた頭を下げた。立っているのもつらそうに見える。

小さなテーブルに食べ残しのサラダとジュースが並ぶ。「敷島《しきしま》内科クリニック」と刻印されたカード型の診察券と、「みなみ調剤薬局」と印刷された薬の袋も確認できた。

「診断書と言いますか、出勤できる日の証明書は……彼女が今朝、投函《とうかん》したと思いますから、月曜日には届くかと」

ダイニングの左奥がリビングで、小さなソファには丸められた毛布が置いてある。右のドアは閉まっているので、そちらが彼女の寝室だろう。

「熱は下がってますが、まだ少しのどが痛むのと、鼻水が……」

鈴本は目をしょぼつかせて言い、安物のチェストに置かれたボックスからティッシュをぬき取った。横を向いてマスクを下げると、盛大に音を立てて洟《はな》をかむ。たちまち、べっとりと青っぽい粘液にティッシュが染まる。

「すみません……。まさか彼女のインフルがうつるだなんて思ってなくて……」

脇坂は油断なく奥のリビングに目を走らせた。

テレビの横の棚に、熊のぬいぐるみが見える。隅に積まれた雑誌はすべて女性誌。カーテンの柄は薄緑の葉模様。キッチンに目を転じると、流しの横にコップが置かれ、青い歯ブラシが挿してある。

どこから見ても、若い女の部屋だ。それでも、鈴本が事故を起こしたのではないという証明にはならなかった。

「スクーターは、どこに停めてあった」

「あ、はい……アパートの裏が倉庫なので、だいたいはそっち側の路肩に」

鈴本がキッチンの窓を指さした。

「昨日は何時にここへ来た」

「診察を受けてからだったので、二時すぎにはなってたと思います。一応、合い鍵ももらっていたので。彼女、ぼくにうつしたことに責任感じてたし。うちの母親にうつしたら大変だからって……」

また鈴本が神妙そうな顔で頭を下げた。

さて、どうしたものか。

すべて口裏を合わせた芝居だったとすれば、完璧すぎて恐ろしいほどだ。

診察券に薬はあるし、店長という男の証言も得ている。月曜日には、医師の証明書も送られてくる。鈴本がインフルエンザに罹患し、この部屋にいたとしか思えない状況証拠が見事なまでにそろっていた。

たとえ彼が事故を起こしたとしても、現場から逃げる理由は見当たらない。あの深夜に、彼が事故現場にいてはならない理由があるだろうか。

「やはり……スクーターの盗難届を出すべきなんでしょうか」

ここが思案のしどころだった。

鈴本がスクーターの盗難届を出しておけば、警察組織に及んできそうな問題はどこにも存在しない。そう思われる。

たとえ巧妙な口裏合わせだったとしても、すべてを鈴本の責任にして処理もできる。

ただし、まんまとだまされた脇坂の面目は丸つぶれとなる。

逆に言えば、何かあった時も、脇坂さえおとなしく火の粉を頭からかぶれば、警察組織にさしたる影響は出ないのだった。多くの者が望む結果でもある。

「よし。地元署に盗難届を出すんだ。おれからもひと言、連絡は入れておく」

「わかりました。お手間を取らせてしまい、すみません」

脇坂はその場で三葉《みつば》警察署の地域課に電話を入れた。

賀江出署の管内で自損事故を起こしたスクーターが、うちの署員の母親名義で、たまたま署員が使用中に盗まれたものであるため、盗難届を出しておきたい。ただ、その署員は現在インフルエンザで療養中だとつけ加えた。

地域課の課長代理と話ができたが、確かにややこしい話で、何度もしつこく事情を訊かれた。

「……ええ、ですので、母親にインフルエンザをうつしたくなかったため、もともとインフルエンザを彼にうつした交際女性の部屋に行って看病をですね……そこでスクーターを盗まれたわけで、そちらの管内ですから、まず電話で事情を伝えておくべきと考えました」

くどくど説明をくり返しながら、自分でも何を言っているのか怪しくなった。十分近くもかけて、どうにか話は伝わった。

「要するに、何かあった時のために備えて、盗難届を出しておきたい、そういうわけですね」

とばっちりは勘弁してくれよ。受理だけはしておきますがね。言外に放たれる嫌味を受け止め、社会人としての礼儀を保って感謝の言葉を述べる。

「お手数かけますが、よろしくお願いいたします」

しかし、なぜ隣の署の課長代理に、自分が詫びねばならないのか。

不満を噛みつぶして電話を切った。張本人の鈴本を睨みつける。

「いいか。しばらくしたら、三葉署の地域課から人が来る。盗難届にサインしたら、おまえからもよく頭を下げておけ」

「はい、インフルエンザをうつさないよう、よく気をつけます」

そうじゃないだろ。皆様にご迷惑をかけて申し訳ありません、と言えないのか。どこまでとぼけた男なのだ。

憤然として帰りかけると、背中に声がかかった。

「あの……。盗難届を出すわけですから、盗まれたスクーターは当然、指紋を調べられるわけですよね」

警官が当たり前のことを訊いてどうするのか。

視線で鋭く責め立てたが、鈴本は幼気《いたいけ》な小動物のように小さな目をまたたかせて脇坂を見た。また声が小さくなる。

「実は……大変言いにくいのですが……」

「何だ、まだ何があるんだ！」

さすがに自制できず、玄関先で声を荒らげた。

「あの……ぼくもあとで知って、ちょっと驚いたんですけど……。若いころの小さなあやまちにすぎず、今は立派な社会人になっているんですけど……。その、何というか、指紋のことは、やはり事前にお知らせしておくべきか、と……」

意味がまったくわからなかった。

鈴本本人に指紋を採られた犯罪歴があるわけがない。家族も同様なのは、警察で確認ずみだ。となると……まさか彼女に――。

「つまりですね……ちょっとした友人にスクーターを貸したことがあって、そいつの指紋がもしかして検出されてしまう可能性もなくはないわけで……」

「貴様、前科者と知りながら、つき合ってたのか！」

頭に血が上った。怒鳴るだけでは我慢できず、襟首に手が伸びた。こいつは警官としての自覚がなさすぎる。

鈴本が慌てたように両手を振った。

「いえいえ、違いますよ。真澄ちゃんに前科があるわけないですよ。たぶん……いや、絶対に」

慌てて打ち消しながらも、どこか頼りなげな言い方が癇《かん》に障る。

だが、考えてみれば、事前に前科があるのか確認してから女性と交際するわけはなかった。結婚という具体的な話が進みそうになったところで、本人または近親者に前科を持つ者がいるかどうか、その点が気になってくるのだった。

脇坂は荒く深呼吸をくり返して動悸《どうき》を静めてから、あらためて睨みつけた。

「彼女じゃないとすれば、誰だ」

「それが、ちょっとした知り合いで……といっても、仲のいい友人ってわけじゃないんです。友だちの友だちという形で、たまたま知り合ったにすぎず、たぶんというか、かなりの高い確率で、その子、若いころに警察の厄介になったことがあるみたいでして……」

どこまで信じられる話なのだ。次から次へと藪から太い棒が何本も突き出してくる。

「名前は？」

「しらいししょうご。白い石に正しい、五つ口の吾です。歳は二十二歳だったと思います」

「そいつに昔、何があったんだ」

また頼りなさそうに首を傾け、マスク越しにもごもごと言う。

「具体的には、ぼくも……。昔の苦い経験は誰もあまり話したがらないもので。ただ、ワル仲間とバカをやったとか」

「どうしてそんなヤツと知り合った!」

また襟首に手が伸びた。鈴本が慌てたように身を引き、両手を振り回す。

「ですから、友人の友人なわけで、ぼくのほうから知り合いになりたくてなったわけじゃないんです。その彼がスクーターをちょっと貸してくれと言うので、いつだったか、貸したことがあるので、もしかしたら白石君の指紋が出たりすることもあるかもしれなくて……。すみません」

冷静になれ。対処を誤ってはならない。

脇坂は腹に力をこめ、深呼吸をくり返した。組織に及ぶ事態はさけられると思ったのもつかのま、さらなる難題がふりかかる。警官が前科持ちと知り合いになって、その人物にスクーターを貸した。しかも、前科持ちの指紋がついたと思われるスクーターが盗まれた……。

「言うまでもないが、鈴本」

「――はい」

「その白石という友人をかばってるわけじゃないだろうな」

「もちろんです。彼はもうまっとうな職に就いてますし、人のものを盗むような男でもありません」

やけにきっぱりと断定してきた。

友人の友人、と鈴本は言ったはずだ。直接の知り合いではないと説明しておきながら、前科を持つ者をここまで強く弁護する。かなり深い交友関係にある、と見たほうがいい。

「どこで知り合ったのか、詳しく教えろ」

脇坂が尋ねると、正直にも鈴本の目が泳いだ。右に左に瞳が揺れる。

「えーと、その……実はぼくの……ゲームの好敵手でして」

「ゲームだと？」

「はい……。ワイルド・アタック・セブンというゲームがありまして、通信でもアミューズメントでも楽しめるんです。たまたまネット上の仲間で今度はゲーセンに集結しようと盛り上がりまして、その縁でつい意気投合して……」

文字どおりに、脇坂は頭を抱えた。鈴本の部屋を捜索して、ゲーム関連の雑誌と書籍が出てきたのは当然だった。ここまでゲームに入れ揚げていたとは……。

警察官の仕事にストレスは多い。そのために、パチンコや競馬などのギャンブルで発散しようとする者がいないわけではなかった。最近はスマートフォンで簡単にゲームが楽しめる。ストレス解消になるぶんには、ギャンブルより罪はないだろうが、その縁で前科を持つ者と知り合って交際を続けるとは、警官として自覚に欠けすぎている。こいつは宇宙人か。

「もう一度訊く。その白石という男をかばってるわけじゃないな」

盗まれたのではなく、友人にスクーターを貸したのではなかったか。その白石が深夜に事故を起こし、鈴本に泣きついた。ここで事故を起こして交通違反の点数が増えたら、仕事に影響が出る。そういう裏事情は考えられた。

「いいか、鈴本。もし友人をかばっているなら——」

「犯人蔵匿、または証拠隠滅の罪に当たると思われます。ですので、白石君をかばっているわけではありません。もしかすると、彼に前科があって指紋が出てきたら、彼におかしな容疑がかかりかねないので、事前にお伝えしておくべきと思いました」

憎らしいほど、すらすら立て板に水と説明してみせる。昇任試験の勉強に励む者でなくとも、警官であれば当然でもあった。

玄関に並ぶスニーカーとパンプスを蹴りつけた。鈴本が驚き顔で見つめてくるが、これですんだと思うなよ、と目で威圧する。

ここまでの鈴本の証言に矛盾はなかった。が、どこまでが真実なのか。それを見極める自信が持てない。

ゲームを通じて知り合った友人に前科があり、その人物に貸したことのあるスクーターがたまたま盗まれ、深夜に自損事故を起こされたうえ、乗り逃げされた。その説明に、ひとまず矛盾はない。ただ、警官の身の上に起きたにしては、首をかしげたくなる状況が目立つだけだ。

確実に時代は変わった。古くさい常識の範疇《はんちゅう》に収まりきらない若者が、単なる仕事のひとつとして警察官を選び、不祥事なのか判断つきかねる現代的な問題が、この先は続々と起きてくるのだろう。

管理職になどなるものではなかった。地道に犯人を追うほうが、どれほど神経をすり減らさずにすむか。不幸にして被害者の出た犯罪を追うのは、精神的な苦痛をともなう。だが、怒りをエネルギーとして仕事に打ちこめる。誇りを感じられる。

宇宙人としか思えない若者の尻ぬぐいには、虚しさしか覚えなかった。副署長とは実に損な役回りだ。

不運を呪う前に、次はどう対処すべきか。脇坂は額に手を当て考え続けた。

9:45

「白石の連絡先を教えろ」

時間を無駄にはできなかった。脇坂は鈴本に迫った。

さして睨んだわけでもないのに、おっとりした目が横を向き、盛んにまたたかれた。

「いや、それが……実は……ネット上で情報交換するうちに知り合ったもので……連絡先というより、ネットのアドレスしか……」

今度はこっちが目をまたたかせる番だった。

「おい、まさか白石というのは偽名じゃないだろうな！」

土足で玄関奥のフロアに踏みこんでいた。

鈴本がぶるぶると首を左右に振る。

「いや、そんなことは……でも、確かにアバターネームってこともありますかね」

「日本語で話せ！　アバターネームとは何のことだ！」

「ですから、つまり、ネット上の仮想空間で自分の分身として設定するキャラクターがアバターなんで、その名前ってわけですが……」

わかります？　と小首をかしげて目で問いかけてきた。そんなことも知らないのか、と小馬鹿にされたのも同じに感じて、脇坂はまた土足で鈴本の前に迫った。

「あ、ですから、ペンネームみたいなものなんです。本当にご迷惑をおかけして申し訳ありません」

首振り人形のように、何度も頭を下げてくる。たとえ土下座されようとも、怒りが収まるはずもない。かといって、部下を殴りつければ問題になる。

鈴本が寄りかかる椅子の脚を、腹いせ蹴りつけた。その動きを見て、鈴本がすぐさま手を離して後ろに飛びのく。見事な身のこなしに、本当にこいつはインフルエンザなのかと、また疑問が胸を走りぬけた。

「とにかく、おまえはここでおとなしくしてろ。いいか、一歩も動くな。もし連絡がつかなくなったら、警察におまえの席はないと思え。わかったな！」

どんぐり眼《まなこ》が見開かれ、呆気に取られたようなうなずきが返された。

憤然と、また靴を蹴散らして玄関を出るなり、後ろ手にドアを閉めた。副署長の制服を着ていたので、誰に見とがめられようと、ヤクザまがいの借金取りに誤解される心配はなかった。

違法駐車させた軽自動車へ歩きながら、直ちに刑事課長の猪名野に電話を入れた。

「まだ鑑識作業の最中なんです」

催促してきたのだと思われたらしく、迷惑げなニュアンスを隠さずに言われた。

「鈴本と今、会ったところだ。刑事課でないと、任せられない事情が出てきた」

有無を言わせぬためにも、運転席のドアを閉めながら一気に告げた。鼻息の荒さを嗅ぎ取ってくれれば、怒りのほども伝わるはずだ。

「……えーと、待ってくださいよ、副長さん……。要するに、その白石と名乗る男の指紋が出るかもしれないと……。で、その後はどうしたらいいんですかね」

刑事課に何を負わせる気か。警戒心が声ににじむ。

「出たら、直ちに報告してくれ。君らに迷惑はかけない。わたしがその白石とかいう男に会ってくる」

「ですが、副長さん一人というわけにも……」

正式な聴取となれば、その証言を確認する者が必要となる。が、刑事課から人は出せない。とはいえ、現場介入もされたくない。おそらく刑事の経験を持ちながら、今はよその部署にいる者を頼れ、と言いたいのだ。

先手を打って、脇坂は言った。

「心配するな。とにかく誰かを連れていくさ。指紋の採取と前科の照会を頼む。大至急だぞ」

一方的に言って、電話を切った。エンジンをスタートさせるとともに、すぐさま地域課の有賀に経緯を報告する。

「……待ってください。そのアバターネームというのがよくわからないのですが」

「部屋にいる若手に訊け。こっちだって、あやふやながら言ってるんだ。とにかく、署長にも報告を上げろ。県警の者には気づかれるなよ、いいな」

前科を持つ白石正吾。

鈴本が、わざわざ架空の人物をでっち上げる意味はなかった。スクーターを盗まれたらしい。そう告げることで、自らは潔白だと主張できる。なのに、わざわざ前科を持つ男との交友関係を打ち明けてきたのだ。白石正吾と名乗る男は、確実に存在する。

そして、その男を鈴本はかばおうとしている。

本当に、単なるゲーム仲間なのか……。

インフルエンザは嘘で、仕事を休むにいたった理由が、その男との交友関係に起因している可能性はないのか。

時限爆弾の導火線は、まだ消えてはいないのだった。ちろちろと小さな火が、脇坂の胸を内側からあぶり続けている。鈴本と白石の関係を見極めるまで、安心はできなかった。

ひとまず署に戻ると、予想もしない光景が待っていた。

署の玄関先が人で埋まっていたのだ。群れなすファンが波のように揺れ動いている。下手をしたら、また百人ほどが増えたかもしれない。周辺の路上には五台ものテレビ中継車が並び、パラボラアンテナの花が咲く。

半被を着た若者たちは、迷惑もかえりみずにまだ半狂乱の踊りに興じていた。テレビのレポーターが彼らを囃《はや》し立てているのだ。調子に乗った馬鹿騒ぎに、近所の見物人までが集まり、群衆が鈴生りだった。未来を担う若者の明日をなげくより、平和な時代を喜ぶべきか。

裏の駐車場に車を回すと、ここにも野次馬が集まっていた。ざっと五十人は下るまい。制服警官が出て、黒塗りのミニバンを守るように立ち、睨みを利かす。あの車でアイドルが到着したのだ。せめて移動車に近づこうという熱烈なファンが押し寄せたと見える。

頼むから怪我人だけは出てくれるなよ。そう願いながら、脇坂は黒いミニバンから離れたスペースに車を停め、騒ぎを横目に通用口へ走った。

「あ……副署長。そろそろ始まります。さあ、お早く。こちらです」

警務の主任が走り寄り、大きく手招きをしてきた。

「いや、おれはほかに仕事が……」

一日署長の任命伝達式に、当初は脇坂も列席する予定だった。連絡が行き届かず、脇坂を捜し回っていたらしい。主任は、脇坂が何を言おうと後ろに回り、背中を押した。

「脇坂副署長、入ります！」

主任がロビーの上へ向けて声を放った。階段の先に陣取る報道陣が一斉に振り返った。中には、わざわざカメラを向ける者までいた。

遅れて登場したしかめっ面の副署長を、カメラに収めて何になるのか、まったくの疑問だが、脇坂はフラッシュが焚《た》かれる中を署長室へと押しこまれた。

中へ入って、戸惑いに足が動かなくなった。普段の署長室とはまったく違う香《かぐわ》しさと華やかさに満ちていた。

手前の壁際には、多くの取材記者がスタンバイする。テレビカメラが五台。小型のビデオカメラも見える。記者は二十人を超える。ちゃっかりと細倉達樹のにやけ顔もあった。脇坂を見て、また意味ありげな薄笑いを返してくる。

部屋の真ん中――応接セットをどかしたスペースには、青い制服を着た若い女の子が待ち受けていた。

桐原《きりはら》もえみ。二十三歳。身長は百七十センチ近い。なのに、驚くほどに顔が小さい。長い睫毛《まつげ》とカラーコンタクトのせいもあるのだろうが、大きな目がキラキラと輝いている。遅れて入ってきた脇坂を見て、女の子が笑窪《えくぼ》を刻んで一礼してきた。

「よろしくお願いいたしまーす」

その瞬間、またバシャバシャとフラッシュが焚かれた。愛らしい仕草に光が当てられる。

よく見ると、通常の制服とは少し違い、スカート丈がひざ上二十センチの特注品だった。足がすらりと長く、人形のように細い。比べてはいけないが、署の女性警察官とは人種が違った。

どこに身を置けばいいのかわからず、ドアの前でうろつくと、梶谷が素早く腕を引いてきた。

「こちらへ。撮影の邪魔になります」

奥の壁へ押しつけられた。焦って見回すと、一日署長の任命書を手にした菊島が睨んでいた。おれより目立つ気か。鈴本の件は解決したんだろうな。ふくみをこめた目に見すえられ、脇坂は姿勢を正して黙礼を返した。県警ナンバー2の北沢副本部長までが、窓際から見とがめの視線を向けてきた。四人の取り巻きは、あえて素知らぬ振りを気取っている。身の置き場がなくて、脇坂はうつむいた。

「では、これより、桐原もえみさんの、一日署長任命伝達式を執り行います」

県警広報課の主査が進み出た。またバシャバシャとフラッシュが光り輝く。

「桐原もえみさん」

「はい！」

アイドルの女の子が元気いっぱいに返事をして、バレリーナ張りの姿勢のよさで菊島署長の前に歩んだ。

「あなたを賀江出警察署の、一日特別署長に任命いたします」

「ありがとうございます。桐原もえみ、地元賀江出市の出身ですので、自ら市民の模範となって愛すべき我が町を守るため、与えられた職務に邁進することを誓います」

「よろしく頼みますよ」

女の子が任命書を受け取ると、拍手がわいた。

またフラッシュが光を放つ。しかも、その場で簡単な記者会見が始まり、どこかのレポーターらしき男性がマイクを向けた。

「もえみちゃん、署長になったご気分は？」

「はい、賀江出署員百八十一名を率いる責任感に、身の引きしまる思いです」

すべて台本が用意されているのだ。中学生の演劇クラブ員にも務まる茶番だ。カメラの前での決意表明も、あらかじめ想定問答集ができていた。でなければ、こんな女の子が賀江出署員の正確な数を知るわけがない。

脇坂は、カメラの邪魔をしないよう壁際をそっと横歩きで進み、菊島署長に近づいた。記者たちの後ろで、細倉が目敏く気づいて、視線を向けてくる。

声を落として菊島に耳打ちした。

「連絡は行ったと思いますが、鈴本に会ってきました」

「まだ調べはつかないのか」

娘を見守る父親のような表情を保ちながら、早口に言う。

「どうもゲーム仲間のようで、通り名しかわかっていません」

菊島の頬がひくついた。脇坂を壁際へ追いつめるように向き直り、小声の先をとがらせた。

「本当にゲーム仲間か。胴元《どうもと》とか、そういうたぐいの男じゃないだろうな」

「指紋が出れば、素性はつかめます」

不安は脇坂も同じだ。たとえテレビゲームでも、今やギャンブルたりうる。もし白石という男がゲームで多額の金銭を動かしていようものなら、鈴本にも共犯の嫌疑がかかる。疑おうと思えば、怪しい事態は次々と出来《しゅったい》する。

「指紋の照合を急ぐんだ」

菊島が小声ながらも語気を強めると、窓の前にいた北沢副本部長までが身を寄せてきた。

「どうかしたのかね」

「いえ、もえみちゃんのファンが多すぎるので、また警備を強化させたところです」

ゴール前を死守するディフェンダーなみの挙動でクルリと反転し、菊島は見事な作り笑顔でガードした。危機察知能力は見事だ。北沢副本部長が納得の表情になり、うなずき返した。細倉のほうはまだ曰《いわ》くありげな目でこちらを見ている。

「では、桐原署長。管内のパトロールに出発いたしましょう」

梶谷が廊下から台本通りの台詞を告げると、女の子は短いスカートの裾をひるがえしてターンを決めた。取材陣に向かって敬礼し、胸を張る。

「了解いたしました。桐原もえみ、これより管内のパトロールに出発いたします！」

10:10

待ち受けるファンが大歓声と拍手で出迎えた。この日のために用意されたオープンカータイプのパトカーにアイドルが乗り、大名行列さながらの車列がスタートした。二台の白バイが先導し、後ろには副本部長と署長を乗せたパトカーに、広報用のマイクを設置したミニパトが続く。さらにまた二台の白バイという陣容だ。そこに、テレビ局の中継車や、カメラマンを乗せたバイクが追いかけていく。

すでに市役所横の市民会館にもファンの長い列ができ、桐原もえみに手を振っていた。さすが地元出身のアイドルだ。署と沿道でこの賑わいとなれば、イベント会場は超満員だろう。

県警幹部の面目は立ち、手柄の競い合いが始まりそうだ。が、その裏で、前科を持つ者にスクーターを貸したと言い張る警官がいる。空騒ぎの水面下で、別の騒動が続く。

車列を見送ると、東和通信の細倉が人波を分けるように近づいてくるのに気づいた。脇坂は署内へ駆けこむや、もう絶対に誰も入れるな、と張り番の署員に厳命した。メディアの連中に署内の動きを悟られてはならなかった。

足早にロビーをぬけると、またもカウンターの横に小松響子が立っていた。脇坂と目が合うなり、唇を突き出した。

「あの子……絶対、整形してますね。間近で見ると、はっきりわかるもの。二重が深すぎるし、鼻梁《びりよう》があまりにも直線的すぎるって。なんかがっかりしたな……」

女の観点には畏れ入る。脇坂はスカートの丈の短さと、そこから伸びる足の細さばかりに目が行っていた。

「地元への凱旋だぞ。整形してたら、同級生と会った時に、ばつが悪いだろうが」

「プロのメイクで印象が変わる。整形疑惑をかけられたアイドルの決まり文句ですから」

柔道二段のたくましい腕を組み、小松響子は皮肉っぽく笑った。そういう彼女も、あと十数キロ体重を落とせば、そこそこ見られそうな目鼻立ちに思える。が、正直な感想を口にすれば、セクハラ発言だと問いつめられる。

「でも、笑顔は完璧でしたね。カメラが向けられていないところでも、ずっと姿勢よく立ってたし。女として、見習うところ大でした。職場の花って意味だけじゃなく、女性警察官の姿勢にもつながりそうですもの。わたしも頑張ります」

小松響子は一人で言って一礼すると、桐原もえみに負けない姿勢のよさでカウンターの奥へ戻っていった。

態度に裏表のあるアイドルであれば、小松響子も刺激は受けなかったろう。地元で一日署長を務めたいと自らブログで表明しただけはある。仕事へ戻るために、脇坂も階段を駆け上がった。事故現場や公民館に出た鑑識も、そろそろ仕事は終わったろう。

地域課に入ると、折本警部補が走り寄ってきた。真顔でメモを差し出して言った。

「……出ました。白石正吾。本名でした」

指紋が出たのだ。現場へ向かってまだ四時間ほど。かなり頑張ってくれたとわかる。

「どっちだ」

「スクーターです」

「公民館からは出なかったんだな」

「どこに停めてあった自転車が盗まれたのか、特定できなかったため、絞りこみが難しかったようです」

メモには名前と生年月日、賀江出市内の現住所が書かれていた。出生地は、柴田《しばた》町。県北部の町だ。

「どういう前科だ?」

「傷害と窃盗教唆です。十七の時、喧嘩で二名に全治三週間の怪我を負わせて逮捕され、中等少年院に入っています。出所は半年後。身元引受人の叔父が賀江出に住んでいます。県警の少年課にも問い合わせたところ、当時いろいろと問題の多かった少年グループのボスで、旭中央署の周辺でも補導歴があります。戸籍に父親の記載はなく、母親も六年前に亡くしています」

言葉が身に染みていく。どこに出しても恥ずかしくない経歴を持つ、立派な不良少年だった。警官が交友関係を持っていい者ではなかった。

「違反点数は調べたろうな」

脇坂がさらに問うと、有賀課長が横から言った。

「それがですね……。十七歳の時、暴走行為で仲間と摘発されてますが、普通免許取得後はスピード違反も犯してはいません。うまく逃れてただけかもしれませんが」

道交法違反はなし。であれば、免許停止になりそうだったため、鈴本が白石をかばってやった、という見立ては成立しない。

そもそも自損の場合、運転者に暴走行為などの非がなければ、違反点数はつかないのだ。

折本が、なぜか遠慮がちに目を向けてきた。

「それと……猪名野課長は、通常業務に戻らせてもらう、と」

スクーターを貸したという相手の指紋が出たにしても、予想どおりの結果にすぎなかった。あとは副長さんに任せますよ。刑事課とは無関係ですから。そう伝えてきたのだった。

脇坂は近くにあったデスクの脚を蹴りつけた。

前科を持つ者が関係している。そう聞けば、誰もが焦臭《きなくさ》さを感じて、近づかないほうが身のためだと考える。

またも孤立無援。尻ぬぐいは副署長の仕事。部屋にいる署員が脇坂を遠巻きにしている。

目の前に立つ折本一人が、不安げな目を寄せてくる。が、本来なら夜勤明けで、今ごろは家に帰っている時刻なのだ。

「遅くまですまなかったな。君はもう帰っていいぞ。おかげで助かった」

折本をねぎらってから、脇坂は地域課のフロアをあとにした。ここに頼りとなる者はいない。が、交通課はパレードの警備に総動員され、生活安全課は中学校の件で応援を依頼ずみだ。

自分のデスクが置かれた警務課に駆け戻り、部屋を見回した。

こちらも書類仕事を続ける者が四名いるだけ。そのうち二人は警察官の資格を持たない事務員だった。残るは……。

「小松君、ちょっといいか」

ドアに近いデスクで、積まれた書類に向かっていた小松響子に呼びかけた。

「一時間だけ手を貸してくれ。被疑者になるかもしれない人物を訪ねて話を聞く」

「あ、はい……。でも、わたしは刑事職の経験は……」

「ただの確認だ。君は黙って見ていればいい」

正式な捜査とは言いがたいが、聴取する者が一人では、あとで証拠能力に問題が出る。

渋られると思ったが、意外にも小松響子は勢いよく椅子から立った。一日署長のアイドルに負けない堂々たる敬礼が返された。

「わたしでよければ、同行させていただきます！」


小松響子は運転を買って出ると、脇坂の軽自動車を軽やかにスタートさせた。

メモにあった住所を読み上げると、彼女が意外そうな目をちらりと向けた。

言われて気づくのでは、恥ずかしかった。賀江出市有原《ありはら》二丁目。山林を切り拓いた中、養鶏と養豚の畜舎が並ぶ地区だった。

「あれ、賀江出ファームですよね」

賀江出ファームの名は、署内に知れ渡っている。経営者が、〝協力雇用主〟だからだ。地元の保護司に協力し、非行歴や前科を持つ者を雇い入れている。

畜産業という重労働に働き手を確保するためもあると思うが、前科を有する者を快く雇い入れる経営者は少ない。働く場所がなければ、更生の道を踏み出すことはできず、再犯に走る確率は高くなる。

「君が賀江出ファームに関心を持っているとは知らなかったな」

「以前、少年係で企画した非行防止のキャンペーンを、少し手伝いました」

「協力してもらったわけか」

「いいえ、まったくの逆なんです」

小松響子が唇をとがらせるようにして言った。

「あそこの木辺《きべ》社長は、一本、筋が通りすぎてますから。社員の評判は悪くないらしいんですけど、こっちの話をまともに聞いてくれなくて。警察に請われたから、若い子たちに手を貸してるんじゃない。働き手として有能な者がほしいだけだとか言い張って……」

「嫌われるようなことを、どこかの部署がしたのかな」

脇坂は賀江出署での経験が浅かった。予測をつけて訊くと、小松響子がうなずいた。

「逮捕したあとの面倒ごとは、すべて民間に押しつける。なのに、何か事件があると、すぐに疑ってくる」

長らく刑事をしてきた身なので、耳が痛かった。が、同じ手口の前科を持つ者からたどっていくのは、捜査の常套《じょうとう》手段なのだ。窃盗や性犯罪は再犯率が高い。昔の仲間の消息もつかみやすい。

「ねちねち文句を言われたって、岡部《おかべ》さんがこぼしてました」

岡部高明《たかあき》は少年係の巡査部長で、二十七歳の若手だ。熱血漢だからなのか、上司の前でも不平不満をわざと口にしてみせたがるところがあった。

「そういや、岡部君も柔道でならした口だな」

脇坂が目配せを送ると、小松響子は高くもない鼻を突き出すようにして前を見つめた。

「誰を真似してるのか知らないけど、いつも内股一本槍で、頭が足りないんですよね、あの人は」

こりゃ手厳しい。お互い独身じゃないか、と口にしなくてよかった。こういう辛辣な言葉がするりと飛び出してくるから、女性の扱いは難しい。

山間《やまあい》へと差しかかり、緑の木々が途切れると、賀江出ファームの畜舎が見えた。薄茶色と青の三角屋根が長々と続く。少し離れてアパートのような二階家が二軒並んでいる。花壇が囲む砂利敷きの駐車場に、軽自動車を停めた。手前のプレハブめいた家屋のほうが事務所で、木彫りの看板が置かれていた。

木製のドアを押して中に入る。棚には賀江出ファームの名が印刷された土産物が並んでいた。卵にカステラ、ハムにソーセージの詰め合わせ。が、よく見ると、どれも写真のみで実物は置かれていない。訪れる客はそう多くないのだろう。

カウンターにあった呼び鈴を押すと、青いオーバーオールを着た五十年配の男が、奥の部屋から姿を見せた。脇坂たちの制服に気づくなり、商売敵を迎え出るみたいな目に変えた。社長の木辺透《とおる》だった。

「賀江出警察署の脇坂と言います」

「いつも言ってるように、うちは慈善事業をしてるつもりは、さらさらないんだ。懸命なる営業努力をしてるだけでね」

第一声から対決姿勢を見せてきた。噂どおりの男らしい。それでも、聴取に際して笑顔は作れなかった。

「こちらに白石正吾という若者が働いていると思いますが」

「正吾は真人間に戻ってますよ」

「具体的な嫌疑があるため、彼に会いたいというわけではありません。ある事故に関する補足調査で、早急に確認したいことがあって来ました。仕事が忙しいようであれば、待たせていただきます」

高圧的な物言いはしたくなかった。言葉に気をつけながら言った。

木辺は物憂げに首を振ると、脇坂に目を戻してカウンターを回りこんできた。

「何があったかは知りませんが、そうやって仕事場にまでお気楽に足を運んでもらいたくないんですよね」

脇坂が口を開こうとするのを見て、木辺が先手を打つように掌を広げ、待ったをかけてきた。

「お気楽と称したのが気に召さなかったみたいだけど、おれらから見ると、そうとしか思えないんですよ、あんたがたは。いいですか、正吾が警察の手を煩わせたのは、もう五年も前のことなんです。うちに来てからは、スピード違反ひとつ犯しちゃいない。なのに、何かあると、すぐこうやって話を聞きに来る。そういう警察の決めつけが、真人間になった彼らの気分を腐らせ、せっかくのやる気を奪っていくって、どうしてわからないのかね」

見事な切り返しに、口をつぐんだ。

警察手帳を振りかざせば、市民の誰もが協力してくれる。何より犯人逮捕が優先される。その裏で、かつて罪を犯した者が多少疑われたところで、どこに問題がある。自ら進んで協力すべき理由が、彼らにはある。そういう捜査の側の理屈を疑わず、仕事をしてきた。

木辺の指摘にも一理はあった。が、早期の犯人逮捕こそが、次の新たな犯罪を防ぐ面は否定できないのだ。

「さあ、帰ってくれよ。おれはここの社長だから、可愛い社員を守ってやる義務ってもんがあるんでね」

ハエを払うように手を振られた。

言葉を探して、脇坂は言った。

「ご指摘には深くうなずかざるをえず、我々も安易な行動はひかえるべきと考えます。しかし今回は、盗まれたスクーターから、白石君の指紋が検出されています」

事実を端的に告げると、木辺が激しく目をまたたかせた。

「一方で、そのスクーターを以前に白石君が借りたらしい、という証言もあるため、あくまで確認のために寄らせていただいたのです」

自分を納得させる時間を取るかのように、木辺はしばらく無言だった。聴取の正当性を吟味していたのだろう。

やがて木辺は視線を上げ、脇坂たちの前を横切って進み、態度で本心を告げるかのようにドアを強く押しやった。

「……仕事中なんで、正吾は豚舎のほうにいますよ」

三メートルを超える高い天井で、大きな換気扇が音もなく回転を続けていた。思っていたよりも臭いはきつくない。通路をはさんだ両側に黒豚が身を寄せ合い、飼料の入った箱に顔を押しつけていた。

ドアの前で待つと、豚舎の奥から木辺に率いられて、背の高い若者が現れた。彼も制服らしきオーバーオールに身を包み、帽子を手にしていた。短髪で服装に乱れはなく、目つきも穏やかだった。前歴を知らなければ、畜産業に取り組む好青年にしか見えなかった。

「白石正吾です」

若者は呼び出されたことが不服なのだというニュアンスを隠さずに名乗り、それでも折り目正しく一礼してみせた。

「社長からうかがいました。もしかすると、鈴本さんからスクーターを借りたことでしょうか」

態度と物言いに臆したところは見られなかった。恥ずべきところはない、と態度で示そうという雰囲気が感じられた。

「仕事中に悪いね。あくまで確認なんだ。鈴本からも事情は聞いた。念のため、君の昨日から今朝までの行動を教えてもらえるとありがたい」

はい、と言いながらも、白石は視線を外し、言葉に迷うような素振りを見せた。横で木辺が勇気づけるようなうなずきを見せた。

「……昨日は遅番だったので、九時までこっちにいました。それから寮に帰って、ずっと一人でした。今朝は、いつものように六時前から働いてます」

二十一時まで働き、翌朝は六時から。警察官並みのハードワークだ。

「事務所の裏に寮があります。といっても、古い家をアパート代わりに使ってるだけでして。彼をふくめて今は三人が住んでます」

木辺が豚舎の外れを指さしながら説明した。

「では、寮にいたことは同僚が見ているわけだね」

脇坂が質問を重ねると、若者がまた視線を外した。

「朝が早いので、すぐに寝ました。だから、誰とも顔は合わせていません……」

「大丈夫だよ。夜中に電気が消えたのを、おれが見てる」

「え？　そうでしたか……」

木辺の言葉に、白石がほっとしたような表情を見せた。

だが、夜中に電気が消えたくらいで、アリバイが立証されたとは言えなかった。その後に、一人で出かけることはできる。

「鈴本とは、どこのゲームセンターで遊んでいたのかね」

「旭町じゃないと、アミューズメントゲームが充実してませんから」

「いつもは、どうやって旭町まで出るのかな」

「駅まで自転車で行きます」

地元の駅から旭町まで二十分ほど。往復一時間半はかかりそうだ。田舎に住んでいれば、町へ出るにも、それなりの時間はかかる。

部屋の明かりが消えたのを木辺が見たのは、午後十一時すぎで、すでにバスは動いていなかった。白石は車もバイクも持たない。自転車を使って西元真澄のアパートまで行くには、片道一時間は必要だろう。

が、鈴本がインフルエンザでなければ、白石と落ち合うことはできる。疑念を払拭できる材料は、残念ながら、ないと言えた。

鈴本が彼にスクーターを貸し、事故の件をかばっている、という可能性は考えられる。だが、なぜ警官が、友人の自損事故をかばってやる必要があるのか。その理由が見えてこない。

深夜に町外れの県道へ出かけた理由も謎だ。辺りには田んぼと山林しかない。わざわざ夜中に立ち寄り、その事実を警官までが隠したいと考える場所とも思いにくい。

やはり何者かに盗まれた、と見るべきか……。そうであれば、誰もが救われる。

「最近、鈴本と会ったのはいつかね」

「先週の木曜日だったと思います。旭町のゲームセンターで、何度か対戦させてもらいました」

　夜勤明けの夜に当たる。

「それからは一度も会っていない？」

「はい……。鈴本さんは警官ですから。おれと違って忙しい人なんで。なのに、すごいテクニック持ってて……」

「ゲームセンター以外で会うことはなかったのかな」

「どこに住んでるのかは知らないんです。ゲームの好敵手だったもんで。けど、警官だって噂を聞いたから、自分のこと、仕方なく打ち明けたんです……。おれみたいなのとつき合ったら、まずいでしょうから。そしたら鈴本さん、気にするなって……。真人間に戻ったんだから、正々堂々としてればいいんだって」

　前科者と親しくしてどうする。話を聞けば、署の誰もが鈴本を諭すだろう。しかし、更生の道を歩む者に、警官が手を差し伸べたところで、本来は何の問題もないはずなのだ。

　正々堂々としていればいい。鈴本は人として真っ当なアドバイスを与えていた。過去を聞かされながらも、ゲームの好敵手という互いの立場は崩さず、彼を勇気づけてきたのだった。

「スクーターを借りたのは、どういう経緯からかな」

「はい……」

うなずいたものの、白石は横にいる社長を遠慮がちに見てから、口を開いた。

「実は……こんなおれにも、彼女と言えそうな人ができまして……。でも、おれ、馬鹿なもんで、彼女をカンカンに怒らせちまって。そのことを気にしてたから、ゲームの成績がちっとも上がらなくて。理由を打ち明けたら、鈴本さんに言われたんです。すぐ謝ってこい。何でもいいからプレゼントを持って、飛んでいけって」

「えーっ、あの鈴本さんが……」

後ろに立っていた小松響子が、初めて小さく声をもらした。脇坂が視線を振ると、慌てたように口をつぐんで頭を下げた。彼女は鈴本に西元真澄という恋人がいた事実を知らない。

「で、スクーターを借りた、と？」

「はい……彼女が勤めてる店まで飛んでいったんです」

「待ってくれ。店って、飲み屋じゃないだろうな」

「あ、いえ、酒を出す店ですけど、もちろん客として行ったんじゃありません。裏に呼び出して、とりあえずプレゼントを渡して……」

まんざらでもなさそうな顔を見ると、飛んでいった効果はあったのだろう。

これで一件落着になってもらいたかった。スクーターは何者かに盗まれたのであり、鈴本もインフルエンザで休んでいた。白石とは単にゲーム仲間の一人だった。そう確定できれば、警察に実害は出ない。

まだこちらを睨むように見ている木辺にも、協力への礼を述べて頭を下げてから、軽自動車に戻った。脇坂たちの車が敷地から出ていくまで、木辺は事務所の前に立っていた。

「ちょっと気になりますよね」

再びハンドルを握った小松響子が軽々しい口調で話しかけてきた。

「何がだ？」

「だって彼、左手を少しかばってたみたいじゃないですか」

脇坂はまじまじと小松響子の横顔を見つめた。

「帽子を握り直した時、表情を変えないようにしてましたけど、けっこう痛んだように見えたんですけど。柔道の試合でも、弱みを見せたくないから、痛みを我慢して隠そうとする人、多いですからね」

まったく気づかなかった。だからといって、本当かと色をなして訊くこともできず、脇坂は腕を組んで考えこんだ。

白石正吾は本当に怪我を負っていたわけか。

ここで引き返して確認を取ったにしても、自損事故の時に負ったと断定はできないだろう。仕事中に痛めたと言われてしまえば、否定する材料はないのだ。

「でも……スクーターが盗まれたって、何の話でしょうか。確か鈴本さん、インフルエンザで休んでますよね」

「単なる盗難だよ。君が心配するようなことじゃない」

部下の質問に取り合わず、門前払いにするも同じだった。脇坂も昔は、上によく同じ不満を抱いた。そのくせ、いざ自分が指揮する立場になると、下からの雑音ははねつけたくなる。誉められた対応ではなくとも、署内に余計な噂を広めるわけにはいかなかった。

口を閉ざして腕を組み、フロントガラスを睨みつけた。白石正吾が怪我を負っていたとしても……。

たかが小さな自損事故なのだ。口裏合わせをしてまで隠したがる理由が、やはり見えてこない。

前科を持つ者と一緒になって、事故をなかったものにして何になるのか。嘘が明らかになれば、警察官としての仕事を奪われかねない。どう考えても、鈴本には一切、得るものがないのだ。

となれば——脅されて、仕方なく協力したか。

単なるゲームではなく、大金が動く賭博のようなものであった場合、警官である鈴本の関与は大問題となる。

今すぐ鈴本の銀行口座を調べに動くか……。

もし賭博に手を染めていたとなれば、金の出入りには細心の注意を払うはずで、専用口座を別名義で作った可能性も考えられ、給与の振り込まれている口座を調べたところで、さしたる意味はなさそうだった。

疑いだせば、きりがなかった。白黒つけるには何をすればいいのか。悩ましい事態はまだしばらく続きそうだった。

第三章　密告情報

10:55

洋司を連れて出頭した旭中央警察署で、由希子は聴取への同席を許されなかった。頭部打撲の被害者が存在し、立件も見すえた正式な事情聴取であり、洋司も未成年ではないため、保護者の同席は遠慮してもらいたい、と言われたのだ。警察の身内であり、ただでさえ迷惑をかけたとの思いが強く、由希子は異を唱えずにしたがった。

すでに時刻は十一時が近い。相変わらず母の携帯電話はつながらなかった。思いついて自宅に電話を入れてみた。もしかしたら朝帰りも考えられる。母の性格からして可能性は薄いだろうが。

すると、機械音めいた女性の音声メッセージが聞こえてきた。

——嘘でしょ。

由希子は記憶を反芻《はんすう》した。家を出る時、留守番電話をセットした覚えはなかった。家に誰もおらず、留守電にもなっていなかったため、どこへ出かけたのか不安になったのだ。

朝に母が帰宅し、留守電をセットしたうえで休んでいる――そうとしか考えられなかった。

何のことはない。五十女の単なる夜遊びだったのだ。友人と話が弾んで終電を逃し、カラオケ・ボックスかどこかで時間を潰してから帰宅したと見える。

「お母さん、心配したんだからね。この伝言聞いたら、とにかくわたしに電話をちょうだい。洋司のことで報告があるの」

たっぷりと声に怒りをこめてメッセージを残した。

父が現場の第一線で働いていた時なら、母も決して朝帰りはしなかったろう。そう考えると、副署長になった父だけでなく、母にも少しは自由な時間ができたのだとわかる。

母を責めることはできなかった。由希子は思う。警察官という父の仕事のほうにこそ問題があるのだ。そのために、家族がどれほど縛られてきたか……。

苦い思い出ばかりだというのに、こともあろうに警察官からのプロポーズを受け入れたのだから、正気の沙汰ではない。つまりは――自分が悪い。

いいや……。

由希子は断固として首を振った。康明はともかく、母も父も一緒になって由希子の背中を押した。よかったと喜び、笑顔を作ってみせた。

あの時の母の気持ちが、いまだ知れない。自分が夫の仕事にどれほど振り回されてきたか、自覚がなかったわけはないのだ。

それでも母は、結婚式の前に言った。

——仕事に誇りを持っていれば、男はたくましく生きていける。女もそのほうが安心よ。いろいろな意味でね。

母が日々、安心できていたはずはなかった。そう由希子が言い返すと、母は笑った。

——安心の意味が違うわよ。仕事が忙しくて浮気する暇がないってこととも違うわよ。あんたもそのうちわかるでしょ。

何となく想像はできた。頼りとする者が身近にいる。警察という大きな仲間の中にいる。その安心感はあった。だが、康明は結婚当初から、ただマンションには寝に帰ってくるようなもので、夫婦としての実感はいまだ薄い。

——まあ、若いうちはそうかもしれないね。

母は電話で笑うばかりだった。

言いたいことはわからなくもなかった。しかし、ただ家にいるだけなら、達磨《だるま》や小芥子《こけし》にも務まる。由希子でなくてはならない理由。夫にはそれを表明し、絶えず言葉にしていく義務があるのだ。

次々と浮かんでくる不満の泡を一人で数えていると、廊下の奥から制服警官に導かれた洋司の姿が見えた。

「ご迷惑をおかけしました」

保護者でもない自分がなぜ頭を下げているのか。洋司ときたら、それが当然と開き直るような態度でいるから、頭にくる。

「今後は自覚を持った行動を願いますよ」

警察の身内であれば、恥ずかしくない行動を取れ。もっと厳しく言ってくれと思ったが、中年の制服警官はあっさり二人に背を向け、仕事に戻っていった。

先にさっさと歩きだそうとした洋司の手をつかみ、その場に引き止めた。

「何すんだよっ」

「もっとほかに言い方あるでしょ」

「何度も謝ったろ。迷惑かけてゴメンって」

「で、まさか被害届を出したわけなの？」

「出せるかよ。これ以上、父さんたちに迷惑かけられないだろ」

「あんた、本当に相手のこと、何も知らないわけ？」

睨みすえて言うと、洋司がまた目をそらした。

「何度も同じこと言わせるなよ」

「喧嘩の理由がわかったら、お父さんにもっと迷惑がかかる。そう思ってるんじゃないでしょうね」

問いつめた瞬間、洋司がくるりと由希子に向き直った。

目つきが、見たこともないほど鋭くなっていた。あの洟垂れ小僧が、いつのまに一端《いっぱし》の男の目をするようになったのか。

「だったら悪いかよ。被害者ヅラなんかできやしねえだろ。一方的にやられたんだぞ。そのうえ捜査してくれなんて、子どもの喧嘩で親を頼るようなもんだろが」

声が大きくなっていた。ロビーにいた人がこちらを見ている。

振りきって歩きだした洋司を追いかけて言った。

「待ちなさいよ。お母さん、もう家に戻ってるわよ、留守電になってたから」

「へえ……そりゃ、よかった」

投げ出すような言い方だった。由希子は足を速めて洋司の前へと回った。

「あんた、やっぱりお母さんがどこに行ってたのか、知ってるわね」

「しつけーな。知るわけねえだろ」

また大きく手を振って由希子を押しのけると、洋司は警察署の玄関先で駆けだした。

「どこ行く気よ、もう……」

こうなったら、母を問いつめるまでだ。

由希子は歩道に飛び出し、タクシーに向けて手を上げた。

11:05

鈴本英哉と白石正吾は何かしらの共犯関係にあるのか。だとすれば、その理由は何か。白石に交通違反の点数はたまっておらず、現場から逃げ去る理由は見当たらない。鈴本のインフルエンザ休みと、どこにつながりがあるか……。

謎はひとつも解決せず、追及する手立ても見つからず、賀江出署に戻りついた。

次の一手を思案しながら、小松響子に礼を言って車を降りた。通用口に向かいかけた瞬間、署の携帯電話が鳴った。

生活安全課からの着信だった。職員室の鍵が壊された件で、何かわかったのだろう。

「今どこでしょうか、福山《ふくやま》です」

福山利一《としかず》。口数少なく、会議の席でも発言はほとんどしない。部下への指示も少ないが、ツボは外さず、仕事にそつのない男だった。

「ちょうど署に戻ってきたところだ。例の中学校の件だな」

「いえ、厄介な問題が起きました」

「今度は何だ？」

「わたしも戻ってきたばかりでして。とにかく、こちらへお願いします」

現場を預かる課長が、副署長を頼るような言い方をするとは珍しい。受難は重なる。嫌な予感に足が急く。

通用口を駆けぬけて、裏の狭い階段を上がった。

生活安全課のフロアに走りこむと、またも多くの男たちが集まっていた。福山は当然ながら、刑事課長である猪名野の姿もあった。鑑識作業を見届け、戻っていたのだ。地域課長の有賀に、なぜか警務係長の坂田《さかた》警部補とその部下までが顔をそろえている。

「これを……」

福山が短く言って、メモを差し出してきた。その手に白手袋がはめられていた。

メモではなかった。どこにでもある白い縦長の封筒と、折りたたまれた便箋《びんせん》が重ねられていた。

受け取ろうとして、脇坂は手を引いた。指紋をつけてはならないと考える種の手紙なのだ。

猪名野が進み出て、白手袋を渡してくれた。受け取って素早く手にはめ、便箋の端をつまんで開いた。

今時、目を疑いたくなる手紙だった。定規を使ったような直線で書かれた文字が、不規則かつ大きさも乱雑に並んでいた。

今すぐ　桐原もえみの　車を調べろ　あいつは　クスリをやってる　一日署長とは
笑わせる　事務所のヤツも　関係してる
荒木田直美の　過去をたぐれば　すぐわかる　後部座席の下を調べろ　でないと
いい笑い物になるぞ

角張った文字が禍々《まがまが》しさを放ち、悪意の深さを表していた。筆跡を隠す意図はわかるが、パソコンを使えばもっと簡単に手紙は作れる。自分でゴリゴリと強く線を引いて文字を刻みつけたところに、底意地の悪さが匂い立つ。

「倉元《くらもと》君が裏の駐車場で見つけてきました」

福山が言って封筒を表に返した。ここにも金釘文字で「署長様」と書いてあった。

総務係長を務める倉元警部補が、その後ろから遠慮がちに割って入った。

「通用口の右手に、紫陽花《あじさい》の植えこみがありますよね。その上にこれが置いてあったんです。悪戯《いたずら》だとは思うんですが……」

自分がこんなものを見つけなければ騒ぎにならなかったのに……。そう言いたげに頭を下げる。

この手紙を見せられた警務課の坂田が、薬物事件の密告だと判断し、生活安全課へ持ちこんだのだ。そこに猪名野たちが帰ってきたのだろう。

「しかし、この座席の下という具体的な指摘が気になりませんかね、副長さん」

猪名野が横から言って、悩ましげに眉を寄せてみせた。

「荒木田《あらきだ》というのは何者だ？」

「マネージャーです、桐原もえみの。今日もずっと彼女について回ってます」

坂田の解説を聞き、脇坂は深く息を吸った。

どうして次から次へと突発事態が発生するのだ。

一日署長のイベントを聞きつけ、興味本位に悪戯をしかけてきたのであれば、まだ救われた。単に薬物使用をほのめかす手紙を出したところで、警察が素直に信じるとは限らない。そこで、マネージャーの名前を出し、過去を調べろと、訳知りふうな書き方をした可能性はあった。

この文面から真偽の判別をつけようはない。が、少なくとも本気で警察に桐原もえみの身辺を調べさせたがっているように受け取れた。

「マネージャーの過去を洗うとなれば、正式な手続きが必要になります」

福山が声をひそめて言い、目でうかがってきた。

科料のような軽微な処罰であろうと、すべての記録を検察庁が管理している。前科調書と呼ばれる記録だ。

生年月日と名前で人物の特定ができれば、過去の交通違反であろうと、くまなく検索できる。マイナンバーにも直結され、そこから多くの情報を引き出すことも可能だった。

猪名野がまた横から意見をはさんできた。

「何せ相手は人気のアイドルなんで、愉快犯による嫌がらせは多いでしょう。ただ、マネージャーの名前を出し、隠し場所もはっきりと書いてある。密告情報は匿名が常識なんで、悩みどころではありますね」

薬物関係の密告なので、生活安全課の事件になると承知しつつも、猪名野は多弁だった。できるものなら、捜査に加わりたい。そう考えているのがわかる。

たとえ空振りに終わろうとも、責めを負うのは署の上層部になる。その反面、もし動かしがたい証拠が出れば、人気アイドルの化けの皮をはぎ取ったとして、署と捜査陣の評判は高まる。手をこまねくだけ損、と見ているのだ。

当の福山も、許可をくれと視線で訴えていた。

いかにも怪しげな手紙ひとつで、検察までが動いてくれるか。マネージャーの過去がつかめたにしても、裁判官が捜査令状を出してくれるとは考えにくい。となれば、現場が泥を被る覚悟で動かねばならないだろう。

「出てますね、けっこう。見てください、ずいぶん前からネットで評判になってるみたいです」

声に視線を転じると、若手の刑事がパソコンの前に座っていた。

「もえみに薬物疑惑。ぶっ飛び発言、薬のせいか……。ほかにも好き勝手なこと言ってるファンがけっこういますね」

ネットで検索をかけたらしい。ただ、いくら記事や発言が載っていようと噂にすぎず、警察が正式に動く論拠になりはしなかった。

「マネージャーの経歴を知る者による密告でしょうか」

地域課長の有賀までが、ネットに負けじと好き勝手な憶測を投げかけてきた。

午前十一時をすぎた。賀江出第一小学校で、交通安全教室がスタートしたころだ。署長の菊島たちは、地元の政治家たちとテント下の来賓席に並んでいる。

さあ、どう対処したらいいか。頭が痛い。

一日署長を引き受けてもらったタレントに、薬物疑惑が出たとして身辺調査をかける。正式な手続きを踏まずともできることがあるはずだ、と菊島なら言うだろう。

「桐原もえみの車は？」

脇坂が周囲の者を見回すと、坂田係長がすぐに答えた。

「小学校です。マネージャーとメイクのスタッフも同行しています」


またしても脇坂の車で出発した。朝から早くも四度目だ。

今度の運転手は生活安全課長の福山利一になった。一緒に出動したがっていた猪名野への牽制もあったろう。彼の動きは速く、二名の若手を名指しするなり、脇坂の前を走って駐車場へ急いだのだ。

若手二名は後ろに続く覆面パトカーに乗っている。地味な仕事の多い生活安全課に、派手なアドバルーンを上げられそうなチャンスがめぐってきたのだから、彼らが目の色を変えて動きたがるのは当然だった。

第一小学校に近づくと、夏祭りの会場に負けじと飾り立てられたグラウンドが見えた。万国旗が四方を囲み、「お帰りなさい、もえみちゃん」と書かれた横断幕が下がる。車道には違法駐車の列ができ、歩道には自転車が群れをなしていた。

「あれ。何ですかね。我々の出迎えじゃないでしょうから……」

福山がフロントガラスに顔を近づけた。

校門の前に、ずらりと警備の警察官が並んでいたのだ。後ろにはスーツ姿の男たちも見える。車が近づくと、居並ぶ警官たちの中に、北沢副本部長の顔までが確認できた。もう交通安全教室が始まっている時刻なのに、こうして校門前に男たちが雁首《がんくび》そろえているとなれば……。

福山が徐行しながらウインカーを出すと、一人の警察官が車の前に飛び出してきた。

「おい、何してるんだ。関係者以外は立ち入り禁止だぞ！」

手の警棒を振りながら声高に呼びかけてきた。脇坂はサイドウインドウを下ろして、顔を突き出した。

「おれだよ、脇坂だ」

「あ——申し訳ありませんでした。副署長がお見えになるとは聞いてませんでしたし。まもなく、山室先生の車が到着するので、つい……」

交通課の川添博が米つきバッタのように何度も頭を下げた。そこそこベテランの部類に入るが、警部補試験に落ち続けている。車内を見ればわかるのに、ろくな確認もせずに怒鳴るとは迂闊すぎた。こういう場面に、普段の仕事ぶりが表れてしまう。

「桐原もえみの車はどこだ」

「あ、はい、花壇の奥に——」

川添が校舎の左手を示すと、別の制服警官が大声で叫んだ。

「何してる、川添。山室先生の車が来たぞ。そこをどかせろ」

たとえ上司に当たる副署長でも、地元の大物代議士とは比べるべくもなかった。運転席で福山が苦笑しつつ門の中へ乗り入れた。川添巡査部長が花壇の前まで走って、脇坂たちの車を先導してくれた。

ドアから降り立って振り返ると、ちょうど黒塗りの高級車が校門前に到着したところだった。

北沢副本部長を先頭に、警官たちが車を取り囲んだ。秘書らしき男が助手席から慌ただしく出てきて、後ろのドアを開けた。出迎えが一斉に頭を下げる中、初老の小男が降りてきた。

山室雄助。ツイードのスーツより作業着のほうが似合いそうな厳《いか》つい顔だ。身長は百六十センチそこそこでも、醸し出す威圧感は県警幹部を上回る。出迎えの者に軽く手を上げ、鋭く辺りに睨みを利かせた。普段から一時も油断せずにいる者の目つきに見えた。これが政治の世界で伸《の》してきた男というものなのだろう。

北沢副本部長までが単なる取り巻きの一人となって、山室雄助につきしたがった。ゾロゾロと警官隊がグラウンドへ移動を始めた。

「遅刻のうえに、顔だけ出して、さっさと一人で先に帰るんでしたよね、あの大先生は」

大名行列を見送りながら、福山が皮肉そうに笑った。

「そう言うな。あの大物先生のおかげで、うちの県警の鑑識スタッフも補充ができたようなものだからな。それより、仕事だ。行くぞ」

緑の植わった花壇の前に、二台の黒いミニバンが停まっていた。福山たちとうなずき合い、歩み寄った。どちらも後方部分にレースのカーテンがかけられ、中が見えないようになっていた。

脇坂は二台の前に回り、フロントから中をのぞいた。手前の車に人の姿はなかった。後ろのシートのひとつが畳まれ、奥に衣装がぶら下がっている。スタッフの車だろう。

奥のミニバンの運転席には、若い男がシートを倒して目を閉じていた。

ウインドウを軽くノックすると、男が慌てたように飛び起きた。制服姿の脇坂を見て、短く頭を下げつつサイドウインドウを下ろした。

「あ、車の移動ですか？」

「いえ、お休みのところ、すみません。実は、マネージャーの荒木田さんに、今日の警備についてご説明を差し上げた時だと思うのですが、ファイルにはさんでおいた連絡カードを落としてしまったようなんです」

「はあ……」

「プラスチック製の小さなカードですが、もしかするとこの車の中ではないかと、うちの若い者が言いますものでして。大変失礼ではありますが、車内を少し見せていただくことはできますでしょうか」

嘘も方便。警察の要請を断固としてはねつけようと勇む者は、まずいない。この言い方であれば、たとえ何も出てこなくとも、あとで問題にされる心配もない、おそらくは。

「カードですか？」

「診察券よりちょっと小さなカードで、まぎれやすいから紛失には気をつけろと言ったんですが。お手間は取らせません。荒木田さんにも了解を取りつけているところですので、ご協力ください」

命令口調にならないよう笑顔を心がけて頭を下げた。

運転手の若者が仕方なさそうにドアを開け、車の外に降りてきた。うまくいった、と安堵《あんど》の思いは顔に出さず、なおも媚《こ》びるように言う。

「すみませんねえ。一緒に後部シートの下を見ていただけますか」

「はあ……」

若者は渋々といった風情でうなずき、スライドドアを引き開けた。

ドアが全開になると、福山が素早くかがみ、車内をのぞいた。若手が用意したハンドライトでフロアを照らした。

「副署長、あれを――」

にわかに福山の声が張りつめた。

脇坂も後ろで腰をかがめた。車内は綺麗に片づいていた。シートにベージュのバッグと雑誌が置いてある。その左側の足元に――小さな銀の包みが落ちていた。

息を呑む。密告が的中した……。

「運転手さん、あなたも確認してください」

福山が語気鋭く言って若者を見上げた。

脇坂が場所を譲って、戸惑う若者を目でうながした。仕方なさそうに彼が中腰になる。

指摘したものが見えなかったらしく、さらに身をかがませた。

「見えますね、銀色の包みが」

「ええ、まあ……。でも、カードじゃないですよね」

「我々は車内に手を触れていません。つまり、この車の中にあった。間違いないですね」

「ええ……でも、何かな、これ」

そう言って手を伸ばそうとした若者を、福山が体で制した。

「失礼します」

ポケットから取り出した白手袋をはめ、福山が銀色の包みをつまみ上げた。運転手の若者にも見えるように、左の掌に置いてみせた。

アルミホイルを折りたたんだものだった。

あってほしくない事態が目の前に展開されていく。福山が緊張気味に包みを開けた。

四つ折りにされたアルミホイルの中が見える。干からびた葉の破片と白い粉末を混ぜ合わせたものが現れた。

やはり出ましたね、と言いたげに福山が視線を寄越した。脇坂は深く吐息をついた。

「あ、いや……ちょっと待ってくださいよ。まさか、何かの変な薬だっていうんじゃ……」

警官たちの深刻そうな顔を見て、若者が立ち上がって身を左右に振った。

大麻やマリファナ系の匂いはしなかった。合成麻薬系の粉末か……。

脇坂は彼の前に立った。

「実は、この車に薬物が隠してあるとの情報がありました。念のために、このアルミホイルを押収し、分析に回させていただきます」

「待ってくれよ。おれじゃないって……。あ、もちろん、もえみも薬なんかやっちゃいませんよ。本当なんだ。何かの間違いだって」

「お静かに願います。今日はメディア関係者も多く来場しています」

脇坂が、拍手の起こったグラウンドへ目をやりながら指摘すると、若者が表情を失った。

「福山君。ただちに科捜研へ送るんだ」

11:30

「いいか、人を絶対に近づけるな。特に記者連中には気をつけろ。車が故障した。何者かに悪戯された可能性がある。だが、被害は少ない。そう説明して追い払え。何かわかったら、あとで必ず発表する、とな」

警備の責任者に告げると、脇坂は交通安全教室が開かれているグラウンドへ走った。ろくに寝ていなかったせいもあり、足がもつれた。またとんでもない事態になった。指定薬物と決まったわけではないが、マネージャーの過去まで事実となってくれば、可能性は嫌でも高まる。

なぜ一日署長の日を狙い打ちしてきたのだ。桐原もえみは東京のテレビ局で山ほど仕事をこなしている。やるなら警視庁に密告すればいい。彼らであれば、こういった事態の対処にも慣れていよう。

グラウンドを見やると、桐原もえみと交通課の女性警察官が腹話術の人形を使って、子どもたちに交通ルールを解説中だった。校舎の前にテントが設営され、その下に来賓が陣取る。先ほど到着したばかりの山室雄助をはじめ、市議や地元の名士もそろっている。

脇坂はひしめく見物客をかき分けてテントに近づいた。

来賓席の後ろにいた梶谷が先に気づいて、前に座る菊島に耳打ちをした。あえて作った無表情で菊島が振り向き、目で問いかけてくる。

こちらも目でうなずき、突発事態の発生を訴えかけた。以心伝心。よほどのことがなければ、副署長が走ってくるわけはない。菊島が周囲を気にしつつ席を立った。

最前列に並ぶ山室雄助と北沢副本部長は振り向く素振りもなかった。菊島は小器用に笑顔を辺りに振りまきながら、テント下から出てきた。脇坂は近づき、声をひそめた。

「別件で、憂慮すべき事態が起きました」

「鈴本の件じゃないのか？」

「はい。密告文書が署の駐車場脇の植えこみで見つかり、その指摘どおりに、桐原もえみの車から薬物らしきものが出ました」

一瞬、目が見開かれた。が、菊島は表情を変えまいと懸命に装った。すぐそばのテント下には、多くの来賓がいるのだ。

駐車場に停めたパトカーの中に入るまで、菊島はひと言も発しなかった。脇坂が続いて助手席に身をすべりこませると、苦りきった声がしぼり出された。

「どうして次々と問題が起こるんだ」

後ろを向きながら、経緯を子細に伝えた。歯ぎしりが聞こえそうなほどに、菊島のこめかみが激しくうねった。

「まだ指定薬物だと断定されたわけではありません。密告文書もアルミホイルの中の粉も、たちの悪い悪戯だという可能性は残っています」

菊島が悩ましげに腕を組み、踏ん切りをつけるように視線を上げた。

「当面は、悪戯のセンで動くほかはないな。悪質なデマだが見逃すわけにはいかないので、捜査に協力を願いたい。そう本人とマネージャーには言おう。それと、北沢副本部長にもだ」

「では、イベントはそのまま……」

「中止すれば問題が表面化する。たとえ悪戯だったにしても、振り回されてイベントを途中でやめたとなれば、県警も恥をさらすことになる」

「では早速、県警のかたを呼んできます」

脇坂は素早くドアを開けてパトカーを降りた。彼らから了解を得るのは、あんたの仕事だ。そう告げるためもあった。

幸いにも車内から声はかからなかった。菊島も立場は承知している。代議士を持てなす役目の副本部長を呼び出すわけにもいかず、県警広報課の主査をパトカーに招待した。

君も入れ、と菊島に言われて、脇坂はまた助手席に乗って後ろを向いた。

県警広報課の主査が気にしたのは、薬物を見つけた経緯についてだった。菊島に目で問われたので、脇坂が説明した。

「いかにも怪しげな手紙で、悪戯の可能性が高いと思われました。正式な令状を取るのはまず無理と判断したため、念のため運転手に協力を求めて車内を確認したところ、アルミホイルに包まれた粉末が出てきたので、提供を依頼したわけです」

「事務所側の正式な了解を得てのことでしょうね」

「了解を得るため、署員を荒木田マネージャーのもとへ送りました。しかし、車内を見たところ、折りたたまれたアルミホイルが落ちていたため、そこであらためて運転手に事情を告げて、協力を得てあります」

大筋では間違っていない。別件逮捕は警察の常套手段だ。薬物とは別の件でドアを開けてもらいはしたが、運転手の理解を得て中をあらためたのは事実だった。

主査は直ちに電話で県警の幹部に報告を上げた。おおよそ三分後に下された判断も、悪質な悪戯だとの可能性が否定されていない以上、現時点でのイベント中止は早計だろうとのことだった。

「分析結果はいつ出ますか」

薬物事件を手がけた経験がないようで、主査が確認してくる。

「試薬による簡易検査はすぐに出ますが、正式な鑑定は急がせても夕方になるかと……」

常識的な見通しを、脇坂は告げた。

つまり、イベントはすべて滞りなく終える必要があるのだった。その間、取材に来ているメディア関係者に気づかれてはならない。山室雄助たち来賓にも同様だった。鈴本の件も、すべて片づいたとは言いがたい。こちらは県警にもまだ詳しい情報は上げておらず、そこに新たな秘匿事項が積まれていく。

今後の方針はひとまず決定された。県警の上層部を通じて、科学捜査研究所に分析を急ぐよう指示も出された。あとは現場の仕事になる。

署長と主査はそろってテント下の来賓席へ戻っていった。どうやって北沢副本部長に告げるつもりだろうか。隣には山室雄助という大物政治家がいるのだ。菊島は立ち去り際、「ヘマはするなよ」と言いたげな眼差しを振りまき、署員への叱咤を忘れなかった。

二人を見送ると、脇坂は警備課員の輸送用小型バスに急いだ。その車内に荒木田マネージャーを呼び出してあった。

制服警官がドアを開けると、ぎりぎり四十代と思われる若作りの女性が奥の席で足を組み、いらいらと細い煙草《たばこ》を吹かしていた。濃紺のジャケットに襟の大きな白シャツ。茶髪を後ろでひとつにまとめ、もう一方の手でスマートフォンを握る。地味な身形と薄い化粧は、タレントより目立ってはまずいという配慮だろうが、そこそこ美人の部類に入りそうな女だった。

「事情を伝え終えたところです」

二列目のシートに横座りした福山が言った。

脇坂は名乗りを上げて一礼してから、三列目のシートに腰を下ろした。上半身を荒木田マネージャーへ向けて言った。

「たんなる悪戯であってほしいと我々は願っています」

「悪戯に決まってるじゃないですか。もえみは正直すぎる子ですから、いろいろ好き勝手な噂を立てられ、わたしたちも非常に困ってるんです」

「警察というのは因果なものでして、市民から犯罪行為が見受けられると指摘を受けながら、表立った行動を取らずにいると、各方面から喧《やかま》しく言われるケースが最近は増えていまして。無駄と承知しつつも確認に動かねばならない事態が多いことをご理解いただきたいのです。忙しい中、ご協力をいただき、感謝いたします」

「たちの悪いファンがいるんですよ。ネットの影響なんでしょうかね。有名人をこき下ろして憂さ晴らしをしたがる連中がいて……。うちのもえみも、一部のサイトで散々遊ばれてますし、時にはプレゼントと称してとんでもない代物を送りつけてくる者もいます。わたしの経歴まで貶《おとし》めようだなんて、あまりに悪質すぎます。こういう機会ですから、正式に被害届を出させていただいたほうがいいかもしれませんね」

一気に吠え立ててきた。年齢から見ても、豊富な経験を持つ辣腕マネージャーなのだろう。

福山が二列目から言葉をはさんできた。

「荒木田さんは、交通違反のほかに恥じるような前歴はないと言われてます」

脇坂は安堵の吐息をついた。

そちらの密告はデマだったわけだ。いくらか信憑性を持たせたいがために、マネージャーの名前を出しておいたと見られる。

いい兆候だった。ひとつがガセなら、ほかのネタもガセである可能性が出てくる。

「冗談じゃないですよ。地元からの依頼だったし、もえみの希望でもあったので、安い出演料でも警察に協力したのに、こんな扱いを受けるとは思いもしませんでしたね」

彼女は胸を張るようにして言いきった。身近に日々寄りそい、桐原もえみが薬物に手を出しているわけがないと信じている――その表明をしておくべきとのポーズもありそうだった。長く芸能界にいた者であれば、嘘など自在に操るだろう。

「お怒りはごもっともです。我々も悪質な悪戯だろうと考えています。ですが、ここまで悪質になると、最低限の捜査はしておかねばなりません。そこで心苦しいお願いですが、あらためて車内を捜索させていただきたいのです」

目が大きく見開かれた。

「だから、言ったじゃないですか。うちのもえみに限って、薬物など冗談じゃないですよ」

「犯人につながる証拠を捜すためです。正式な令状を取ることもできますが、任意のご協力が得られますなら、わたしどもも今すぐ捜査に取りかかれますし、ご迷惑も少なくすみます」

令状は取れるのだぞ、と強調してマネージャーに視線をそそいだ。

もし薬物の使用が常習化していた場合、車内の別の場所からも何らかの成分が出てくる可能性はあるのだ。

憤懣《ふんまん》やるかたないと鼻息荒く窓の外を睨みつけたが、荒木田マネージャーは承諾してくれた。

「直ちに車内のゴミをかき集めろ。大至急、科捜研に持っていけ」

車の外に出て、署員に告げた。時計を見ると、正午が近い。

あとはもう何も起きてくれないことを祈るばかりだった。

11:55

この一家はどうなってしまったのだ。

腹立たしいことに、母はリビングのソファに身をあずけたまま鼾をかいていた。くたびれた薄手のカーディガンに、サテン風のぶかぶかパンツ。髪はボサボサで口紅も引いてはいない。帰宅後に顔だけ洗って腰を下ろしたとたん、睡魔に勝てなくなったと見える。

目尻は烏《からす》の大群に踏み荒らされて、頰にはシミが浮く。乳液さえつけておけばいいのよ、と保湿ケアをおろそかにしてきたからなのだ。今年で五十三歳。

世には〝美魔女〟と言われるほどアンチエイジングに励む主婦がいるのに、小さな家のローンの返済が趣味だと言ってのけ、安物の化粧品にしか手を出さず、平然と年輪を目元に刻んで誇らしげな女もいた。

おそらくこれが、二十五年後の自分の姿だ。

どうせ子どもが生まれようと、どこかの誰かみたいに康明も仕事に追われるばかりで、思い出したように時たま家庭を振り向くだけになるだろう。子育てとローンの返済に明け暮れて、たまにこうして夫や子の愚痴を友人と語りつくして朝帰りするぐらいしか楽しみがない。

娘に惨めな将来を見せているとの自覚もなく、ソファで口を開けて鼾をかく女には断じてなりたくない、と思った。

「起きてよ、お母さん。何してんのよ」

耳元で叫ぶと、邪険に手で押し戻された。

「もう……静かにしてよ」

「可愛い息子が病院に担ぎこまれて、警察の世話になったってのに、どこで何してたのよ」

核心に触れて声をとがらせると、母の目が急に見開かれた。その琴線を刺激した言葉は、はたして〝息子〟と〝警察〟のどちらだったろうか。

「――あんたこそ、どうしてうちにいるのよ」

まだ寝ぼけているのか、目の焦点が心なしか合っていなかった。

「洋司の怪我はたいしたことなかったわよ。一緒につき添って、警察の事情聴取に応じてきたところ。弱虫で一方的に殴られたらしいんで、警察の世話になったって言っても被害者なんで、頭のほうに小さな傷はできても、経歴は傷つかないと思うから、心配なんか無用よ」

たったそれだけの説明で安心と納得ができたのか、母は上半身を起こして一人で何度もうなずき、それから由希子に目を戻した。

「ごめんよ……。ちょっと携帯の調子が悪かったのよね」

由希子は少しほっとした。息子が騒ぎを起こしたために、身内の代表として由希子が呼ばれたのだと理解してくれたらしい。

「どこに行ってたのよ、もう」

「飯塚《いいづか》さんの家に、ちょっとお呼ばれしてたの」

「誰よ、飯塚さんってのは」

「あんた、もう忘れたの？　官舎時代に仲よくしてたじゃない。ほら、小さな女の子がいた飯塚さんよ」

「あのね、官舎に住んでたのは、もう十年以上も前でしょ。あたしが中学生の時までじゃない」

「なら、少しは覚えてるでしょ」

誰が覚えてなどいるものか。住む者すべて警察官とその身内しかいなかった。たとえ歳の近い子がいても、その親の階級を周囲がやたらと気にするせいで、息苦しく感じられて学校でもろくに話せなかった。

そういえば……。官舎に洟垂れ小僧が一人いて、洋司が子分のように可愛がっていた。二人で近所の児童館の木を折るわ、花壇を荒らすわで、母親たちが何度も頭を下げに行っていた覚えがある。

「洋司に負けないぐらいできの悪いガキがいたのは覚えてるけどね」

「あっちは保利《ほり》さん。学校やら児童館やら老人会やら、やたらと頭を下げに行ったっけかね。でも、遊びに行ったのは飯塚さんちよ。彼女のとこも念願のマイホームを手に入れたんで、お呼ばれしたの」

「洋司も一緒だったんじゃないでしょうね」

「何言ってんのよ。二十歳すぎた男がいたんじゃ、話が弾むわけないでしょ」

怪しい。鼻で笑い飛ばそうとしながら、母は由希子を見なかった。それとなく視線を外した。冴えない息子とまったく同じ態度だ。親子ともども、よく似ている。

「もう、二人とも心配かけないでよ、いい歳して」

愚痴をこぼすように言いながら、由希子はそれとなくリビングを出た。母が追ってくる気配はなかった。母は帰宅すると、ダイニングの椅子にバッグを置く。

ところが――なかった。

財布とキーケースがテーブルに置いてあるだけ。

母はバッグも持たずに出かけたのだ。

飯塚の奥さんに呼ばれたというのも嘘だとわかる。そもそも、人の家にお呼ばれする時の服装ではなかった。着の身着のまま、バッグも持たずに出かけたのだ。そして朝帰り。息子が怪我をしたと聞かされても、そう慌てたようにも見えない。

言葉をにごす母と弟。共犯関係を疑うのが筋だ。すでに口裏合わせはできているらしい。

何か手がかりはないものか……。

由希子は母の財布に手をかけ、そっと開けた。

紙幣と一緒に、領収書が出てきた。

一枚はタクシー。プリントされた時刻から、帰宅の時に使ったものとわかる。もう一枚は、ゴリラのマークで有名なディスカウント・ショップの名前があった。レシートに記載された時刻は、深夜の十一時五分。購入品は――サングラス二点にウイッグ。締めて九百二十三円。

何だ、これは……？

主婦が着の身着のままで出かけて、深夜に安物のサングラスとカツラを買う。が、その品物はどこにも見当たらない。

「何なのよ、お母さん、これは……」

わけがわからず、レシートを手にリビングへ小走りで戻った。

ソファに寝転んでいた母が身を起こし、急に目をつり上げる。

「あんた、人の財布を勝手に――」

「おかしな嘘をつかないでよね。飯塚さんちに行ってたなら、夜中にどうしてこんなものを買ったりするのよ」

「だから……ちょっとした余興に使ったのよ」

「じゃあ、飯塚さんの住所を教えて」

「えーと、駅まで迎えに来てくれたから……」

急に答えがしどろもどろになる。

由希子はレシートを突きつけた。

「見なさい。この店、旭町じゃないの。洋司がケンカして警察の世話になったのも、同じ旭町だったわよ」

どうだ、と迫ってソファを回りこんだ。

すると、母が感心したような目つきで見上げてきた。

「……血は争えないねえ。あんた、鬼刑事みたいじゃないの」

「ごまかさないで。県下有数の繁華街で、どうして安物のサングラスとウイッグなんて買う必要があったのよ」

ダン、とレシートをガラステーブルにたたきつけた。

娘の怒りようを見て、母が居住まいを正し、深々と頭を下げてくる。

「嘘をついてゴメンね。でも、洋司とは無関係よ。――飯塚さんのご主人を、奥さんと一緒に尾行したの。何で、なんて訊かないでよね。これ以上は口が裂けても、たとえ刑事の正式な取り調べでも言えないわ。女と女の約束だから」

開き直って啖呵《たんか》を切るように言った。

女と女の約束。旦那の尾行。――浮気調査だ。

まったく、五十をすぎた女が何をしているのだ。朝帰りの理由が探偵の真似事だったとは……。

あきれてものが言えない。心配したのが馬鹿らしくなる。

本当に二十五年後の自分が目の前にいるのかもしれない。由希子は情けなくてソファに腰を落とした。

「どうしたのよ、由希子……。何であんたが泣くのよ」

悲しいかな、こらえても涙があふれてきた。

12:23

イベント続行は決断された。綱渡りのロープがさらに細さを増した。

生活安全課が車内のゴミを採取し終えると、もう脇坂にできることはなかった。そこに福山が渋い表情で戻ってくるなり、耳元でささやくように言った。

「残念ながら、アルカロイド系の反応は出ませんでした」

試薬による簡易検査は空振りだったのだ。ただ、成分が微量な場合、検出されないケースはあった。アルカロイド系のほかにも指定薬物は多い。

福山はその場で直ちに聴取を始めたそうにしたが、簡易検査でクロと判定できなかった以上、詳しい鑑定を待たねば正式な聴取は難しかった。

「上のことなかれ主義にも困りますよ。鑑定がクロと出てからでは遅いのに。現場があとでどれだけ苦労するか……」

　再び車のハンドルを握った福山は、運転中もぼやき続けた。事前に関係者の言い分を聞いておき、クロとなった場合に備えておきたいのだ。前後で証言に矛盾が出れば、その点を突いて自白を引き出せる。

　おそらく今、賀江出署の中で最もクロを望んでいるのは、菊島だろう。一日署長の罪を暴き出したとなれば、一躍、賀江出署の名は知れ渡る。桐原もえみを呼ぶと決めたのはあくまで県警本部の広報課になっているため、人選ミスを菊島が問われる心配はひとまずない。

　が、現場は補足の捜査に追われて、またも休日返上で働かされる。脇坂も、押し寄せる取材陣をさばかねばならない。記者会見での栄誉は、菊島一人のものとなる。

　どうかシロであってくれ。胸中ひそかに願った。

　うまく署をまとめ上げれば、多少なりとも脇坂の実績になるが、一日署長に選んだ芸能人が薬物に手を染めていたとなれば、県警はいい笑い物だった。これ以上、余計な仕事で署員の時間を奪われたくはなかった。

「すまんが、コンビニに寄ってくれるか」

　夜明け前に呼び出されてから、早七時間。昨夜は会議が終わった午後八時に、やはりコンビニ弁当で夕食をすませて、その後はお茶と水のほか何も腹に入れてなかった。

「わたしもつき合いますよ。事後処理が長引くと思ったほうがよさそうですから」

福山も意気ごむようなうなずきを見せ、コンビニの駐車場に車を停めた。鑑定結果が出るのは夕方以降で、それまでアイドルを署に引き留めておけるか、悩みどころはまだ多かった。

弁当の棚へ歩くと、ポケットの中で電話が震えた。マナーモードにしてある私用のほうだった。

そろそろ洋司が旭中央署へ出頭したころだろう。何事かと目を向けた福山に首を振り、店を出てから通話ボタンを押した。

「どうした。まさか逮捕されたんじゃないだろうな」

電話をかけてきながら何も言おうとしない態度に、わずかな不安を覚えて訊いた。

やっと小さな声で由希子が言う。

「あのさ……飯塚って人がいたでしょ。官舎に住んでた時に。小さな女の子がいたんだけど」

五、六歳下の、実直を絵に描いたような男だった。飯塚憲《けん》。おもに交通畑を渡り歩いてきたと思うが、今はどの署にいるか、記憶が定かではなかった。

「彼の手を煩わせたのか」

「違うの。お母さんのほうよ。飯塚って人の奥さんと会ってたらしいんだけど、挙動不審でね。だってお母さん、夜中に安物のサングラスとカツラを買ってたのよ」

意味がわからず、電話を少し遠ざけた。

「飯塚の奥さんと、旦那を尾行してたって言うの。お父さん、何か聞いてないかと思って」

「ちょっと待て。本当に尾行したのか」

旦那を妻が尾行する――。

すぐ浮気調査が頭に浮かぶ。が、あの飯塚に限って……。いや、根が真面目な男ほど、一度女に狂うと後戻りができなくなる。

「レシートっていうごまかしきれない証拠を見つけたのよ。だから、尾行したのは間違いないと思う。飯塚さんって人と、今も会ったりしてるかしら」

「いや、顔を合わせれば挨拶ぐらいはするが……この一、二年は会ってないな」

「浮気しそうな人なの？」

「見かけじゃわからんさ」

「おかしいわよ、絶対。自分の旦那を尾行するのに、上司の奥さんの手を借りようとするかな。それって、よほどのことでしょ。単なる浮気の調査だなんて誰が信じると思ってるのかしらね」

断固とした口調だった。言いたいことはわかる。一時期、同じ官舎で暮らし、いくらか親しくしていたにせよ、飯塚の妻から見れば、有子《ゆうこ》は上司の妻なのだ。気軽に助力を求められるとは思いにくい。

「旦那の尾行なんて、嘘よ、絶対。でも、お母さんの財布にはレシートが入ってたの。

しかも、洋司が喧嘩騒ぎを起こした飲み屋の近くみたいだし……。何かあるわよ、おかしいもの」

由希子の懸念が読めた。

妻同士が手を組むとなれば、夫よりも——子どもだ。

飯塚には女の子が一人いた。官舎時代はまだ小さかったが、そろそろ年ごろに差しかかっている。もし洋司とその娘の間に何かあったとすれば……。

二人とも若いが、単に仲がいいだけであれば、母親たちが夜中にサングラスとカツラを買って尾行しようとは考えない。

「おい、洋司は家に帰ってるんだろうな」

「逃げたわよ。警察で事情聴取を受けたあと、一人でどこかへ行ったきり。電話しても出ない。何考えてんだろ、あのバカ！」

飯塚の娘と何かあるわけか……。二人の母親は、危険な兆候に気づき、恐れを抱くにいたった。だから尾行という手段に出た——。

「有子を電話に出してくれ」

バタバタと廊下を駆けるような足音のあと、由希子の声が聞こえた。

「お父さんが出ろって」

「裏切り者。どうしてばらすのよ」

「わたしだって、警官の妻よ。何かあったら困るでしょ。隠し事はしないでよね」

「迷惑かけたくないから、こっそり尾行したのに」

「お母さんたちが尾行したのは、旦那のほうじゃないわよね。正直に言ってよ。子どもたちのほうじゃないの、ねえ」

「何言ってんのよ。あの子たちとは関係ないわよ」

「じゃあ、どうして洋司は逃げたのよ」

よほど深刻な顔をしていたのかもしれない。福山が様子を見に出てきた。待たせてすまない、と目で詫び、背中を向ける。

「──出てよ。お父さんに説明してよ」

「できるわけないでしょ。男は絶対、男の味方をするの。口裏合わせをされたら、旦那を追いつめられなくなる。あんただって、わかるでしょ」

有子が決めつけるように言ったあと、雑音が大きく響いた。携帯電話を娘から奪うように取ったらしい。

「……お父さん、聞いてますよね。飯塚さんに電話なんかしないでくださいよ。あの人、浮気してる。百合香《ゆりか》さんが可哀想《かわいそう》よ。でも、わたしが何とか間に入って収めますから。男の人は口出ししないで、絶対に。お願いしますよ」

「子どもたちの問題じゃ、本当にないんだろうな」

「警官の妻ですよ。嘘なんか言いません」

女は男より、はるかに嘘を操る。取り調べの経験からも、確実に言えた。

「信じるぞ。いいな」

「当たり前です。信じてくださいな」

自信に満ちた言葉に聞こえた。

今は警官の妻を信じるしかないと思えた。


慌ただしくコンビニ弁当を買って車に戻ると、もうひとつの携帯電話が鳴った。今度は、警務課長の梶谷からだった。

「すみません。面倒ですが、署長室に誰も近づけないようにしてください」

「何の話だ、急に」

「……桐原もえみは今、近くの児童館へ移って、子供会主催のサンドイッチ・パーティーに出席しています。その移動の際に、耳打ちされたんです。市民会館へ向かう前に、ぜひとも署に立ち寄りたい。そこで折り入って相談がある、と」

児童館での昼食会のあとは、三十分の休憩をはさみ、市民会館大ホールでの「振り込め詐欺撲滅キャンペーン」集会になる。桐原もえみは声優としても活躍中で、振り込め詐欺と思われる不審な電話がかかってきた時の撃退法を、市民と一緒に模擬演技する予定だった。

「何の相談だ。自白か」

「いいえ。それが……よくわからない話なんです。マネージャーにも打ち明けてないけれど、自分はある目的を持って一日署長に来た、そう言うんです。だから、何者かが気づいて、妨害してきたのではないか、と」

薬物の件だ。

何者かの妨害……。どこまで信じられる話なのだ。

マネージャーが弁護士に連絡をつけたはずで、その指示があったとも考えられる。だとすれば、どんな手を使ってでも、弁解と潔白を訴える機会を得ようと動く。弁護士が背後にいるとわかるため、菊島たちも無下に断るわけにはいかなかったのだろう。

桐原もえみ本人に、何を語らせるつもりか。

声優の仕事とはわけが違う。警官を相手に回して、どこまで演技ができるか、見ものだった。

12:55

賀江出署の前からファンの姿は消えていた。発表されたスケジュールに合わせて、次の目的地へこぞって移動したのだった。

脇坂は署に戻ると、コンビニ弁当を広げる暇もなく、福山と署長室に走った。

「我々をなめるような態度を見せたら、逮捕をちらつかせてやりますよ」

彼が警戒するのは当然だった。芸能界では薬物疑惑がつきもので、専門の弁護士が駆けつけてくると見たほうがいい。

しかし、そもそも今回の一日署長は、桐原もえみ自身がブログでやりたいと表明したために実現したようなものだった。警察署へ行くとわかっていながら、クスリをシートの下に落としておくまぬけはいない。もし薬物の常習癖があるなら、一日署長を務めたいと言いだすわけがないように思える。仕事がなくて困っているタレントとは違うのだ。

何者かが妨害してきた。確かに突飛な言い逃れに思える。が、その主張にも、いくらか信憑性がありそうな状況もなくはないのだった。

五分もせずに、署長たちと桐原もえみの車列が裏の駐車場に到着した。山室雄助は予定どおりに早々と帰ったため、北沢副本部長も帯同しているという。

さすがに報道陣までは振り切れなかったようで、ちらほらとあとに続く車とバイクも見えた。

「いいか、絶対にメディアの連中は中に入れるな。あとで記者会見の時間は設けてある。タレントの休息を邪魔立てすれば、会見から外すと、はっきり伝えろ」

脇坂は張り番の制服警官に言いふくめた。ついでに警務課の署員を呼んで、正面玄関の者にも同じことを伝えろと指示を出した。

せっかく外の目を警戒したのに、重要参考人を連行するかのように、桐原もえみを多くの警官が取り巻き、通用口へ歩いてきた。話を聞かされた北沢副本部長と、もえみの横につきそう荒木田の表情が特に険しい。メディアが見れば、何かあったと悟られてしまう。

　薬物の件は、まだ署の限られた者にしか伝えていなかった。予定外にアイドルが戻ってきたうえ、出発時とは打って変わった無言の行進を見て、通りかかった署員が動きを止める。

　署長室に一行が入ると、荒木田が桐原もえみの前に出て、男たちを見回した。

「これでは、まるで取り調べじゃないですか。どこが休憩なんです。何度でも言わせていただきますが、弁護士が来るまで、うちのもえみは一切あなたがたの質問には答えません」

　当然の主張だった。が、肩に力をこめる荒木田に向かい、桐原もえみが少し距離を置くように一歩下がり、折り目正しく一礼した。

「ありがとうございます、荒木田さん。会社の心遣いにも感謝しています。でも、無理を言ってこの警察署に寄らせていただいたのは、わたしがリクエストしたからなんです」

「何言ってるのよ、もえみ……」

「ごめんなさい。実は、地元で一日署長をしたいと言い続けてきたのには理由があったんです」

「待ちなさい、もえみ。おかしなことは言っちゃダメ。弁護士の先生が来てからにしなさい」

荒木田がもえみの腕を取って揺すぶった。

もえみが姿勢を正して微笑み返した。

「安心してください、荒木田さん。わたし、おかしなことなんか言いません。昔のゾク仲間が今何してるのか知りたいとか、そういった変な理由でもありませんから」

荒木田に笑ってみせたあと、もえみが慌てたように部屋の男たちを見回した。

「誤解しないでくださいね。暴走族に入ってたことなんてありませんから。どこの田舎にもいる、ちっとも目立たない子でした、わたしは……」

「だったら、何なの。警察の人たちの手を煩わせるようなことじゃないでしょうね」

荒木田の問いつめには答えず、もえみはまたあらたまるように男たちを見回した。

「皆さんもご承知のとおり、わたしは賀江出第一中学校を卒業しています。わたしたち一家は、東京に越しましたが、今も親戚がこの賀江出市内に住んでいます」

「その親戚に何かあったのかね」

黙ってやり取りを聞いていた菊島が訊いた。

もえみが小さく首を振った。

「友人のことなんです」

「もえみ、弁護士さんを待ったほうがいいんじゃないの」

「いえ、言わせてください。わたしは——彼女のために、一日署長を務めたいと言ったんです」

桐原もえみは、警官たちの前で物怖《ものお》じした様子を見せなかった。アイドルなどというものは、マネージャーたち周囲の大人が支えてやらねば、歌う以外に何もできない子だという先入観を、脇坂は持っていた。が、警官に囲まれながら、彼女は秘めた本音を自分の言葉でマネージャーに語った。責任は自分にあり、会社に迷惑をかけるつもりはないのだ、と。

荒木田が職務から不安を抱くのはわかるが、軽はずみな動機からとは思えず、その意思を尊重してやりたい気持ちにさせられ、脇坂は桐原もえみに歩み寄った。

「じっくり話を聞きたいから、さあ、そこに座ってくれないかな。副本部長もどうぞ」

県警広報課の主査にも応接セットを示して言った。

それでも、もえみは立ったままの姿勢を変えず、また深々とした一礼を見せて、言った。

「一日署長を務めたいというわたしの我《わ》が儘《まま》を聞き入れてくださったこと、深く感謝いたします。本当にありがとうございました」

浮かべていた微笑みを消し、もえみは続けた。

「実は――中学時代に仲のよかったさとみちゃんから、何年ぶりかで手紙をもらったんです。彼女は中学二年の冬にお父さんを亡くし、賀江出町から越していきました。ずっと連絡先もわからずにいたんです。それというのも、彼女のお父さんが、経営していた会社を傾かせたうえ、事務所で火事を起こし、多くの人に迷惑をかけたからでした」

　脇坂は横に立つ福山に視線を転じた。もえみが中学生だったとなれば、少なくとも九年ほど前の話になる。福山は賀江出署に来て三年目。脇坂は一年半にすぎず、この場に当時のことを知る者は一人もいなかった。

「町には、火をつけて自殺したんだとか、さとみちゃんのお父さんを悪く言う人が、ずいぶんといました。そのせいもあって、さとみちゃん母子は、逃げるように町を出ていったんです。警察からは、不幸な事故だったと聞かされたそうです。けれど、さとみちゃん母子は、本当に事故だったのか、ずっと納得できずにきたと言います。それというのも、警察の人が火災現場の検証記録などの捜査資料を、ろくに見せてくれなかったからでした」

　予想外の成り行きに、脇坂は菊島と目が合った。

　実に微妙な問題をはらんでいた。

　死亡した者の家族から要請があろうと、捜査に関する資料を全面的に開示することは、通常ではありえなかった。関係者のプライバシーに触れる供述書などもふくまれているからだ。

　裁判などで必要があると認定されれば、弁護士を通じて見ることはできる。また、殺人や傷害など、明白な被害者が存在する事件の場合、被害者側の気持ちを考慮し、たとえ犯人が逮捕されていない状況でも、捜査の進展具合を伝えるために、資料の一部を見せることはあった。

ただ、今回のケースは、資料の閲覧を許可すべき事情があると言えるかどうか……。話を聞く限りでは、事故死と判断されたようだった。死因に関する資料ぐらいは見せたと考えられるが、立件されなかった事案で、証拠資料を開示するケースはまずなかった。

放火や殺人を視野に入れた捜査が行われた可能性はあっても、その証拠がなく、事故として処理されたのだろう。なかった証拠を見せろと言われても、開示できる資料は存在しないことになる。

もえみがまた男たちを見回した。

「さとみちゃんのお母さんは弁護士にも相談したんですが、事件とは見なされなかったため、資料を請求するにも限界がある、そう言われてしまい、あきらめるしかなかったそうです。でも、たった一日でも署長の代わりを務められれば、昔の資料を見せてもらうこともできるのではないか。そうさとみちゃんから手紙をもらったんです」

「それで、あなた……」

荒木田が目を大きくして、もえみを見つめた。

「実は、初めからこの休憩時間のうちに、お願いをさせていただくつもりでした。昔の捜査資料があるなら、見せてもらうことはできないだろうか、と。もし処分されてしまったのなら、当時のことを調べた人から話を聞いてみたい、と。どちらも断られたなら、イベントの最後に予定されている記者会見で、このことを訴えるつもりでいました」

二十三歳のアイドル歌手を前に、経験豊かな警官たちが唖然《あぜん》として声を失っていた。とんでもない目的を秘めて一日署長に来たものだ。

もし記者会見の場で発表されれば、メディアが飛びつき、話題は沸騰する。人気アイドルが、旧友のために一日署長を買って出て、昔の事件を調べようとした。かつて、このような動機から一日署長を務めた者は一人もいない。

事故として処理された以上、賀江出署としては、事件性がなかったことをあらためて説明するしかないだろう。が、世間は桐原もえみを応援し、一緒になって警察の生ぬるい対応を糾弾しそうだ。メディアの中には、昔の関係者を訪ねて回り、警察の落ち度を探したがる者も出ると見ていい。

賀江出署のみでなく県警までもが、まんまとアイドルに利用されたようなものだった。相談がある、と彼女は言った。が、最初からメディアを味方に引き入れるつもりでいたのだ。マスコミに過去の事件をつつかれたくなければ、捜査資料を見せてくれ。一日署長を利用した、ある種の脅迫とも言えそうだ。

男たちは驚きの動機を受け止めきれず、互いの顔を見交わし合った。これはまずい。二十三歳の若者の、正義感ゆえの問いかけに、警官が返す言葉を見つけられずにいた。

何か言わねばならない。そう脇坂が気をもんだ時、菊島が声を発した。

「……もえみちゃん、友だちを思う君の気持ちには大いに感動させられたよ」

「では、お願いいたします。昔の捜査資料を見せていただけますよね」

切なる問いかけに、菊島は間を取るように深く息を吸った。

「残念ながら、事件からずいぶんと時間が経ちすぎているようだ。もちろん、資料は捜させよう。しかし、残っているかどうか、保証はできない」

「では、記者会見で訴えさせていただきます」

誠実さを装った体《てい》のいい断り文句だと見ぬき、もえみが目つきを鋭くした。頭のいい子だ。警察の態度は予測ができていたと見える。

「君……。署長は調べさせると言ってるんだ。話を大げさにするのは少し強引すぎやしないかね」

北沢副本部長が色をなして言った。が、保身にすぎない言葉は、もえみの表情を硬化させるほかに効果はなかった。

「どこが強引なんでしょうか。さとみちゃんたち家族はずっと苦しんできたんです」

「もえみ……」

また荒木田が彼女の腕に手をそえた。が、もえみは決然と振り払い、菊島たちの前へ進み出た。

「だって、おかしいとは思わないんですか、皆さんは？」

「……何がだね」

菊島が居心地悪そうに身を揺すり、問い返した。

「わたしは薬物なんか使ったことは一度もありません。なのに、わたしがこうして一日署長を務める日に、何者かから密告の手紙が届き、わたしが移動するために使っていた車から薬物らしきものが発見されたんです」

「やっぱり弁護士の先生が来てからにしましょう。ね、もえみ」

「言わせてください。明らかにおかしいですよ。わたしは賀江出町の出身です。当然、町の人たちも、この賀江出でわたしたちの同級生に起きた事件のことは知っています。あの事件を知る者であれば、わたしが地元に戻ってきたら、どういう形であれ、あのことに触れるかもしれない、そう考えるのは当然ではないでしょうか」

「君は何を……」

北沢副本部長が目を見開き、声をかすれさせた。

もえみの表情も声も落ち着いていた。

「事件の捜査にかかわってきた人なら、もう想像はつくはずです。わたしが一日署長として賀江出に戻ってくるので、わたしに薬物使用の嫌疑をかけようとして、車にクスリを投げ入れ、密告してきた。もちろん、昔の事件を調べられては困る、と考える人がいたからです」

脇坂はうなった。それなりに筋は通っていた。しかし、彼女が薬物に手を出していないことを前提にした予測でもあった。もし薬物を使用していながら言い訳をしてきたのであれば、只者ではなかった。本当に知恵の回る子だ。

もえみが胸を張るようにして言った。

「わたしは何ひとつ嘘を口にしてはいません。ですから、どうぞわたしの毛髪でも何でも調べてくださってかまいません」

「待ちなさい——」

荒木田が叫ぶように言い、彼女の腕を引いた。またも、もえみが微笑み返す。

「信じてください。荒木田さんは、わたしが薬物に手を出すような子だと思っていたんですか。社長や多くのスタッフさんを平気で裏切れる女だと言うんでしょうか」

「信じてるわよ、もちろんわたしは。でも、もえみが言ったように、誰かの罠だったとしたら、あなたの食事や飲み物に、ほんのわずかな薬物を混入させていた、という可能性も考えられるじゃないの。この業界の怖さを、あなたはまだ知らないのよ」

荒木田が声を震わせると、もえみは口の前に両手をかざして肩をすぼめた。

「そこまで……考えてはいませんでした。でも……」

「だから弁護士の先生が来るのを待ちましょう。皆さん、今の話は忘れてください。弁護士と相談のうえ、またじっくりと話をさせていただきます」

荒木田が男たちに向き直って、深く腰を折った。

その姿を見て、菊島がどこか安堵したように肩を下げてから、一同を見回した。

「どうも、そのほうがいいのかもしれませんね。とはいえ、もえみさん」

「……はい」

我に返ったようにもえみが背筋を伸ばした。

「念のために、あなたのお友だちの名前を教えていただけないでしょうか。弁護士の先生がこちらに来るまで、我々に用意できることがあるかもしれない」

言ったあとで菊島は、了解を求めるように副本部長を見た。

視線を受け止めて、北沢が短くあごを引いた。先手を打って動くには、可能な限り情報を集めておいたほうがいい。

「……はざまさとみ。実家は運送業と建設業を営んでました」

「その友だちからもらった手紙は、どこにあるんだろうか」

脇坂は、菊島の横に並び、質問した。物的証拠と言えるかもしれない品だ。存在することを確認せずにはいられなかった。

「もちろん、持ってきています。わたしのバッグの中に」

「その友だちとは、ずっと手紙だけで打ち合わせをしてきたんだろうか」

疑問のニュアンスが強くならないように気をつけながら、なおも訊いた。

「いいえ。電話でも何度か話しましたし、メールでも……。手紙にアドレスと番号が書いてありましたから」

「では、昔の思い出話を二人で語り合ったわけだね」

広報課の主査が割って入った。

当然だとばかりに、もえみが視線を返した。

「わたしを疑いたくなる気持ちはわかります。さとみちゃんに確認を取ってください」

彼女のバッグと携帯電話は、ミニバンの中にあるという。

「さあ、そろそろ時間が迫ってきたようだ。市民会館へ急がないと、マスコミが何か言ってくるかもしれない。ねえ、荒木田さん」

壁の時計を見上げた菊島が、うながすような視線を送った。荒木田マネージャーが硬い表情でうなずいた。

菊島が歩きだし、脇坂に目で「頼むぞ」と告げてきた。

また新たな仕事が押しつけられた。

13:25

厄日もこれに極まれり。次から次へと難事が降りかかる。

駐車場で、桐原もえみから手紙を受け取った。差し出されたのは厚みのある茶封筒で、脇坂は違和感を覚えた。が、単なるファンレターと思われては困ると考え、こういう封筒を選んだとも考えられた。

裏を返すと、賀江出町の住所に羽佐間聡美と名前があった。その上には、「賀江出第一中学校　出席番号21」と大きく書かれていた。消印も賀江出。親戚か知人が市内にいれば、投函を頼むことはできる。

「お願いいたします」

桐原もえみが、友人のために一日署長を引き受けたのは、ほぼ間違いないようだった。車から薬物が見つかる事態に備えて、こんな手紙を用意しておくわけはないのだ。

一日署長の車列が駐車場を出ていくと、福山が悩ましげな目で呟いた。

「近ごろの若い子は、何考えてんでしょうかね……」

ありがちな感想だったが、鈴本英哉の件も手伝い、実感は強く伝わってくる。

署内へ戻ると、脇坂は刑事課の部屋へ向かった。昔の火災に事故死がからんでくるとなれば、刑事課の担当だった。

脇坂が部屋に入っていくと、猪名野は最初、わざと気づかない振りをしてデスクで書類を取り上げてみせた。

ところが、署長室での一件を打ち明けて手紙を出すと、急に目の色を変えた。

「県警の広報課も、とんだアイドルを紹介してくれたもんですね」

迷惑そうにぼやきながらも、白手袋をはめて手紙を受け取った。

まずは文面を確認した。

当時の思い出話を枕に、麻衣子《まいこ》が歌手として成功したことを喜んでいると綴《つづ》り、その後に頼み事がある、と本題が切り出されていた。突然こんな手紙を送って本当にごめんなさいと最後に謝罪の言葉をそえ、メールアドレスと携帯の電話番号が記してあった。

文面に乱れはなく、話の筋も通り、読みやすい手紙だった。父親の死に関する依頼を昔の友人にしようというのだ。何度も書き直したのだと思われる。

「うちの連中より、よっぽど文章力がある」

冗談にならないことを猪名野が言い、手紙を置いた。

「早速、当時の記録を捜してくれるか」

「多分どこかにあるでしょうね」

火事が発生し、一人が死亡したとなれば、相応の捜査は行われたはずで、倉庫に資料が残っていて当然だった。

立件を見送られた事件も、捜査記録や証拠物件類の簿冊《ぼさつ》は保存が義務づけられている。いつ新たな事件との関連が浮かび上がってくるかわからないためだ。

「おれは地域課に行って話を聞いてみる」

九年以上も前からこの賀江出署に勤務する者がいたかどうか。担当する地区で噂になっていたなら、後任に引き継ぐ際に話が出たとも考えられる。

脇坂は地域課のフロアに寄り、有賀課長を見つけて耳打ちした。

「別件で問い合わせが来た。九年ほど前、運送や建設を手がけていた会社の事務所で火事があり、羽佐間という社長が事故死したそうなんだが、記憶にあるだろうか」

桐原もえみの名前を出すわけにはいかなかった。曖昧に言葉をにごして訊くと、有賀が記憶をたぐるふうもなく、すぐにうなずきを返した。

「ああ……。三丁目の中央総建さんかな。確かそんなような火事があったとか聞いた覚三係長の仙波元康。鈴本の上司で、朝から若い巡査を怒鳴りつけてみせた男だ。それなりの古株だったようだ。

仙波は三丁目の交番勤務に出ていた。脇坂は警察電話を取り上げて短縮ボタンを押した。

幸いにも仙波は、昼食のために交番へ戻ってきたところだった。

「はい、中央総建で昔、そういった事故があったと聞いております。しかし、なにぶん引き継ぎの際に話が出たにすぎず、詳しいことまでは生憎と……」

「うちの署で、誰が詳しい」

「前の社長が死んだのは事故だったという話でした。ですので……消防か、会社の関係者のほうが詳しいものと思われます」

当時、彼は別の署にいたため、正式な捜査を行ったのかどうかはわからない、と言った。発生年時が古いため、刑事課にも当時の事情を知る者はいない。九年前の刑事課長は誰だったろうか……。

横に立っている有賀に尋ねた。

「そうですね……九年前だと、笠間《かさま》さんか、その前の赤城さんになりますかね」

「詳しく知る者はいるか」

「仙波が三丁目の交番勤務ですから、あるいは……」

えがあります」

思いがけない人物の名前が、またも飛び出してきた。

赤城文成。

確かに彼も、この賀江出署で刑事課長を務めていた。派閥の話題をさけたかったので、脇坂はこの署に来たあとも、当時の赤城の活躍ぶりは、あえて聞かずにきた。

赤城が本部の管理官を務めていた時、脇坂も同じ捜査一課にいた。ほぼ毎日、怒鳴られどおしだったと言っていい。現場百回、靴底をすり減らしてこそ刑事だ。あらゆる筋を裏読みしないでどうする。単なる善人に刑事が務まるか。人を見たら犯人と思え。悪人を憎まない者は去れ。

夜中まで延々と、事件についてあらゆる可能性を論じ合わせるのが、赤城のやり方だった。おまえならどうする。名指しの問いかけに答えを返せない者は、ただの使い走りに落とされる。苛酷な競い合いの日々が嫌でも思い出されてくる。経験は得られたが、彼の実績作りに利用された気もしないわけではなかった。

あの赤城に電話を入れても、相手にされない可能性はあった。いつも目の前の仕事にしか興味のない男だった。外野もうるさく騒ぐだろう。ここは直接、中央総建に出向いて話を聞いたほうが早いと思えた。

地域課のファイルを開き、中央総建の住所を確認した。そこで携帯電話が鳴り、猪名野から捜査資料を見つけたとの報告が入った。

刑事課のフロアに上がり、倉庫から戻った猪名野と落ち合った。

事故の発生は、九年前の二月五日。場所は、賀江出三丁目二番地五号の羽佐間産業株式会社。その後に、中央総建と名前を変えたらしい。

五日午前一時四十八分、消防に緊急通報が入った。近所の住民から、羽佐間産業の事務所が燃えているとの知らせだった。

消防が駆けつけて直ちに消火を開始し、おおよそ一時間後に鎮火。事務所二百平米が半焼した。火元は二階の社長室で、ストーブの周辺が激しく焼け落ちていた。

出火当初から社長の羽佐間勝孝《まさたか》とは連絡が取れず、一階の階段付近から男性の焼死体が発見された。行政解剖の結果、死因は頭部打撲。煙を吸った形跡はなし。血液中からはアルコールが検出されている。

遺体のすぐ近くには、消火器も見つかっていた。その消火器は普段、事務所の玄関ロビーに置かれていたものだった。現場の状況から、火が出たことに気づいた羽佐間が消火器を持って二階へ向かおうとしたところ、足を踏み外して転落し、頭部を強打、死亡にいたった――そう判断されたのだった。

ただし、会社と社長本人が多くの借金を抱えていたため、事故に見せかけた自殺と放火についても捜査は行われていた。

会社の借入金は約一億二千万円。そのうち四千万円の返済日が迫っていた。

また、羽佐間本人の借金は三千万円強。会社を運営していくためにやむなく借りたと家族に語っていたが、実情は少し違った。ギャンブル好きで、若い愛人がいたのだった。

「なるほど。だから、家族に捜査資料を見せなかったわけか」

猪名野が資料のページを示し、納得げに言った。

この資料を開示すれば、家族に愛人の存在を教えてしまう。また、自殺と放火の可能性ありと見て捜査した事実も伝わる。

しかし、資料を見せようとしなかったことで、家族は殺人と放火を疑ったのだ。

確かに、頭部打撲による自殺は滅多にない。

しかし、血液中からアルコールが検出されていた。酔いに任せて事務所に火をつけた、とも考えられる。ところが、実際の火を見て怖くなり、消火器を取りに走った。二階に向かおうとしたものの、酔いのために足がもつれて転落した。その可能性は確かにありそうだった。

さらに捜査資料をめくると、愛人の女性からも話を聞いた記録が出てきた。

会社はますます大きくなる、ほら話のようなことをいつも自慢げに言っていた、との証言があった。この女性は、当日も酒場の仕事に出ており、アリバイは成立している。

羽佐間社長の妻は、その日、娘と自宅にいた。妻は夫に女がいたとは思えない、と証言している。娘も同様。会社では、仕事上のトラブルはなかったという。

個人のトラブルらしきものは借金だけだった。が、会社のためと称して地元の信用金庫から借りたもので、保険金目当てに殺されるという事件性は考えにくかった。怪しい筋からの借金は見つかっていない。殺人のセンはかなり薄い、と言わざるをえないだろう。

消防による火災調査でも、明確な放火を示す証拠は見つかっていなかった。

この記録に目を通した限りでは、やはり事故と断定するほかはなかったと思われる。

「副長さん……。こういっちゃ何ですが、被害者の家族を思いやっての判断ですね、これは」

猪名野が皮肉そうに言って口元をすぼめた。

脇坂も同じ意見だった。放火しての自殺となれば、各種の保険金が下りたかどうかは怪しい。が、事故と断定されれば、羽佐間本人の生命保険はほぼ満額下りたと思われる。事務所の火災保険も契約分が支払われたはずだ。

失われた命は戻らない。しかし、家族と会社にとっては、最も望むべき結果になったと言えそうだった。

「この状況で、資料を見せないのはなぜだって、警察を恨むのは筋違いもはなはだしいですよ」

猪名野が資料をデスクに投げ出した。これで非難されたのでは、まったく割に合わない。が、警察は市民が安心して暮らしていけるよう、地道な仕事をするしかないのだ。

署長に帯同する梶谷に電話を入れた。市民会館では、振り込め詐欺撲滅キャンペーンの集会が始まっている。

資料から見えてきた事実を報告した。署長にも耳打ちしたのだろう。しばらく電話が無音になった。雑音に続いて、今度は菊島の声が聞こえてきた。

「資料の件は了解した。しかし、家族には、何か疑いたくなる理由があったか、または最近になって新たに思い出された新事実でもあったのかもしれない。念のため、家族からも話を聞いてくれ。いいね」

心配性の署長を持つと、下の者は気が休まらない。

預かった手紙には、羽佐間聡美の電話番号が書かれていた。受話器を取って電話を入れる。が、電源が入っていないか、電話に出られない、と音声メッセージが返ってきた。五分後にかけ直したが、同じ。こういう時に限って、電話は通じてくれない。

「では、わたしは仕事に戻りますので」

脇坂の表情から察したらしい。この件をつついたところで、何も出てきはしない。猪名野が早々とデスクに戻った。手紙には昔の住所しか書かれていない。手間がかかるだけ損。

またも副署長自ら動くしかないようだった。

14:20

買ってきたコンビニ弁当に手をつける暇もなく、脇坂はまた車を走らせた。

賀江出三丁目は、駅の北口に広がる一帯だ。中央総建の社屋が建つ二番地は、ＪＲと並走する国道から一本奥へ入った路地の中ほどに当たる。車を飛ばせば十分とかからなかった。

九年前に半焼した事務所は、今では三階建ての軽量鉄骨ビルに変身していた。車を路肩に停めて、玄関へ向かった。

「お邪魔します。実は、九年前の火事について問い合わせたいことがあってまいりました」

巡査よりいくぶん派手な制服を着た警官が訪ねてきたと知り、社長自らが現れて脇坂を応接室に案内しようとした。

「いえいえ、単なる確認ですので、お気遣いなく」

「ご存じかもしれませんが、当時の経営者であった羽佐間さんのご家族から、うちの親会社である中央開発が事業をゆずり受け、その時に社名も変わっています。今すぐ、当時のことをよく知る社員を連れてきますので」

中央開発は、県下でも指折りのデベロッパーとして知られていた。その傘下に入ることで、旧羽佐間産業は生き残ることができたのだ。

腰の軽い社長で、自らオフィスに走って、一人の年配女性を連れてきた。脇坂が質問する間も、ずっと横に立っていたのは、今になって、それも副署長がわざわざやって来たことへの疑問があったからだと思われる。

社長に連れてこられた中年女性は、二十年もこの会社で事務を務め、羽佐間勝孝の妻や娘とも面識を持つ人物だった。

「ええ、本当に驚きました。ちょっと業績のほうは今ひとつの時期でしたけど、羽佐間社長は地元の代議士さんとも顔つなぎをして、新たな事業に力を入れようとされてましたのに、ねえ……」

「ご家族は、事件性についても考えられていたと聞きましたが」

脇坂の質問に、女性社員はもっともらしげにうなずいてみせた。

「なにぶん突然のことでしたもの。最初はかなり取り乱されて……。個人的にも借金をしていたようでしたし、会社にも多額の借入金がありましたので、わたしたちも明日からどうなるんだろうって、それは心配になりました」

「なぜ事件性を疑われたのか、その辺りの事情はお聞きになりましたでしょうか」

「そりゃあ……だって、もし社長が放火しての自殺だったら、保険金は下りなくなるでしょうし。自殺じゃない、殺されたのかも。そう考えたくなっても不思議はないですもの」

すべては金なのだ。警察ならわかりますよね。小さな目が多くを語るかのように、まばたきをくり返した。

「羽佐間さんというかたは、誰かに恨まれてもおかしくない人だったのでしょうか」

念のために確認すると、またまばたきが多くなった。

「どうでしょうか……。ただ、運送や土木も手がけてましたので、荒っぽい人たちとの交友はあったと思います。多少は強引な仕事もしていたかもしれません……。けれど、社長や会社の周辺で暴力ざたが起きたことは、一度もありませんでした」

捜査資料からもその辺りの事情は読み取れた。やはり事故と見なすほかはなかった案件だと思われる。それでも羽佐間の身内は何かしらの疑念を抱いた。今になって娘は、中学時代の旧友を頼ろうと考えたのだ。

「その後、ご家族はどちらに越されたのでしょう」

「奥様のほうの実家に戻られました。事故と判断されたので、ご家族に借金が残ることはなくて、本当によかったと思います」

警察であれば、借金についての事情はわかってますよね。また目配せで、そう言われた。

連絡先はわかるかと尋ねると、隣にいた社長のほうが大きくうなずいた。またオフィスに戻り、一枚のはがきを手に戻ってきた。

「事業を譲り受け、ご家族に迷惑が及ばないよう、わたしも少しご協力させていただきました。ですので、今でもこうして季節の便りをいただいています。ご丁寧な奥様ですので」

会社の譲渡に問題はなかった。社長としては、そう強調しておきたい気持ちがあったらしい。わざわざ強調してくるからには、当時それなりのごたごたがあったとも思われる。

はがきの住所は、富山県高岡市。電話番号も書かれていたので、メモに取らせてもらった。

名前は、浅野典子《あさののりこ》。夫が死亡したあと、わざわざ籍をぬいたか、再婚したか。桐原もえみが持っていた手紙には、羽佐間聡美とあった。これは同級生だと思い出してもらうためだったとも考えられる。

礼を告げて、車に戻った。相手が富山では、さすがに訪ねてはいけなかった。こちらの素性を信じてもらえない場合もあるため、署から電話を入れたほうが無難だった。折り返し電話をもらえれば、警察の者だと確認はできる。

真っ直ぐ署へ戻って、会議室から電話をかけた。署員にはまだ広めたくない案件だった。

電話はすぐつながった。受話器を取った女性が、羽佐間勝孝の元妻だった。

「突然、お電話を差し上げ、失礼します。賀江出警察署の副署長で脇坂と言います」

「あら、賀江出署の……」

一気に声が張りつめた。

「その節は、大変お世話になりました。何か主人のことでしょうか」

「お母様はご存じではないかもしれませんが、実は娘さんが当時のことをまだ気にしておられるようで――」

そこまで言うと、浅野典子が驚きの声を上げた。

「聡美が、ですか？」

「はい。ご家族がお身内の死因に疑問を抱かれるのは当然だとは思います。娘さんは今もお父様の死に納得ができず、当時の友人を介してわたしどもに問い合わせをしてこられた次第なのです」

「聡美が、ですかぁ」

先ほどと同じ言葉のくり返しだったが、今度は声が裏返っていた。

「お母様はお聞きになっていないのですね」

脇坂が問うと、電話の声が遠くなった。

「――聡美、あんた、警察に何を言ったのさ、父さんのことで」

自宅に娘もいたようだった。何よ急に、と小さく声が聞こえて、事情を説明する母親の言葉が続いた。

「……何の話なのよ。どうしてわたしが警察に行くの」

「だって、賀江出署の副署長さんがそう言ってるのよ」

「わけわかんない。副署長って、そこそこ偉い人じゃないの。どうしてそんな人が電話なんかしてくるのよ。あ……詐欺じゃないの。貸してよ、ほら」

受話器を耳に押し当て、会話の中身を理解しようと努めた。若い女性の声が鼓膜を強く打つ。

「あんた、何者よ。副署長なんて、嘘でしょ」

「いえ……信じていただけないなら、賀江出署に確認の電話をしていただいてもけっこうです」

「もう電話してこないで。迷惑だから」

「待ってください」

電話を切られそうな雰囲気に、脇坂は声を高くした。

「桐原もえみをご存じですよね。中学時代の友人ですから」

電話の向こうが、しばし沈黙した。

「本当に何者なのよ？　どうして麻衣子のこと、知ってるわけ」

「本日、桐原もえみさんが賀江出署の一日署長を務めておられます」

「へー、彼女もずいぶん出世したんだね」

感心したような口ぶりを聞き、耳を疑った。受話器を引き寄せて言う。

「待ってください。聡美さんは、桐原もえみが今日、賀江出署で一日署長を務めることを知らなかったとでも……」

何なのだ、これは？　話にすれ違いが多すぎる。

向こうも、意味がわからないと言いたげな声を押し出した。

「もちろん、知りませんよ。麻衣子がアイドルになったって話は聞いたけど、もうこっちに来て長いんで、昔の友だちとはまったく会ってませんから」

第四章　偽造された依頼

14:28

浅野聡美の放った言葉の意味を理解するのに、だいぶ時間が必要だった。彼女は桐原もえみに手紙を出すどころか、電話で話したこともない、と断言したのだ。が、脇坂の目の前には、羽佐間聡美と名前の書かれた手紙があった。

「……失礼ですが、娘さんは羽佐間という名ではなく、お母様と同じで――」

「ええ、今は浅野です。母とよく考えて、羽佐間の姓から変えました」

何か問題あるかと言いたげだった。

多くの問題が横たわっていたが、まず間違いなく浅野聡美とは無関係だと思われる。

礼を言って電話を切り、さらに頭の中を整理した。

桐原もえみが偽の手紙を用意していたとは考えられない。こうして友人に連絡を取られてしまえば、嘘が簡単に判明する。

つまり、何者かが羽佐間聡美と称して、桐原もえみに手紙を書き、過去の経緯を調べてほしい、と訴えたのだ。元同級生の切なる願いを受けて、桐原もえみは地元で一日署長を務めたいとブログに書き、狙いどおりに企画が成立した。

手紙の中に書いてあった電話番号を調べても、空振りに終わるのが落ちだろう。他人の名義を使って一時的に契約されたもの、と思われる。九年も時間が経っていれば、声の判別はつきにくい。

脇坂は受話器を取り、市民会館に帯同する梶谷の携帯に再び電話を入れた。

「とんでもないことになってきたぞ」

事実を整理しながら、手短に状況を伝えた。

言葉は返ってこない。誰もが声を失うはずだ。

「なるべく早く桐原もえみに確認を取ってほしい。なぜ本物の羽佐間聡美と信じたのか。電話で話した際に具体的なエピソードが語られていたとすれば、羽佐間聡美とは別の同級生、またはその近くにいる者の仕業だと思われる。何か手がかりにつながる話の中身はなかったか、確かめたい」

「しかし、何のために……」

「捜査の基本だよ。九年前の事件を掘り返すことで利益を得る者が、この賀江出にいるんだ」

脇坂には確信があった。偽の手紙を桐原もえみに送りつけた者の狙いは、九年前の事件の背景にこそあるのだ。偽の携帯電話まで用意して、桐原もえみ本人とも言葉を交わしている。単なる振り込め詐欺とは用意周到さが違う。

そうは思うのだが、そこから先が藪の中に隠れてしまう。

真実を知らされて、桐原もえみはショックを受けるだろう。しかし、偽の手紙を送りつけてきた者を突きとめるために、我々警察が正式な捜査に動けるものか。現状では、明確な被害が起きたとは言いにくい。

桐原もえみは、偽の手紙を送られたから、一日署長をやりたいと表明し、現実に仕事が発注された。が、たとえ少額でも、県警から協力金が支払われる。春の交通安全週間のキャンペーンポスターのモデルを務めてもらい、出演料も出ている。

偽の手紙に端を発しているとはいえ、今回の一日署長に関して、被害はどこにも発生していない。つまり、犯罪行為は確認できていないのだ。

犯罪ではない行為を、警察が組織を挙げての捜査はできない。

また、偽の手紙が桐原もえみに送られてきた事実をメディアに発表すれば、九年前の事件がクローズアップされて、すなわち犯人の狙いどおりになるのだった。アイドルのみでなく、警察までが利用された事実を、自ら認めるのでは恥となる。県警幹部も菊島も、そう考えるだろう。

もしかすると……。

犯人は、自分の出した偽の手紙が、いずれ警察の手によってあばかれる、と予想をつけていたのではなかったか。若いアイドル歌手はだませても、警察までは欺けない。その場合は、九年前の事件が追及され直すこともなく終わりかねない。

そう予測していた場合、偽の手紙を出した犯人は、次なる行動に出てくるはずだ。

桐原もえみが一日署長を務めたのは、元同級生を騙《かた》る何者かからの手紙があったからだ――そうメディアに密告するのだ。

真相を知らされたメディアは色めき立ち、賀江出署と桐原もえみを追い回すだろう。その結果、九年前の事件にスポットライトが当てられ、犯人の狙いどおりになっていく。

実に考えられた計画だった。

アイドルを操って動かし、九年前の事件に着目させる。

偽の手紙を送りつけた者は、間違いなく賀江出と深いつながりを持つ。羽佐間聡美と桐原もえみが同級生であったと承知していたので、今回の計画を発案できた。二人の事情を知るからこそ、何かしらのエピソードを語って桐原もえみを信用させ、計画を進められたのだ。

二分もせずに、署の携帯電話が鳴った。梶谷が菊島に説明を終えたのだった。

「どうなってるんだ。何が一日署長の裏で起きてる」

辺りを心配したくなるほど、菊島が声を上擦らせていた。中座して人気《ひとけ》のない場所からの電話だと思いたい。

手紙が偽物だった事実をあらためて報告した。菊島の荒い鼻息が、携帯電話を通して何度も鼓膜を打った。

「桐原もえみへの確認は、あと回しだ。まずはこちらでの記者会見を優先させる。わかるね」

さすがだ。今ここで手紙が偽物だったと伝えたのでは、彼女が混乱を来し、記者会見で余計なことを口走りかねない。組織防衛を図りたい署長としては当然の策だった。

「それと、もうすぐそちらに弁護士が到着する。しかし、君は姿を隠せ。捕まるんじゃない」

「はい。対応はほかの者にさせます」

「君はその間、できる限りのことをしてくれ。同時に署内の引きしめも忘れるな。もし偽の手紙の件がどこからか洩《も》れれば、メディア連中が色めき立つ」

だてに百二十人ぬきで警視正に昇進したわけではなかった。菊島も瞬時に、犯人による密告の危険性に思い及んだのだった。

「あってはほしくないが、どこからか洩れでもした時のことを考えると、犯人には可能な限り近づいておきたい。本部も同じ意見だと思う。我々警察への挑戦も同じだ。公務執行妨害に該当すると考えてくれ」

かなり強引な法解釈だ。一日署長は公務のひとつであるが、イベントに関して他者から妨害を受けたわけではなかった。桐原もえみは明らかに騙《だま》され、利用されたと断言できるが、実害らしきものは発生していないのだ。

「直ちに猪名野君を説得してくれ」

「了解しました」

「警務にも、刑事の経験を持つ者がいたはずだ。彼を専従させる手もある」

上月浩隆《こうづきひろたか》。一年前まで刑事二係にいたが、今は留置係長の任にある。県警と一緒に追っていた詐欺犯を逮捕に出向いた先で取り逃がすという失態を犯した。その直後から、自信喪失におちいってミスが続き、半年前に配置換えとなっている。

「彼なら少しは使えるだろ。挽回のチャンスだと言えば、懸命になるはずだ。ただし、内密にだ」

悪くない目のつけどころだった。自信をなくした上月を勇気づけたい気持ちは、脇坂にもあった。こういう目配りができるから、菊島は今の地位につけたのだと思わされる。

「なぜ九年前の事件なのか。そこに何かあるはずだ。慎重に、しかし早急に動いてくれ。いいね」

またも無理難題が押しつけられた。

14:31

電話で父に断言していたが、母は絶対に真実を口にしていない。明らかに何かを隠している。もともと平気で嘘をつける人ではないのだ。由希子には岩より固い確信があった。

父との電話を終えたあと、母はのそのそと身を起こして顔を洗いに洗面所へ行った。

「あんたこそ康明さんと何かあったのかい」

この先は、自分の嘘を追及されたくないので、娘が実家へ戻ってきた理由をねちねち尋ねてくると想像はできた。由希子は曖昧に答えながら、またダイニングに置かれた母の財布を探った。

今度はＩＣカード乗車券をぬき取った。この一枚に、最近の母の行動が記録されている。

「康明さんはまだバランス感覚、持ってるでしょ。父さんなんか、なまじっか仕事へのプライドありすぎるからね。部下に示しがつかないとか、自分で思ってるほど頼りになんかされてないのに、責任感じすぎて独り相撲ばかりだったもの」

急にまた父の愚痴を語り始めた母に生返事をしながら、カードを握りしめて玄関へそっと歩いた。ヒールを履いて慎重に鍵を開け、ドアを押した。

「由希子。聞いてるの、あんた？」

気配を勘づかれたらしい。

由希子は走った。門扉を開けて、路地へ飛び出した。五十をすぎた母に追いつかれるわけはなかったが、力の限りアスファルトを蹴った。

明らかな嘘をついた母が悪いのだ。そう思いながらも、とっさに行動していた自分を恥じる気持ちが足を懸命に動かしていた。

大通りまで一気に走り、人の目が気になった。息も上がり、足が止まった。追って来られてはいなかったが、ひとつ先の停留所まで歩いて、バスで駅へ向かった。

券売機にカードを入れれば、履歴が印字できる。この数週間で、母がバスや電車を使ってどこへ行ったか、すべてがわかる。

息を整えながらカードを券売機に差し入れて、履歴を印字させた。

母の足跡が記録された二枚の用紙を手に、由希子はちくりと胸が痛んだ。

昨夜、旭町へ行っているのは当然だった。ほかに、母は繁華街らしき場所へ、ほとんど出かけていなかった。せいぜい地元の駅前までバスで往復する程度だった。

母の行動半径の狭さが胸に染みた。

こうしてほぼ毎日、買い物に出かけるぐらいで、家を守ってきたのだ。夫は単身での官舎暮らし。息子も二十歳を超えて、そう手はかからない。少しは羽を伸ばしていいのに、ほとんどどこにも出かけていない。

こんな毎日で、お母さんは楽しいの？

その疑問は、刑事の妻となった自分にも向けられていた。

子どもができれば、その成長を見守るだけで幸せを実感できるのかもしれない。けれど、由希子たちは親の庇護《ひご》のもとから巣立ち、母にはありあまる時間が今はある。

母親の時間を奪って、自分たちは大人になってきたのだ。手にした小さなカードの中に、長い時間が隠されているように思えて、由希子は指先が震えた。

カードを持ち替えて、印字された文字に目をすえ直した。気になる履歴が見つかった。今週の月曜日と木曜日だ。母はバスで駅まで出て、そこからまたバスで「高木新町《たかぎしんまち》」まで往復していた。先週の火曜日にも、同じルートの記載があった。

高木新町に誰が住むのだろうか……。

由希子は再びバスに乗って実家へ戻った。

「何よ、あんた、帰ったんじゃなかったのかい」

母が驚き顔で玄関に出てきた。ＩＣカード乗車券がなくなっていることに、まだ気づいてはいないようだった。

由希子は母を問いつめる材料を探すため、リビングのサイドボードへ向かった。その一番下の抽出に、母は年賀状をしまっている。

「食事をしてきたにしちゃ、早かったじゃない。何なのよ、そんなとこ、開けて」

母は絶対に嘘をついている。だから、飯塚という人の住所は、高木新町であるはずはない。この高木新町に住む知り合いと、昨夜は行動をともにし、サングラスとカツラを使ったのだと思われる。

「待ちなさい、由希子！」

娘が年賀状を引き出したのを見て、母の声が大きくなった。もちろん待つわけもなく、年賀状の束を一枚ずつ調べていく。

「何してるのよ。あんたは……」

母が手を伸ばしてきたので、背中を向けてガードしつつ、差出人の住所を確認する。

高木新町――。さして調べることもなく、予想どおりの住所が見つかった。

その年賀状に書かれた名前は、保利毅彦《たけひこ》、真奈美《まなみ》、俊太《しゅんた》。

予測は当たった。やはりあの洟垂れ小僧の一家だった。

「何よ、これは！」

由希子は年賀状を母の眼前に突きつけた。

「何って……」

母の声が裏返る。正直者だ。目までが、広くもないリビングの中を行き交いだした。

「お母さん、最近よく、この保利さんと会ってたみたいね」

「そんなことは……」

「だって、カードの履歴を見たら、先週も今週も、この保利さんの家がある高木新町に行ってるじゃないの。嘘はつかないで」

母が目をまたたかせた。ショックを受けているのが、ありありとわかる。

娘に行動を探られたからではなく、もう隠し事はできそうにないと思えたのであれば、幸いだった。

「保利って、あの迷惑な子どもの一家よね」

今もはっきりと記憶にある。同じ官舎に、洋司が子分のように可愛がる男の子がいた。

歳は洋司より三歳ぐらい下だったろうか。二人して近所で何度も騒ぎをくり返し、警官の子として恥ずかしいと官舎の大人たちに言われ続けていた。

由希子が核心に斬りこんで凄むと、母がやっと目をすえ、うなずいてきた。急におどおどとした態度が消えた。

「……よく覚えてるじゃない。そうよ、あの保利さんよ。二人とも息子に泣かされてきたもんだから、今もちょくちょくお互いの家を行き来する仲なわけよ。でも、昨日の尾行とは別。保利さんは真面目を絵に描いたような人だものね」

急に腹をすえ直したような態度がますます怪しい。嘘をつきとおそうと覚悟を決めたと見えてならなかった。

「尾行したのは、旦那じゃなくて、息子のほうじゃないの」

「何言ってるのよ。保利さんはまったく関係ないわよ」

どれほどできが悪かろうと、母親にとって息子ほど愛らしいものはないのだろう。由希子は母に厳しく躾《しつ》けられてきた記憶しかないが、洋司には甘やかしと映るほどの優しさを見せた。だから、近所に何度も頭を下げに行ったことを、今も楽しい思い出話のように語れるのだ。

昨夜、母が会っていたのは、飯塚ではない。

保利だ。

流しには二人の食器が残されていた。テーブルには食べかけのカップ麺も。その状況から見ると、母のほうが先に外出したと思われる。

「保利さんに頼まれて、あの洟垂れ小僧を尾行したんでしょ。で、洋司にも応援を頼んだ。だから、カップ麺を残したまま、慌てて洋司は出かけていった。旭町の繁華街で洟垂れ小僧を尾行するうち、何らかの騒動に巻きこまれて、洋司が殴られることになった」

そうとしか考えられなかった。

母が目と口を半開きにしていた。ゆっくりと腕を組んで言った。

「すごいね、由希子。あんたに鬼刑事顔負けの才覚があるとは知らなかったね。でも、お生憎様。昨日は飯塚さんと会ってたの。当然ながら、洋司も呼び出してないわよ」

刑事に追及されて居直る掏摸《すり》の常習者を思わせるほど、母の態度は自信に満ちていた。

証拠はどこにもないと踏んでいるのだ。

ここまで強い決意を持って嘘をつきとおそうとする。

母親が何としてでも守りたいもの。――息子だ。

娘としての直感が断固たる確信を抱かせていた。

14：40

交通安全教室が開かれた小学校での警備から戻り、上月浩隆は警務課の席にいた。

高校まで水泳部にいたため、体格には恵まれていた。が、生真面目さが用心深さに結びついてしまうタイプで、フットワークと決断力にやや欠ける男だった。今も、誰に見られているわけでもないのに、背筋を伸ばした姿勢のよさでデスクワークをこなしていた。

「上月、ちょっといいか」

会議室に誘って、偽の手紙だった一件を打ち明け、事情を伝えた。

上月は表情を変えまいとするような顔つきをくずさずに話を聞き終え、あらためて脇坂の前で踵を合わせてみせた。

「わたしでよければ、お手伝いさせてください。全力をつくします」

気負う様子は見られず、声も態度も落ち着いていた。小学校での警備に参加し、桐原もえみのミニバンを捜索する現場を見て、不思議に思っていたのだという。そこそこ観察眼は持つ男なのだった。

詳しい経緯を伝えて、倉庫にあった捜査資料の束を差し出すと、早速ページをめくり始めた。

「嫌がらせ目的の密告だと思われるが、念のために車内をチェックしたことになっている。何かしらの粉末が出てきたことは、まだ署内にも伏せてある。羽佐間聡美の手紙が偽物だったことは、署長と猪名野課長にしかまだ伝えてはいない。もし情報が外に流れでもすれば、まず君が疑われると思ってくれ。わかるね」

上月はぎこちなくうなずくと、資料に目を落としてから言った。

「申し訳ありませんが、少しだけ時間をください。この記録にすべて目を通してから、次に何をすべきか考えたいと思いますので」

上月は一度部屋を出ると、手帳と筆記用具を持って戻り、捜査記録に向かった。メモを取りながら読みこむつもりなのだ。

なまじ刑事課の者に頼むより、熱を入れてくれそうだと思え、その点でも菊島の判断に感心した。過去に手がけた事件を蒸し返されたと知れば、快く思わない者は多かった。身内のミスをつつくような仕事を喜ぶ刑事はまずいない。

脇坂はいったん会議室を出て、刑事課へ上がった。上月を使うことになった事情だけは伝えておく必要があった。当時を知る者はいなくとも、刑事課にかかわる問題なのだ。何も聞かされていなかった、とあとで機嫌を損ねられても困る。

自ら逃げた手前もあるため、猪名野はさしたる関心を見せなかった。自分の叱りようが悪かったため、上月が飛ばされた――そう見なす者への反発心も多少は影響していただろう。

「では、うちは動かなくてもいいわけですね」

「いや、何かあれば、相談はさせてもらう」

「朝から鈴本の件で振り回されてきたんです。積もり積もった被害届の山は、副長さんだって見てますよね」

猪名野がデスクに散らばる書類を手で示してみせた時、脇坂の携帯電話が鳴った。鑑識係長の和田からだった。

「正式な鑑定結果はまだですが、覚醒剤、大麻、ＬＳＤはやはり検出されていないようです」

簡易検査から予想はできた事態だった。あとは危険ドラッグと呼ばれる化学物質だ。法の網をかいくぐられては困ると、指定薬物は増える一方で、その鑑定には時間も金もかかる。

猪名野も期待はしていなかったと見え、話を聞いても当然のような顔でうなずいた。

「例の中学校の件は、どうなった？」

デスクに戻りかけた猪名野の背中に訊いた。こちらを見向きもせず、椅子に腰を下ろしながら答えた。

「大山鳴動、なんとやらですよ。教職員が出勤してきて、校内の再点検をしたところ、盗難にあったものは何もなし。そう言ってました。せめて、お騒がせしました、くらいは言ってもらいたいですよね」

職員室の鍵を壊しておきながら、何も手をつけずに立ち去る犯人はいない。わざわざ鍵を壊したからには、明確な動機があったと思われる。が、被害は見つからなかった。

通報はしたものの、目立った被害がなかったことから、教職員は生徒の仕業と睨んだのだろう。テスト問題など成績に関するものを盗もうとしたが、金庫にでも保管されていて、あきらめるほかはなかった。それに類する可能性が高そうだった。

ものを盗む以外に、職員室へ忍び入りたくなる理由がほかにあるか……。

桐原もえみが卒業した中学ではなかったので、羽佐間聡美の出身校でもない。その確認はできている。ただ、同じ市内の中学というのが、少しばかり気になるが……。

「課長。これ、ちょっと何かありそうだとは思いませんかね」

パソコンに向かっていた若い刑事が席を立ち、猪名野に言った。

「見てください。鈴本のバイクが見つかった県道の先をたどると……ほら、北吉川中学校があります」

猪名野が椅子を蹴立てるほどの勢いで腰を上げた。脇坂もディスプレイに歩み、映し出された地図に目をやった。

県道五十七号線は賀江出市を東西に走っている。市の中心部から十キロほど西に行った地点で、鈴本のスクーターは発見された。さらに三キロほど西へたどり、国道とぶつかった先に、北吉川中学校があった。

「出身中学を確認しろ！」

脇坂が言うよりも前に、猪名野は近くの受話器に手を伸ばしていた。

白石正吾。彼は賀江出の出身ではない。補導歴も賀江出署管内ではなかった。だからといって、賀江出市内の学校に通っていなかった、と決まったわけではないのだった。

現に親戚が今も賀江出市内に住んでいる。

今度こそ接点が出てくる——そう思えた。

根拠はまったくない。だが、桐原もえみと浅野聡美は中学の同級生だった。たまたま今日という日に、賀江出市内の中学校がクローズアップされてくる偶然があるとは考えにくい。

地元の中学校。盗まれたらしきスクーター。一日署長を務めるアイドルの車から発見された粉末……。

猪名野が電話をかけた先は、白石正吾の情報を提供してくれた県の少年課だった。

「——ご協力いただき感謝します」

話は短く終わった。受話器を下ろしながら猪名野がうなずく。

「北吉川中学です」

つながった。

出身地は柴田町でも、この賀江出市内に住んでいたことがあるのだ。

白石正吾が卒業した北吉川中学校で職員室の鍵が壊され、そこに通じる県道に乗り捨てられたスクーターから、白石の指紋が検出された。

嫌な予感に襲われて、脇坂は携帯電話を手にした。

白石の指紋が出たスクーターは、鈴本英哉が買ったものだ。彼はインフルエンザで仕事を休み、今は女のアパートにいる。

教えられた番号を押した。頼む。出てくれ。

願いは通じなかった。呼び出し音が果てしなく続いた。受話器は取り上げられない。

「何やってんだ！」

叫びがあふれた。猪名野が目で尋ねてくる。首を振った。鈴本は女のアパートにいない。今度こそ、本当に消えたのだ。

次に、賀江出ファームの番号を押した。コール音のあとに女性社員が電話に出た。もどかしい思いを抑えて尋ねる。

「白石君はいますか。脇坂と言います」

「生憎と白石は、午後から早退しています」

一緒に逃げたのだった。

15:04

事態は急転した。猪名野が話を聞くなり、恨み言を吐き散らした。

「何だってんだよ、もう。理屈がさっぱり通らないだろ」

「コンビニへでも行ったんですかね」

若手の刑事が呑気な意見を口にした。

「バカ。用があって部屋を出るなら連絡ぐらいするだろ。絶対にそこを動くな、と何度もしつこく言っておいたんだぞ」

脇坂は自制できずに怒鳴りつけた。その場が静まり返る。当の若い刑事は、まだ盛んに首をひねっていた。

「でも……やっぱり理解できませんよ。前科者に何でスクーターを貸したのか。その理由は、出身中学校へ出向いて職員室に忍びこむことで、そのあげくにスクーターで事故ってしまった。仕方ないので、近くにあった自転車を盗んで逃げる。あまりにお粗末すぎるじゃないですか」

だが、現実に起きているのだ。

納得できる理由があるとわかれば、これほどの怒りはわかない。現役の警官が、上司をあざ笑うがごとく、理屈の通らない行動を続けるから、腸《はらわた》が煮えくり返るのだ。

脇坂は女のアパートへ出向き、鈴本本人とも会っていた。彼を信じてそのままアパートに残してきた自分が、小馬鹿にされたも同じだった。

首に鈴ではなく、ロープをくくりつけて署に連行しておけばよかった、と今さらながらに悔やまれる。が、あの時点でインフルエンザを疑ってかかる理由はなかった。薬の袋と診察券がテーブルに置いてあり、見事なまでに状況証拠はそろっていた。女と店長の証言もあった。が、電話で確認したにすぎず、仲間うちの猿芝居にまんまとしてやられたのだ。どこから見ても、計画的な犯行だった。

「副長さん、やつら、学校の何かを調べる必要があったんでしょうね」

猪名野が振り向き、肩に力をこめながら言った。

「それも夜中に、どうしても確認を取りたくなった。だから、鈴本は白石にスクーターを貸した。卒業生でもある白石であれば、その何かが、職員室のどこに置いてあるのか、見当がついた。ところが、帰りに急ぎすぎて、スクーターを転倒させた。エンジンがかからず、その場に乗り捨てるしかなくなり、慌てて自転車を盗んで仕事場に大急ぎで帰り、鈴本に報告を上げた」

「そうか……」

若い刑事も話に加わってきた。

「鈴本は、何かしらの調査をしたいと考え、インフルエンザと称して仕事を休んだ。で、その調査の過程で――」

脇坂も二人にうなずき返した。

「白石の出身中学との関連が出てきたんだろうな。だから、大急ぎで何かを確認する必要に迫られた……」

朝になれば、教職員が出勤してくる。彼らに協力を求めるのは難しい。だから、夜中に忍びこむしかなかった。そこまでは予測がついた。中学校に存在する何かで、教職員に協力を求めたくても難しいもの……。

猪名野が腕組みを解き、断定口調で言った。

「個人情報だな」

学校には、現役の生徒や卒業生の名簿があると思われる。その個人情報を教えてくれと頼んだところで、まず期待はできない。

鈴本は警官なのだ。警察手帳を見せれば、学校であろうと協力はしてもらえる。が、その手法を彼は使わなかった。

あるいは……白石の単独行動だったのか。

警官である鈴本に迷惑はかけられない。だから、白石はスクーターを拝借して夜中に中学校へ向かった。鈴本も、彼が自分に迷惑をかけまいとしてスクーターを使ったのだと知った。だから、あらかじめ指紋の件を脇坂に伝え、白石をかばおうとした。そう考えれば、辻褄は合う。

鈴本は、白石が中学校の職員室に忍びこんだ理由を知っている。もしかすると彼は、今も白石をかばうために、女のアパートから消えたのではないだろうか。

そうあってほしい。脇坂は願った。

友人のために仕事を休み、何かの調査に手を貸した。さらには、上司の言いつけを守らず、その友人をかばおうとした。

警察官としては許されない行為だ。が、一人の人間として見れば、その動機に理解はできる。

「そうか——人だな。自分と同じ卒業生の行方を急いで捜したかった。だから、鍵を壊して職員室に入った……」

猪名野が脇坂を見つめてきた。

「白石の行方を追ってくれるか。おそらく鈴本も、彼を追っている」

脇坂は切なる願望を語った。

彼らは何らかの調査を独自に行っていた。その過程で、白石と同じ北吉川中学校を卒業した者の連絡先を知る必要ができた。白石と同学年であれば、友人のつてを頼ることもできるので、学年は少し離れていたのだろう。さらには、警察手帳を使って調べたのでは、鈴本に迷惑がかかる。つまりは……。

「白石と同じで、前科を持つ者かもしれんな。鈴本が警察手帳を使って調べたのでは、必ず問題にされる。なぜなら、地元の警官であれば、その人物について知っていても当然。あらためて警官が尋ねてくるのはおかしい。そう思われかねない相手だった。だから、白石が中学校に忍びこむほかはなかった……」

想像と視線をめぐらせながら言うと、猪名野が先に動いた。

「少年係に確認します」

脇坂も後ろに続いて生活安全課へ走った。

北吉川中学校の出身で、前科を持つ者。

読みは的中した。該当者が一人いた。

福留寿弘《ふくどめとしひろ》。白石の四学年上の二十六歳。

高校を二年で中退し、その半年後に道交法違反と傷害事件で逮捕され、少年院で一年二ヶ月をすごしている。地元では、暴走族のリーダー格として一部に名を馳《は》せた男だという。

「白石とのつながりはあるのか」

資料を手にした生活安全課の警部補が首をひねった。

「どうでしょうかね。記録にはありませんが……。四年の学年差なんで、中学や高校で一緒にはなってないでしょうし。もしかしたら、顔ぐらいは知った仲だったかもしれませんね」

「今はどこで何をしてる」

母親の実家が賀江出市内にあり、少年院から戻った際には、祖父母が身元引受人になっていた。父親は死亡。母親は福留寿弘を祖父母に預けて再婚し、神奈川県に住む。暴走行為と喧嘩に走る要因は、その辺りにあったと思われる。

猪名野と少年係の刑事が、牽制し合うように目を見交わした。どちらが貧乏くじを引かされるか、視線での鍔迫《つばぜ》り合いが続いた。ここで動けば、最後まで責任を負わされかねない。何が出てこようと、署員が関与している以上、不祥事として取り上げられ、後始末に追いまくられる。

どいつもこいつも……。そう思うが、警官も役人と同じで、保身こそが出世の近道となる。脇坂は二人を見限って言った。

「確認だけなら、おれで充分だ。何かあれば、すぐに連絡する。次は署長命令になると思っておけよ、いいな」

睨みを利かせて言い残し、生活安全課のフロアを出た。会議室へ寄って、まだ資料と格闘中の上月に事情を伝えてから、通用口へ走った。

「副署長……」

通用口を出たところで、後ろから呼び止められた。声でわかった。またも警務課の小松響子だった。

「鈴本さんがインフルエンザじゃないって聞いたんですけど……」

「大きな声を出すな。署内に広めるんじゃないぞ、いいな」

それだけ言い残して軽自動車のドアを開けた。そろそろ署内の抑えが利かなくなっていた。ここでまた桐原もえみが署に戻ってくるとなれば、メディアの連中までが不審がるだろう。

片手でキーを回しながら、梶谷の携帯に電話を入れた。またも違法を承知で車を走らせながら、電話に出た梶谷に告げた。

「いいか、よく聞け。今度こそ、鈴本が消えた。署内にも動揺が広がりつつある。桐原もえみを近づけるな」

「無理ですよ。弁護士が署でじっくり話をしたいって……」

「記者クラブの連中が一緒について来たらどうする気だ。よく考えろ！」

「あ、いや、それが実は……」

梶谷の声が急に弱々しくなった。

「……東和通信の記者が、どうして署長が中座ばかりしてるのか、と」

細倉達樹だ。やつはアイドルの到着前から、許可なく署内をうろついていた。どこまで鼻が利く男なのか。

「理由は何でもいい。でっち上げろ。県警広報課を通じて東和にペナルティーを科せ。細倉は朝から勝手に署内を歩き回っていたからな。どうにでもなるだろ」

「しかし、その程度では……」

「だから、理由なんか、どうだっていいんだ。とにかく出禁《できん》にしろ。それから、記者会見を終えたら、メディアには即帰ってもらえ。ヘマするなよ」

「……わかりました」

「賀江出は桐原もえみの地元なんだ。親戚とか昔の仲間に会うんじゃないかって、彼女を追いかけたがるメディアやファンがいたら面倒だ。マネージャーにも言いふくめて、カモフラージュさせろ。悪いが、おれは鈴本の件で外回りだ」

返事を聞かずに通話を切った。二分もすると、携帯電話が鳴った。話をしたばかりの梶谷からだった。彼が署長に報告を上げたのだとわかる。

「何をしてるんだ。どうして君が鈴本の件で動く」

予想どおり、菊島の苦りきった声が鼓膜を打った。また中座を目撃されて、記者が騒ぎ出してしまう。気持ちはわかるが、こういう時ほど、署長はどっしり構えてもらわねば困る。ここまで小物だとは思わなかった。

「鈴本は、白石を追っているものと思われます」

ハンドルを切りながら、新たにわかってきた事情を伝えた。

「こういう時に限って……。家族から話を聞くぐらいなら、少年係に任せればいいんだ。上月一人で何ができる」

菊島もかなり混乱を来していた。偽の手紙で、アイドルを通じて県警までが手玉に取られた事実。署員がインフルエンザと称して仕事を休み、前科を持つ友人に手を貸して連絡を絶った件。どちらもメディアが知れば、大騒ぎになる。今は、県警本部にも影響が及びかねない偽の手紙を優先すべき、と考えているのだろう。

しかし、偽の手紙に関しては、明白な犯罪行為があったとは言いがたいのだ。明確な意志を持って行方をくらましている署員のほうが、次に何をしでかすか、不安は大きい。

「そろそろ到着します」

「いいか、鈴本のほうは少年係と猪名野に任せろ。君は偽の手紙を追うんだ。わたしもこれから署に戻る。頼むぞ」

15:25

福留寿弘の祖父母が住む家は、県道十六号線に近い田園地帯の中にあった。広い庭に古びた耕耘機《こううんき》が停まり、洗濯物が風にはためいていた。

制服を着た警官の姿を見て、福留寿弘の祖母は玄関口で身を縮めて頭を下げた。

「申し訳ありません。寿弘がまた何か……」

孫の不始末に頭を下げ慣れてきたようだ。と同時に、今も素行は誉められたものでなく、親族の不安は続いているのだ、と想像がついた。

「ご安心ください。ある事件の参考に、寿弘君から話を聞きたいと思って来ました。今、寿弘君はどちらに」

「頑張って働いちょるはずですが……」

福留寿弘は、少年院を出たあと、保護司の力を借りて、建設会社で働くようになった。五年ほど前に一人暮らしを始めたという。その間、勤務先は変わっておらず、今も仕事を続けている、と祖母は希望を託すような言い方をした。

会社名と連絡先、携帯電話の番号も教えてもらい、メモに取った。

「あの子は可哀想な子でして……。本当は心根の優しいところもあるんです。どうか、ご配慮のほどをお願いいたします」

刑事を長くやってきたので、犯人の両親や親族に深々と頭を下げられた経験が幾度もあった。そのたびに、愚かな罪に走った者への憤りに襲われた。

愛情をそそがれて育とうとも、人は満たされない現状への不満から、罪に走る。つまずく種は、世間にいくらでも転がっていて、人は自分の足元を見たがらない生き物でもいた。両親と暮らせなかった事情があるにしても、福留寿弘には孫を思う祖父母がいた。今なお真っ当な暮らしをしていないようであれば、許しておけないとの気持ちがわいてくる。

礼を言って軽自動車に戻ると、携帯電話をつかんだ。

ここで福留寿弘に電話を入れて大丈夫か、と疑問が浮かんだ。

正直に白石正吾の名を出せば、警戒されるだろう。何かトラブルめいたことがあったと予測はできる。福留の側に、追われるべき理由があると自覚していたなら、下手に白石の名前を出してしまえば、彼までが姿を消すおそれもあった。

ここは電話よりも、本人を追うべきか……。

捜査本部を指揮する身であれば、人員に余裕があるため、いくつもの方向から被疑者に迫っていける。しかし、正式な捜査とは言えず、使える者も限られていた。

ひとまず報告を入れようと、携帯を握り直した時、呼び出し音が鳴った。賀江出署からだ。

「今よろしいでしょうか、上月です。実は、少々気になる点が見つかりました……」

心なしか声が急いていた。捜査記録に目を通し終えたのだろう。

「遠慮なく言え」

「気の回しすぎかもしれませんが——証拠物件の付票に、訂正が入っています」

付票の訂正……。

事件として立件するには、多くの証拠が必要となる。消防が行った火災調査の報告書、死亡した羽佐間社長の死体検案書、関係者の供述録。羽佐間個人と会社の借入金が記載された書類に帳簿のコピー……。

そういった証拠を当時の刑事課は集めて、それぞれ番号をつけて記録に残してあった。その一覧が、証拠物件の付票だ。

脇坂も、いくつか証拠類に目を通し、火災の状況を確認した。が、そえられた付票まではみていなかった。

「この中に、十三番として、死亡した羽佐間勝孝が契約する携帯電話の通話記録を載せていながら、訂正印とともに削除と書きこまれているんです。一度は証拠として取り寄せたものを、わざわざ付票から外すケースはあまりないので、ちょっと気になりました」

電話の通話記録は、当事者の交友関係を立証する証拠として、よく取り寄せられる。

「待て。携帯電話の通話記録だけなんだな。火災現場となった会社のものはどうなってる」

「そちらは証拠物件として挙げられていません。もしかしたら、仕事先のほかに注目すべき通話先がなかったからかもしれません」

その可能性は高い。

個人の携帯電話であれば、仕事のほかにも使用する。特に羽佐間社長には愛人の女性がいたため、頻繁に連絡を取り合っていた記録が残っていたのではないだろうか。当初は事件性も視野に入れていたため、証拠物件として挙げておいたのだろう。

「結局、事件性はないと判断されたわけですが、証拠物件として保存させた資料を、わざわざあとになって記録から外すようなことは、ほとんどないので、どういった経緯からなのか、気になりました」

脇坂は運転席でうなずいた。のちに事件性なしと判断されたことを理由に、あえて付票を訂正し、その記録を廃棄するケースは確かに珍しい。

よほどプライバシーに関係する情報が出てきたとしても、捜査記録を開示するケースはまれなのだ。通話記録を残しておいたところで、あとで問題になるとは思えない。

しかし、訂正印を押し、削除させている。

「その訂正印は誰のものだ」

「保健の保に、利用の利」

そうだった……。彼も賀江出署の刑事課にいた。

保利毅彦。一年前、本部の刑事総務課長に栄転している。

年次では七つ下で、五年ほど同じ官舎に住んでいた。脇坂と同じく刑事畑を歩み、子どもの歳も近かったため、母親同士はずいぶんと仲がよかった。

記憶が甦る。去年の秋、署長の代理で会議に出席した際、本部の廊下で保利とすれ違った。

——よかったな、抜擢じゃないか。

官舎でのつき合いが長かったので、脇坂は保利を見つけて歩み寄った。異動のはがきをもらい、妻が祝いの品を送っていたが、会う機会を逸したまま半年ほどがすぎていたと思う。

——脇坂さんも賀江出署で頑張ってください。

保利はそう笑い返して足早に立ち去った。

どれほど親しかろうと、七歳も離れた元上司に、「頑張れ」などと気安く言う者はいなかった。ましてや保利は警視になったばかりで、経験にも差はあった。腕試しを兼ねたような異動でも、下の者から気安く励まされる謂《いわ》れはなかった。

保利の自信に満ちた口調に驚かされて、脇坂は賀江出署に戻ったあと、保利の評判を古株の署員に尋ねた。

配属当初から、部下に厳しくノルマを課していたらしい。さしたる手柄もなかったのに、本部の要職に引き上げられるとは、運のいい男だと言う声が多かった。

「保利なら面識がある。確認だけは取ってみよう」

「火災の発生間際まで誰かと通話していたようなことは、たぶんなかったんだろうとは思いますが、あまりあることではないので。それと——」

「まだあるのか」

「はい。一億二千万円の借金があった会社を、どういう経緯で今の社長が引き継いだのか。その辺りも気になってきます」

確かに言えた。事件を探らせるため、偽の手紙を送りつけたのは間違いなかった。犯人は羽佐間の家族ではないのだから、死因に疑問を持っての行為だとも思いにくい。となれば、金銭的な問題をあぶり出すことで、利益を得る者がいた、とも考えられる。

「よし。当時の帳簿のコピーを見れば、借入先はわかるな」

「はい。会社の周辺から探りを入れてみます」

ヒントを与えただけで、上月は自分がなすべき仕事を言い当てた。ミスさえ起こしていなければ、今も刑事課で活躍できる男なのだ。

「管内の統計調査で、過去の案件を確認している。そうごまかして話を聞くんだ」

「やってみます。ですが、副署長……」

声が急に低くなった。

「もし近くに犯人がいれば、下手な言い訳も通用しないでしょうね」

「当然だ。でも、手紙を出したやつの狙いどおりになって警察が動きだしたと思うはずだ。邪魔立てはしてこないさ。安心して、かかれ」

不安を取りのぞいてやると、心強い返事が聞こえた。

「了解しました。直ちに中央総建へ向かいます」

15:35

母に何を言ってもむだだった。

可愛い息子を守るためであれば、母親たちは自分で犯したわけでもない罪をかぶりかねない。息子を思うその信念は、新興宗教を支える狂信者にも似た強さがあると思えた。

「康明さんと何があったっていうのよ」

母は、自分の行為を問いつめられたくないため、しつこく由希子を追及する姿勢を見せた。下手な論理のすり替えで身を守ろうとするところも、宗教団体の幹部に負けていない。

「家に帰ってこないし、電話しても迷惑がるだけ。この一週間、わたしの顔を見ようともしない。お父さんだって、そこまで冷たくはなかったでしょ」

由希子は計算を胸に、真実を小出しにして言った。

母が眠そうな目をこすって、肩で大きく息をついた。

「仕事で家に帰ってきてないってわけじゃなさそうね」

「そうなのよ。だって昨日、若山《わかやま》さんから電話があって……。まだ帰ってないって言うと、急にしどろもどろになって勘違いだったって、ごまかされたのよ。刑事のくせに、嘘が下手すぎるったらありゃしない」

「若山ってのは、康明さんが可愛がってる部下だったわよね」

「可愛がってるなら、家に帰ってないことぐらい、教えときゃいいのにね」

「何日帰ってこないのさ」

「三日よ。仕事で帰れないって言ってたのに、嘘」

半泣きの顔で言って、由希子はリビングから走り出た。ここが潮時だと見た。

そのまま階段を駆け上がる。誰が見ても、親の忠告を拒絶して部屋に引きこもる娘としか映らなかったろう。

「由希子。父さんだって、三日ぐらい部下にも行方を教えず、聞きこみに走り回ってたこと、何度もあるわよ」

「何も聞きたくない。ほっといてよ」

下に叫んでから、去年まで使っていた自分の部屋に飛びこんだ。これでしばらくは母も上がってこないだろう。

念のために由希子はドアに耳をつけ、母の動きを探った。足音は階段を上がってはこなかった。

よし、これでいい。

おそらく母に気づかれてはいない。由希子は下から持ってきた年賀状に目を落とした。

保利一家の名前の横には住所と電話番号が書かれている。

念には念を入れて窓に近づいて携帯電話を握り、番号を押した。

母と二人で朝まですごしていたのなら、自宅にいる可能性は高い。六度目のコールで電話はつながった。

「はい、保利です……」

予想どおりに、少し眠たそうな声が応じた。由希子はあまり口を大きく開けずに言った。

「あ、ごめんなさいね、脇坂です」

「昨日は大変なことにつき合わせてしまい、本当に申し訳ありませんでした」

そら見たことか。目論見は当たった。

電話をかける時、口を閉じ気味に話すと、母の声と聞き分けるのが難しいとよく言われる。父も洋司も康明までも、笑い話として聞き違えた失敗談を語り合う。家族でさえ間違えるのだから、ともに暮らしていない者では、絶対に聞き分けられないだろう。

「あれから心配してたんですけど、洋司君は大丈夫でしたでしょうか」

由希子は片手でガッツポーズを作った。やはり洋司も共犯だったのだ。声に力をこめて言った。

「洋司は頭に瘤ができただけでした、ご心配なく。でも、保利さん。昨日の夜中に何があったのか、本当のことを聞かせていただけないでしょうか。母は何も言おうとしないんです」

「え……？」

「ご無沙汰しております。脇坂有子の娘です。去年、結婚いたしましたので、今は児玉由希子といいます」

「そんな……まさか、由希子さんだなんて」

電話を切られては、まずい。ここが勝負所だと思い、一気に告げる。

「今朝、旭中央警察署に洋司と出頭し、聴取を受けてきました。けれど、洋司は誰かをかばっているらしく、真実を口にしようとしませんでした。母も同じです。でも、保利さん。我々警察官の身内が、仲間である警察官の取り調べに際して、誰かをかばうにしても、嘘をついていいものでしょうか。もし犯罪行為が隠されているのであれば、明白な犯人蔵匿の嫌疑がかけられることにもなりますよね。お聞き及びかもしれませんが、わたしの夫も警察官です。父に迷惑がかかろうと、もう先はあまりありませんから、大した影響はないと思います。しかし、わたしの夫はまだ三十になったばかりです。警察官としての彼の人生を早くも終わらせてしまうようなことは大いに困るのです」

最後は泣き落としの技も使ってみた。警察官の妻であるなら、切なる訴えかけは伝わるはずと信じた。

「ごめんなさい……。わたしがつい脇坂さんに甘えてしまい……」

「昨日の夜中に何があったんですか。教えてください」

「すみません……脇坂さんご一家には決してご迷惑をかけないようにいたしますので……」

「もしかしたら息子さんに関係することではないのでしょうか」

「由希子、あんた、何してるの！」

突然ドアがたたかれ、母の叫びが聞こえた。狙いが当たったことに興奮するあまり、つい声が大きくなり、下まで聞こえてしまったようだった。

「ここを開けなさい。あんた、誰に電話してるのよ」

「お母さんこそ、嘘をつかないでよ。保利さんと一緒にいたんでしょ。しかも洋司まで手を貸してたっていうじゃないの」

「お願いだから、ここを開けて。わたしが保利さんをけしかけたのよ。彼女に手を貸してあげたかっただけ。真奈美さんに罪はないの」

「じゃあ、正直に話してくれる？」

「今は無理よ。とってもデリケートな話だから」

「わかったわ。お父さんに相談する」

ドア越しに脅し文句を突きつけた。

「やめなさい。あんただって、警官の妻でしょ。苦しんでる人をいじめるようなことはやめなさいよ！」

どういう意味なのだ。

保利真奈美が警官の妻として苦しんでいる。そう母は言いたかったように聞こえた。では……息子ではなく、やはり夫のほうを尾行したのか。

しかも、その結果、洋司がトラブルに巻きこまれ、何者かに殴られた……。

「ごめんなさい、由希子さん……。うちの人が悪いんです……。ごめんなさい、本当に……」

耳から遠ざけた電話から、しぼり出すような声が聞こえた。

由希子はドアに歩み、鍵を外した。

母が静かにドアを押した。

「由希子、お願いだから、父さんには何も言わないで。あんただって警官の妻でしょ。耐えることばかりでつらいからこそ、家族を信じていたいのよ。その気持ちを、お願いだから、今は酌《く》んであげてちょうだい」

何を言われているのか、由希子にはまだ話の先が見えなかった。

15:45

脇坂は一度通話を終えると、県警本部の刑事総務課に電話を入れた。

外へ出る仕事が多い刑事部の中、総務の課長ともなれば、調整役が主となるため、会議をふくめてほとんどがデスクワークになる。

「——あ、お久しぶりです、脇坂副署長」

電話に出たのは、脇坂が柴田署にいた時、新人として入ってきた男だった。わざわざ副署長の役職をつけて呼んできたのは、似合ってないと言いたかったからだろう。

「何とかやってるよ。実は今、うちの管内で昔起きた事件について、ちょっと気になると言う者がいてね。それで、保利君に尋ねたいことがあって電話したんだ」

「そりゃ大変ですね。お待ちください」

大変の中に、署長の存在があるわけですよね、と同情するふくみを感じた。彼の耳にも派閥の噂は入っているのだ。

「……どういったご用件でしょうか」

聞こえてきた保利の声は、半年前に会った時のぎこちなさを引きずっているのか、硬い響きがともなっていた。

「忙しい時にすまないが、賀江出署時代のことを確認したい」

仕事を強調するため、すぐ本題を切り出した。

九年前の捜査記録に関する疑問を伝えた。ただし、今になって事件への疑問が出てきたわけではなく、関連会社を捜索する必要が出てきたための確認だ、と説明をそえた。

「さんずい関係ですか」

「まあ、その辺りだ。覚えているかな」

「羽佐間産業の火災ですよね……」

記憶をたどるような間のあと、保利が小さく息をついた。

「わずかですが、記憶はあります。社長が火を消そうとして階段から落ちたってやつでしたよね。確か愛人ともめていて――そうそう、結局、事件性はないと……」

その証拠物件の付票が訂正されていた件を問うと、また長い間があいた。

「ああ……はい、あったような気がしますね。何か愛人の側からうるさく言われたとか……。もしかしたら弁護士を通じて文句でも言われたのかもしれません。死亡した社長の親族から記録を見せろとか言われでもしたら迷惑だと……。詳しいことはわかりませんが、上からの指示で訂正したような気がします」

ありえない話ではなかった。

地元の有力者が警察に願い事を申し出てくるケースは、時に起こりうる。だからといって、逮捕をひかえたり、罪を見逃すことは絶対にない。が、通話記録を証拠として残すな、と強い要請がきた場合、応じるケースはありそうだった。特に今回、事件性はないと判断されたのだ。

「上というのは、赤城さん、かな」

「ええ。早く片をつけろ、といつも尻をたたかれてました」

「でも、赤城さんは、よそから何か言われて、素直に応じる人じゃないように思うんだが」

「当然ですよ。赤城さんが応じたってことは、別件の情報をもらえたとか、ほかで協力を得られそうだとか……何かしらの利益がこちら側にもある、そう考えたから、としか思えません。ただ、断っておきますが、個人的な利益になびくような人じゃありません、赤城さんは。よくご承知だとは思いますが」

「さんざん尻をたたかれたわりには、ずいぶんと誉め上げるな」

「本当にすごい人だと思うからです。脇坂さんも、よく怒鳴り合ってたようなことを聞きましたよ、刑事部時代に。赤城さんと正面から渡り合っていける人は、本当に少ないですからね」

冗談めいた口調には聞こえなかった。どう受け取ったらいいのか。

所詮は、あなたも赤城派ですよね。そういう決めつけからくる、見下しに近いものが感じられてならない。こちらの気にしすぎだったろうか。

「当時、ほかに行きづまっていた事件とかが、あったのかな」

「どうでしたか……。あまり覚えていませんが」

「そうか。また何かあったら、頼む」

簡単に礼を告げて電話を切った。

今の話の中身といい、本部の課長職への栄転といい、保利も赤城派の人脈にあるとわかる。無論、誰がどの幹部の下につこうと、仕事におかしな影響が出ない限り、問題はなかった。保利も歳を経て、県警内での歩き方を考えるようになったと思われる。

脇坂は携帯電話を握り直して、上月浩隆の番号を押した。今日一日かけ続けなので、そろそろバッテリーが切れかけていた。

早くも聞きこみに向かったらしく、長いコール音のあとで、ようやく電話がつながった。

「すみません、車で出たところでした」

保利毅彦に電話した件を伝えると、上月の声が心なしか頼りなくなった。

「赤城警視正の噂はよく聞きますが……情報提供の見返りがあったから削除した、というわけなのでしょうか」

「あの人は、仕事以外にまったく興味を持てない人だからね。昔から、自腹を切って情報屋を何人も使ってたという話もあるほどだ」

赤城はいまだ官舎住まいで、身形にもまったく金をかけない人だった。若い上月からすれば、理解を超えた旧時代の刑事に見えたろう。が、脇坂が新人のころは、名物刑事と言われる者が、まだあちこちにゴロゴロいたものだった。

「しかし……、それで見えてくるものがありますね。羽佐間の愛人女性は、弁護士じゃなくて、地元の有力者を頼ったのかもしれません。で、ほかの事件に関して何らかの協力を得られることになった。とすれば、九年前に、刑事課が抱えていた事件を調べてみれば、何かヒントがつかめてくる可能性も……」

「いや、今は会社の周辺に探りを入れるのが先だ」

脇坂が指示を下すと、上月の声に不服のニュアンスが帯びた。

「なぜでしょうか」

「当時の事情より、偽の手紙を誰が出したのか、だ」

「しかし……」

「君が記録を読んで見つけた疑問だから、こうして結果を伝えたんだ。もちろん警察に何かしらの要請があったとすれば、手紙を出した犯人が、その点を探らせようとしたとも考えられないことはない。だから、当時の記録は念のために当たってみようと思う。その前に、会社と金のほうの確認をしておきたい」

「了解しました」

おまえの目のつけどころを否定したのではない。可能性をつぶしていくのも、大切な仕事だ。そう伝えてから通話を終えた。

次に、署の猪名野に電話を入れた。

「すまないが、またも署長命令だ。少年係と手分けして動いてくれるか。わたしは署に戻れと言われたんでな」

福留寿弘の祖母から、連絡先と勤務先を聞き出した件を伝えた。

返事が戻ってくるのに、少し時間が必要だった。

「……わかりました。建設会社に連絡を取って所在を確認するとともに、人を向かわせましょう。脛《すね》に傷持つ身なら、白石に追われる理由に心当たりがあるかもしれませんし。少しとっちめてやれば、トラブルの原因ぐらいは口を割りますよ、きっと。どうせ女や金でしょう」

「急いでほしいが、手荒な真似は困る。福留は被疑者とは違うんだからな」

「わかってます。まずは身柄の確保を優先させます」

　中学校に不法侵入までして行方を追っている以上、福留の身に危険が迫っているとも考えられる。重要参考人に近い立場でもあった。

「何か理由をつけて、携帯に電話をかける手もあるが、勘づかれたら、まずい」

「でも、逃げてくれれば、正式に動けますよ」

「うまくやってくれ。事を大きくしたら、あちこちに影響が出る。それと、くれぐれもメディアに悟られないよう動いてくれよ」

「はい、了解です」

　ついでに、この電話を警務課につないでもらった。「犬のおまわりさん」の保留メロディーが流れ、小松響子が電話口に出た。

「脇坂だ。おおよそ九年前の、刑事課の捜査記録を確認したい。先に倉庫へ下りて、ぬき出しておいてくれ」

「九年前というと……例の火事があった辺りですね」

　訳ありげにひそめた声を聞き、肝が冷えた。すでに噂は彼女にまで広まっている。

「その前後だ。当時、うちの刑事課がどういう事件を扱っていたか、を知りたい。署長直々の命令でもある。署内に広めたくないので、誰にも言わず、必ず一人でやってくれ。頼むぞ」

　返事を聞かずに通話を切り、エンジンをスタートさせた。

16:03

　裏から署の駐車場に回ると、すでにパレード用のパトカーと二台の黒いミニバンが到着していた。

　何も連絡がなかったからには、ホールで開かれた記者会見は無事に終わったのだろう。幸いにも署の周辺に、テレビ中継車や新聞社のフラッグをつけたハイヤーは見当たらなかった。

「あ、副署長、上がお呼びです」

　通用口から駆け入ると、待っていたかのように声がかかった。地下の倉庫へ急ぎたかったが、報告をしておく必要もあった。裏の階段を駆け上がり、署長室のドアをノックした。

「入りたまえ」

　菊島の声は苛立っていた。

　ドアを開けると、北沢副本部長までが菊島と並んでソファに腰を下ろし、苦りきった顔を見せていた。つまり、偽の手紙の件も、県警本部に報告されたのである。

　向かいの席には、桐原もえみがうつむいていた。マネージャーの荒木田は後ろにひかえ、もえみの横には、いかにも上物そうなスーツを着た紳士の姿があった。襟元には天秤を模したバッジが見えるので、東京から駆けつけた弁護士だ。

窓際に立つ梶谷が脇坂を見た。

「今、桐原もえみさんから、偽の羽佐間聡美と連絡を取り合っていた時に出た話の内容を詳しく聞いていたところです」

もえみが振り切るように視線を上げた。ショックがありありと肌の色つやに表れていた。

「本当に申し訳ありません……。電話で二度も話をしたのに、別人だったなんて、まったく気づきもしなくて……。クラスの子の消息も教えてくれましたし、その人がわたしと演劇クラブで一緒だったことも知ってたので。疑うなんてことは思いもしませんでした」

友人に成りすまして電話で話す気でいたのだから、その程度の情報は集めていたはずだった。記者の名刺を持って地元を回れば、話は聞ける。ネット経由で関係者と連絡を取る手もあった。

そもそも偽の手紙を出した者は、この賀江出の周辺にいる可能性が高い。さしたる苦もなく、桐原もえみの昔話を集められたと思われる。

「よほど愚かなヤツじゃない限り、携帯電話の契約者からたどるのは難しいだろうな」

菊島が口元をゆがめて言い、平手で頬をこすり上げた。

北沢副本部長も渋い顔で応じた。

「しかも、今のところは偽の手紙が届いただけで、明白な被害があるとは言いにくい状況だ」

手紙にあった電話番号の契約者を調べるには、正式な令状が必要だ。さしたる実害の出ていない現状では、裁判官が許可してくれるものか……。

「待ってください。彼女は充分に被害者だと思いますがね」

弁護士が警官たちを見回して言った。

「この子は薬物に手を出してはいません。明らかに、彼女が地元に帰ってくると知った何者かによる陰謀ですよ。彼女は偽の手紙にほだされて一日署長を務め、こうして悪質な嫌がらせを受けたのです。刑法第二百三十三条、信用毀損及び業務妨害の罪に該当する。単純な名誉毀損であれば親告罪なので、告訴の手続きを取らねばなりませんが、業務妨害に該当するとなれば、我々が警察に訴え出た段階で、あなたがたは正式な捜査に着手できるはずです」

さすがは弁護士で、すらすらと刑法の中身について述べてみせた。

当然ながら、部外者に指摘されずとも、その程度の法解釈は検討ずみだ。しかし、弁護士がどう力説しようと、今の段階では仮定の話になる。

業務妨害だと判断するには、桐原もえみが薬物を使用してはいない、という事実の前提が必要なのだ。

無論、弁護士は百も承知で言っていた。あなたがたが正式な捜査に動きたいのであれば、もえみの話を信じて、薬物使用の嫌疑をかけなければいい。そう言いたいがための台詞だった。

「ですので、そちらが訴えておられる業務妨害について捜査するためにも、もえみさんに薬物検査をぜひとも受けていただきたいのです」

菊島が殊勝そうにうなずき、弁護士に言った。相手の誘いかけを利用しての、小狡い提案だった。が、弁護士は鼻で笑い飛ばした。

「それとこれとでは、少し話が違いませんかね。偽の手紙を送るのと同じく、車の中にアルミホイルの包みを投げこんでおくのも、誰であろうと簡単にできたはずです。多くのファンがこの警察署にもつめかけ、駐車場までごった返していたと聞きましたからね」

「弁護士さん。わたしなら大丈夫です。薬物なんか使った覚えはありません」

もえみが焦れたように身を揺すった。

弁護士が掌を向けて、もえみを制した。

「君を信じていないわけではないんだ。何者かが、君の髪の毛に薬物を付着させた可能性だって考えられる。飲み物の中に、わずかな薬物が混入されていれば、今の鑑定技術は優秀なので、残留物質として検出されかねない。君は、何者かに狙われているも同じなんだ」

職務をわきまえた弁護士が、誠実そうな言葉を並べ立てた。何があっても彼女を守れ、と言われてきたのだ。

こうして桐原もえみ本人から協力が得られないとなれば、直ちに業務妨害の疑いで捜査にかかることは難しい。

だが、正式な鑑定結果が出れば、突破口は開ける。

指定薬物が検出された場合、麻薬及び向精神薬取締法違反での捜査が進められることになり、関係者に毛髪や尿の提出を要請できる。その結果、シロとなれば、業務妨害が成立する。

「あの……とりあえず今は、業務妨害があったと見なして、捜査していただくわけにはいかないのでしょうか」

マネージャーの荒木田が、折衷案《せっちゅうあん》があるではないか、と菊島たちを見回した。

気持ちはわかる。脇坂もそうしたい。だが、菊島たち幹部は口を閉ざし続けた。

ここに弁護士がしゃしゃり出てこなければ、業務妨害を見すえての捜査に動けとも言えただろう。署長が指示しなければ、脇坂がその旨を進言するつもりでいた。

ところが、弁護士が来たことで、状況は一変した。

警察が強引に動けば、法に反した捜査だと指摘を受けかねないのだ。たとえ犯人を見つけられても、捜査の手順に違法性があったと見なされた場合、逮捕は無効となる。

明白な業務妨害の判定ができていない段階で捜査に動いた場合、桐原もえみを守るためのテクニックとして、その違法性を弁護士が糾弾にかかってくるケースは充分に考えられた。

押収した薬物の正式な鑑定が出てからでなければ、捜査に動きにくい現実がある。まるで茶番だ。

弁護士も、警察の出方を承知で、無理難題を吹っかけていた。いくらタレントを守るためとはいえ、ただ時間が浪費されていく。

ポケットの中で携帯電話が鳴った。その場の者が目を向ける中、脇坂は軽く頭を下げてドアへ歩いた。

素早く廊下に出て、通話ボタンを押した。刑事課長の猪名野からだった。

「ややこしくなってきそうですよ。福留寿弘は出社してません。熱が出て休むという電話が朝方、会社に入ったそうで」

また消えた。福留寿弘までが逃げているのだった。

「こちらから電話しても出ません。副長さん、福留のアパートを家捜しするのは無理ですよね」

「何か手はあるか」

脇坂は焦って訊いた。現状では、単に警官がスクーターを乗り逃げされ、中学校の鍵が壊された、という状況があるだけだった。

スクーターから指紋が出た白石正吾の家宅捜索であれば、強引に窃盗罪の容疑で令状を取ることはできる。しかし、その白石が福留を追っているとの明確な証拠は見つかっていなかった。

「実は、わたしの独断で、引っぱるネタを探しに行かせました。同僚から金でも借りて返してなければ、窃盗罪に問えます」

脇坂は迷った。あまりにも強引な別件逮捕の手法だった。

しかし、白石が福留を追っているのは確実なのだ。理由は謎だが、警察官である鈴本が白石を止めようと動いてもいる。見逃すわけにはいかないトラブルがあり、白石が福留に危害を加えようとしている可能性はかなり高い。

福留の身を守るためにも、彼の身柄を確保する必要がある。そうあとで言い訳はできる。

「よし、やってくれ。署長にはおれから話す。急いでくれよ。鈴本まで巻きこみたくない」

「こっちも、そのつもりです」

今は彼ら刑事課に任せるしかなかった。

署長室を出たついでに、脇坂は警務課に戻った。デスクの受話器を取り上げ、署長室の内線番号を押した。電話に出たのは梶谷だった。

「署長に代わってくれ。鈴本の件だ。おれからだとは人前で言うなよ」

許可を得るための非常手段だった。署長室に戻ったところで、多くの耳と目があるため、その場での説明は難しい。別の部屋に呼び出したのでは、話が長引くおそれもあった。

「菊島だ。手短に頼む」

概略をかいつまんで話し、許可を与えた件を報告した。

「ほかに手はありません。問題を大きくしないための窮余の策です」

「なるほど。そうだな……」

言いたいことはありそうだったが、人前で声を張り上げるわけにはいかないのだ。

「あとは猪名野君に任せたまえ。君は例のほうを頼む。いいね」

脇坂の返事を待たずに、内線電話は切れた。

科捜研の正式な鑑定結果は夕方になる。そろそろ連絡が来てもいい時刻だった。どちらに出るにしても、捜査は正式にスタートする。それまでに、できる限りの準備をしておきたかった。

脇坂はフロアを出て地下の倉庫に駆け下りた。

小松響子がドア横に置かれた長机に、捜査記録を積み上げていた。かなりの量だ。組織を挙げて記録の電子化が進められているが、手書きや印刷物の証拠物件はなくならない。

「ひとまず九年前のものを出しておきました。電子化されたものもありますから、ノートパソコンもここに」

「助かるよ」

白石の怪我に気づいたこともふくめて、なかなかに気が回る。まずざっと事件の種類を見ていこうと、パソコンを立ち上げた。すると、小松響子が横に立った。

「ありがとう。また何かあれば、声をかけさせてもらう」

席に戻れ。そう言ったつもりだが、彼女は脇坂の横から動こうとしなかった。

「あの……。急に昔の事件を知りたいっていう人が続くなんて、どういうことでしょうか」

「君は気にしなくていい」

冷たい言い方ではねつけた。署内で何か起きていると知れば、首を突っこんできたがる者が出るのは仕方なかった。

「でも……あの鈴本さんが話題にもなってるみたいですし」

「鈴本のことをよく知ってるのか」

「いいえ、まったく……。でも、鈴本さんまで、先日ここの鍵を貸してくれって、言ってきたもので。ちょっと気になりました」

倉庫の鍵を、鈴本が……？

藪から棒の話に、問いかけの声がうまく出てこなかった。

「……鈴本に、鍵を渡したんだな？」

「はい。捜査記録を調べたいと……。近所で気になる噂を聞いたから、昔のことを知っておきたい、そう言ってました」

地域課の交番勤務であれば、近所の情報を集めておこうとしても不思議はなかった。たとえ、あの鈴本であろうとも。しかし……。

「どんな噂だったか、やつから聞いたか？」

「教えてくれないので、何を調べてるのか、のぞいてみたんです。そしたら……」

小松響子は、そこで不思議そうに首をかしげながら、後ろの棚に視線を振った。

「――今わたしが書類を取り出した、ちょうどあの辺りの棚で、何かの記録を見ていたんです」

理解が及ばなかった。どうして鈴本が、よりによって九年前の捜査記録を調べるのだ。

「何かの間違いじゃないのか」

「いいえ。同じ棚だったと思います。だから気になったんです。鈴本さんまで、どういうことなんでしょうか」

わけがわからなかった。なぜ鈴本が……。

彼は、友人である白石と何らかの調査をするため、インフルエンザと称して仕事を休んだ。その過程で、福留の所在をつかむ必要ができ、白石が中学校の職員室に忍びこんだ。その直前に、鈴本が九年前の捜査記録を調べていたという。

「いつだ？」

「先週の木曜だったか、金曜だったか……」

この事実は何を意味しているのか。

脇坂は倉庫を飛び出し、階段を上がった。地域課のフロアに走りこんだ。

「有賀君。仙波を呼び出せ。相浦もだ。二人に大至急確認したいことがある」

部屋中に響く声で指示した。デスクにいた有賀が立ち上がる。地域課にいる者すべてが、吠える副署長を見て、動きを止めた。

脇坂は壁に貼られた地図を睨んだ。つい数時間前に、交番勤務の仙波から、羽佐間産業について話を聞いた。彼らは駅の北に当たる三丁目の交番を任されている。鈴本も、同じ交番に勤務していたのだ。

「何してる。急げ！」

声を張り上げて言うと、やっと有賀が受話器に手を伸ばした。

短いやり取りのあと、保留ボタンを押して脇坂に告げた。

「二人とも交番にいました」

近くの受話器をつかんでボタンを押した。

「脇坂だ。先週の木金あたりに鈴本が、九年前の捜査記録を倉庫で調べていった。近くで気になる噂を聞いたからだという。どんな噂か、わかるか」

「九年前の……。いえ、見当もつきませんが――」

「先ほど話を聞いた羽佐間産業の火事が、九年前だ」

「そうでしたか……。しかし、噂も何もわたしは聞いていませんが」

「鈴本は聞いたと言ってるんだ。相浦にも確認を取れ」

横にいたらしい相浦に問いただす声が聞こえた。

「……相浦も、羽佐間産業の噂は聞いてないと言ってます」

しかし、鈴本は聞いたのだ。だから、捜査記録を調べてみた。

だとすると……彼は白石と九年前の事件を調べていたわけなのか。しかも、偽の手紙に操られて一日署長に来た桐原もえみも、九年前の火事を再調査してくれと言ってきた。

そんなことがあるだろうか。

浮かび上がってきた事実が信じられず、当惑に視界がかすんだ。刑事職に就いていた時にも、意外な事実に驚かされたことは何度もあった。だが、これほど見当違いの方向から、別の事件がひとつに結びついた経験はなかった。

今、この賀江出で何が起きているのだ。

地域課の警官。少年院に送られた経歴を持つ二人の若者。そしてアイドル歌手……。

九年前、白石正吾は十三歳の中学一年。福留寿弘は四つ年上なので、十七歳。高校を中退し、ワル仲間と遊び歩いていたころだ。鈴本英哉は十六歳。付近の高校に通っていたと思われる。

彼らのどこかに接点があるのだ……。

当時のことを知る者が、仕事のためにこの署を訪れていた。脇坂は地域課のフロアを出て、階段を駆け上がった。ノックするのももどかしく、ドアを開けた。

その場の視線が脇坂に集まった。

「何だね、いきなり……」

菊島が腰を浮かせた。北沢副本部長も目でとがめてきた。が、脇坂は息を整え、桐原もえみに歩み寄った。隣にいた弁護士が、警戒心からか背筋を伸ばした。

「……桐原さん。参考までに教えてください。賀江出とその周辺で育った若者の名前が、ある筋から浮かび上がってきました」

視線で菊島に「ここは任せてほしい」と告げてから、再び桐原もえみに目を戻した。確かなうなずきが返された。この娘は、ただ笑顔を作って歌うしかできない操り人形のアイドルではなかった。

「白石正吾。福留寿弘。鈴本英哉。この三人の名前に心当たりはないでしょうか」

横から視線を感じた。鈴本の名前を聞き、梶谷が見つめてくる。後ろで菊島も同じような形相をしているだろう。

桐原もえみの瞳が左右に揺れた。

「いえ……聞いたこともありません。わたしたちの同級生にはいなかったと思います」

「白石は一学年下で、北吉川中学を出ています。福留も同じ中学で、桐原さんより三学年上です」

記憶をたぐるように視線をさまよわせたが、やはり首が振られた。

「聞き覚えはまったくありません」

桐原もえみが知らないとなれば、羽佐間聡美のほうかもしれない。

「ご協力ありがとうございました」

弁護士にも一礼して、菊島と北沢副本部長には目で詫びつつ、脇坂はドアへ歩いた。

「脇坂さん。どういう経緯でその人物が浮かび上がってきたんです。それを説明すれば、桐原さんも思い出すかもしれませんよ」

北沢副本部長が、余計なアドバイスをはさんできた。横で菊島が息をつめるような顔になっている。

「羽佐間産業の周辺でよく騒ぎを起こしていた不良グループのメンバーです。桐原さんに覚えがないとなれば、本物の羽佐間聡美に確認してみます。では――」

こういう言い方なら、多くの者が納得してくれる。

脇坂は素早く一礼し、廊下に出るなり、ドアを閉めた。話を聞かれたくないので、また会議室に引きこもった。メモを見ながら、再び浅野聡美の自宅に電話を入れる。今度は私用の携帯を使った。こっちもバッテリーが心細くなっていた。

「……たびたびすみません。聡美さんは、次の三人の男性をご存じではないでしょうか。三人とも賀江出とその近辺の中学校を卒業しています」

三人の名前を年齢とともに告げた。

浅野聡美があっさりと言った。

「知りません、まったく……。麻衣子のほうが男子にもてましたから、知ってるんじゃないですかね」

第五章　隠された事件

16:21

つながりかけた糸が、バッサリと断ち切られた。桐原もえみも浅野聡美も、白石たちの名前を知らない。では、なぜ鈴本が、九年前の捜査記録を調べたのか。

旧羽佐間産業の社屋に近い交番を担当する仙波も相浦も、火事の噂を聞いてはいないと言った。つまり鈴本は、九年前の件を、勤務ではない時に知ったと思われる。

となれば、白石正吾から、と見るべきか。

白石から羽佐間産業の火事にまつわる話を聞き、捜査記録を調べてみた。その後、鈴本はインフルエンザと称して仕事を休み、白石と調査に動きだした。

疑問がひとつ。

記録を読んで何かに気づき、独自の調査を決めたのだとすれば、なぜ上司に相談しなかったのか。

九年前に終わった事件であり、上司が取り合ってくれるわけはない、と予測はつく。が、だからといって、自分で見つけた問題点を誰にも語らず、素人で――かつ犯罪歴を持つ者と、ともに調査を進めようとした理由がわからなかった。

考えられるとすれば……。鈴本が、白石に何か弱みを握られていたケースだろうか。弱みを盾に、警察の記録を調べろ、と強要された。仕方なく過去の捜査記録を読み、何かしらの手がかりを見つけて、白石に告げた。さらに協力しろと言われたため、仕事を休んで、スクーターも貸した。

筋は通るが、警官として、あまりに愚かすぎる行動だった。

やはり、友人に協力してやりたいという心情から、捜査記録を調べたのだと思いたい。

鈴本に、そうまでさせた理由とは、何か。

脇坂は手帳を開いた。走り書きしたメモに目を落とした。福留が勤務する建設会社の名前を書きとめてあった。

日之出《ひので》建設。

署の携帯電話をつかみ、刑事課の猪名野を呼び出した。短いコールですぐ電話はつながった。

「日之出建設には誰を向かわせた？」

「神田《かんだ》を先に行かせました。今わたしも向かうところです」

またも自ら現場へ出る気なのだ。よその署に協力を求めるわけにもいかず、人手が足りていなかった。

「念のためだ。羽佐間産業や中央開発との関連も確認してくれ」

「ありえそうな話ですね。了解です」

簡単な指示ひとつで、猪名野は脇坂の読みを理解した。扱いづらいが、経験と嗅覚は持つ男なのだ。

「頼む。おれは倉庫で記録を読み直す」


倉庫に戻って積まれたファイルを広げていると、早くも携帯電話が鳴った。

猪名野ではなかった。中央総建へ向かった上月からだった。

「……過去の経緯がつかめました。社長の羽佐間は当時、だいぶ選挙に入れ揚げてたようです。あとで仕事をもらうためだと言って、社員にも集会への参加を強要し、ビラ配りのボランティアにも動員してたといいます」

脇坂が話を聞きに行った時のことが思い出された。政治家とのパイプがどうだとか、古参の女性社員が言っていた。

「将来の仕事につなげようと、先頭切って選挙運動を手伝ってたんでしょうが、入れこみすぎたせいか、さらに仕事が回らなくなり、借金が増えていった、というのが実情だったようです。なので、火事を起こして社長が死亡したあと、家族や当時の財務部長がその政治家に泣きつき、間に入ってもらって、どうにか会社の存続が決まった、というんです」

「その政治家が、中央開発に話を通したというんだな」

「言葉はにごしてましたが、間違いないでしょうね。その政治家の親族が、中央開発の役員を務めてるそうですから」

「当然、名前は聞いたろうな、政治家の」

「はい。――山室雄助です」

さもありなん。地元で最も力を持つ代議士なのだ。今日のイベントにも、強引なまでに出席させろと言い、多くの出迎えを受けていた人物だった。

羽佐間勝孝が選挙に力を入れたのは、当然とも言えた。地元に影響力を持つ代議士に取り入ることができれば、あとで必ず仕事をもらえる。そう考えたのだ。現に山室の親族が、中央開発という県下有数のデベロッパーで役員を務めている。

「副署長。これで、見えてきたとは思いませんか」

上月が急き立てるような口調で訊いてきた。

脇坂が返事をせずに口ごもると、上月が続けて言った。

「裏に山室雄助がいたから、携帯電話の通話記録が証拠から消されたんでしょうね」

「待て。早まったことを言うな」

「しかし、相手は与党の大物ですよ。羽佐間はその選挙に入れ揚げてた。火事を起こす半月ほど前に国政選挙があって、山室は四度目の当選を果たしてます。その選挙の際、羽佐間は会社を挙げて応援してたわけです。通話記録には、山室の関係者と電話で話していた記録が、びっしり並んでたとしても当然ですよ」

「だからといって、なぜ我々警官が、通話記録を証拠から削除する必要がある」

「副署長ならご存じのはずです。山室は、県警の予算にも影響力を持つほどの政治家です。その人物、または関係者が、火事を起こして死んだ建設会社の社長と頻繁に、もしくは火事の直前まで、電話で話していたことが広まりでもすれば、おかしな噂を立てたがる者が出かねません」

「憶測でものを言うな」

「捜査に見立ては必要なはずです」

上月は確信しているのだ。通話記録を証拠物件から削除したからには、あまり知られてはならない事実がそこに記されていたのだ、と。

選挙に入れ揚げていた羽佐間社長が、火事を起こす直前まで、山室の関係者と電話で話していたとすれば、どうなるか。

その電話を終えた直後に、羽佐間産業の社屋で火災が発生している。

選挙に協力した見返りとして、羽佐間は仕事をもらえるつもりでいただろう。が、確約は得られておらず、電話で何か決定的なことを告げられ、悲観した羽佐間は会社に火をつけ、自殺を図った……。そういう事情が隠されていたのではなかったろうか。

「副署長。本当に通話記録は証拠としての価値がなかったから削除されたのでしょうか。

大いに疑問があるとは思いませんか」

　どこから電話をしているのか心配になるほど、上月の声に力がこめられた。気持ちはわからなくもない。しかし……。

「もし証拠になるかもしれない事情があると知りながら、あえて削除したとなれば、大変な問題になります」

「待て。早まるな」

「しかし、代議士サイドから強い要請があったとしか――」

　脇坂は先の言葉を制して言った。

「おかしなことを口走るな。君はもう手を出すな」

「副署長まで証拠を握りつぶそうと……」

「筋のいい証拠だと決まったわけじゃない。だが、これ以上、君が羽佐間の周囲をつけば、地元の警官が終わった過去をほじくり返そうとしてる、と情報が伝わりかねない。もし代議士の周辺に話が届けば、県警本部に苦情が寄せられるとは思わないのか」

「しかし……」

「いいか。山室雄助は、次の国家公安委員長のポストを噂される大物だ。県警本部はもちろん、警察庁にだって影響力を持つ。彼に取り入ろうと考えて、君に処分を下そうとする者が出てくる可能性だってある」

「だからと言って、警察官が罪を見逃していいとは思えません」

「話をよく聞け。まだ罪があると決まったわけではない」

負けじと上月も声を上げた。

「あるに決まってるじゃないですか。もし羽佐間が自殺していたのであれば、保険金詐欺事件を警察が隠したことになってしまいます……」

「言うな。黙れ！　人に聞かれたら、終わりだぞ」

脇坂は一喝した。上月浩隆という一人の警官を守るためであり、自分が生きてきた警察を守るためでもあった。

上月の憶測は、あまりにも危険すぎた。まだどこにも証拠はないのだ。

「いいか、君はもう何もするな。あとはおれが確認する。署長にも話は絶対に上げるなよ。手柄を独り占めにしようってわけじゃない。事実をつきとめたら、必ず上に報告する。君が調べだしたことだ、と言いそえる。だから、今は胸にしまっておけ」

「ですが、副署長……偽の手紙を送りつけてきた犯人がいるんです。その人物は、九年前の火事を警察に再調査させて、山室雄助のスキャンダルを引き出すのが目的だった、そうとしか思えません。桐原もえみが記者会見でこの話を出さなかったことは、もう犯人もつかんでいるでしょう。だとしたら、必ず次の手を打ってくると――」

「わかってる。今日中に必ず確かめるさ。君は夜まで時間をつぶせ。あとはおれに任せろ。信じるんだ、いいな」

返事が戻ってくるまで、長い間があいた。

「……そこまでおっしゃるなら。わかりました、あとは副署長にお任せします」

「すまん。必ず話をつけてみせる。連絡を待ってくれ」

本当にできるのか。自分の力量を疑問視するもう一人の自分がいるのを、脇坂は強く自覚していた。

16:31

人目をさけて通用口から出ると、軽自動車で賀江出署を出た。

ハンドルを握りながら、思考をフル回転させていく。

偽の手紙を桐原もえみに送った人物は、羽佐間産業で起きた火事の裏に、表ざたにできない事情が隠されていることを、どこからか嗅ぎつけたのだ。が、確たる証拠を手にできなかったため、桐原もえみを使って、警察に再捜査をさせよう、と計画した。

そう考えると、桐原もえみが乗ってきたミニバンの車内から、アルミホイルに包まれた薬物らしきものが発見されたことにも、ひとつの可能性が浮かぶ。

アイドル歌手がいくら願い出ようと、警察が相手にしないケースはあった。そこで、桐原もえみに薬物疑惑をなすりつける。彼女としては、自分がある目的を秘めて一日署長に来たため、その反対勢力が邪魔立てを謀《はか》ってきたのではないか、と考えた。

確かに、薬物使用の疑惑が出てきたアイドルの言葉を信じようとする警察関係者はいない。しかし、だからといって、彼女の話を一切信じず、九年前の事件に関心を持たない、という確証はどこにもなかった。

妨害工作であったとすれば、苦しまぎれのうえに、かなりお粗末なやり口だった。が、密告があったからこそ、偽の手紙が送られていたとの事実が判明し、九年前の事件に注目せざるをえない事態になってもいた。

そして、こうして脇坂が今も真相究明のために動くしかなくなっている。

犯人の目的は、完全に果たされたのだ。

さらには――なぜか鈴本英哉という地域課の一警察官までが、九年前の事件を調べていたとしか見えない状況がある。

白石正吾は、なぜ福留寿弘を追っているのか……。

まだわからないことが多すぎた。

信号待ちで車を停めた時、携帯電話が鳴った。福留が勤務する日之出建設に向かっていた猪名野からだった。

「何がわかった？」

携帯のほうに直接かけてきた以上、一刻も早く知らせたいと考える情報が出たのだ。

「副長さん、どうもおかしなことになってきましたよ。日之出建設は、中央開発の子会社なんだそうです」

またも、つながった。

いつしか信号が青に変わっていた。後ろからクラクションを鳴らされた。急いで車を出し、猪名野に告げた。

「どんな手を使ってもいい。福留の身柄を確保しろ」

「逮捕状を申請させています」

「友人関係を探れ。どこかで白石との接点が出てくるはずだ。おそらく福留も、白石から逃げていると思われる。女、たまり場、友人のヤサ。身を隠していそうな場所を、徹底的に洗い出せ。君から署長に報告を上げて、少年係も動員させろ」

九年前、福留は十七歳。その後、傷害事件を起こして少年院ですごし、羽佐間産業を吸収合併した中央開発の子会社に就職している。

偶然であるはずがない。

福留は何かを知っているのだ。その事実を、白石が追っている。鈴本まで消息を断ったのは、白石を止めようとしてのことかもしれない。すべては九年前から始まっているのだ。

「ひとまず了解です。けど、副長さんは何を……」

なぜ自分で署長に告げようとしないのだ。その暇がないのは、自ら捜査に動いているためとしか思えない。何をする気なのか——と訊かれていた。

「おれは近所で当時の情報を集める」

あえて嘘を告げた。事実を語ろうものなら、猪名野であれば、どこへ行こうというのか、当たりはつけられる。どこから派閥の関係者に伝わるかもわからなかった。

「上月と落ち合うつもりだ。何かあれば、君に直接連絡するから、あとは頼むぞ」

「わかりました」

あの時に捜査の方向性を隠したな、と恨まれるだろうが、ここは密かに動かねば先にガードを固められてしまうおそれがあった。

携帯電話を助手席に置き、アクセルを踏んだ。一刻も早く、県警本部に急がねばならなかった。

17:19

前触れなしの訪問だったが、強引に車を駐車場に停めさせてもらい、通い慣れた県警本部の通用口へ急いだ。

「あれ、お久しぶりです」

「会議か何かありましたか」

廊下を少し歩いただけで、二人に呼び止められた。が、足を運んだ目的を語るわけにもいかず、笑みと一礼を返して無言でかわした。

時刻は五時をすぎていた。席にいてくれることを祈りながら、刑事部のフロアまで階段を上がった。電話では逃げられかねない。こうするほかに方法を思いつかなかった。

懐かしい刑事部のフロアでは、顔を伏せて早足で歩いた。刑事総務課のドアをくぐると、近くの席に座っていた私服の若い男が振り返った。

「賀江出署の脇坂です。保利警視に話があって参りました。保利君はいますね」

威嚇をこめた目で尋ねると、若い男が戸惑い気味のうなずきを返してくれた。それを返事と受け取って、奥へ進んだ。

保利毅彦は、窓前の幹部席に座り、書類に目を通していた。近づく人影に気づいて、動きを止めた。視線を上げるなり、びくりと体を揺らした。

いるはずのない男が歩み寄ってくると知れば、泣く子も黙る鬼警官であろうと、多少は驚く。ましてや、保利なのだ。後ろ暗さも手伝っていたはずだ。

保利は、脇坂を見つめたまま、唇を引き結んだ。問いかけの言葉は出されず、視線で訪問理由を尋ねてきた。気配を悟った部屋の者が息をつめ、こちらを見ていた。

「二時間ほど前に電話で尋ねた件を、直接、確認させてもらいたい。時間があくまで、いつまでも待つつもりだ」

目をそらさずに言った。

保利は時間稼ぎでもするように視線をめぐらすと、書類をデスクに置いた。無言で席を立った。そのまま脇坂を見ずに、歩きだした。

黙って案内されたのは、廊下の先にある小会議室だった。

窓に近い椅子を引いて腰を下ろしても、保利はひと言も発しなかった。目と態度で迷惑だと伝えてきた。が、気後れはごまかせず、何度も座り直すような動きを見せた。

脇坂は斜め向かいの椅子を引いて座った。

「あれから、興味深い事実が次々と出てきた」

保利は無理したように表情を変えずにいた。刑事としては迫力に欠ける、官吏めいた細い面差しを固めた。何を問われるのか、すでに予測はついていたようだった。

「九年前、羽佐間社長が使っていた携帯電話の通話記録を、君たちは取り寄せた。だから最初は、証拠物件として、付票にも書き記した。しかし、上の指示で、証拠から削除した。愛人の側がうるさく言ってきたからだと思う。そう君は言った。そこまではいいね」

「……はい。記憶はだいぶ薄れてますが、そんないきさつがあったように覚えてます」

誠実そうに言葉を継ぎながらも、目の奥で脇坂の次の一手を読もうとするような雰囲気が匂い立った。

「君の記憶どおり、愛人の側から何らかのアクションがあったのは確かなんだろう。では、ほかに気になる通話相手はいなかったのかな」

「待ってください。これは何かの取り調べなんでしょうか。脇坂さんはつい先ほど、興味深い事実が次々と出てきた、そう言いましたよね」

質問の意図がわからない、そう言いたげに首を傾け、不満を顔に出してみせた。

皮肉を無視して、質問を続けた。

「だから、確認させてほしいんだ。思い出してくれないか。羽佐間社長は、愛人のほかに誰と頻繁に連絡を取り合っていただろうか。通話記録からわかったはずだ」

保利は視線を窓の外へそらして、時間を稼いだ。

「……昔のことですから、よく覚えていません。すみません」

「では、別の訊き方をさせてもらおう。当時の羽佐間社長は、仕事をそっちのけで、あることに力をそそいでいた。その事実は当然、君たちも把握していたはずだ。もちろん、愛人のほかに、だ」

また保利は記憶をたぐろうと額に手を当てる演技をした。いつから下手な芝居を恥じない厚顔さを身につけたのか。

「ずいぶんと昔のことなので、よく思い出せません」

記憶にない。だから、虚偽の証言にはならない。

昔の疑獄事件で、国会での証人喚問に呼ばれた財界人が、「記憶にない」の一点張りでシラを切り通してみせたが、その手口を使うほかはないと腹をくくったらしい。

「では、思い出してもらおう。火事を起こす半月ほど前、衆議院の選挙が行われている。羽佐間社長は地元の与党候補を応援するため、社員にもボランティアで選挙の手伝いをさせていた。思い出してくれたろうね」

目を泳がせ、うなずく演技をしてから言った。

「ああ……はい、羽佐間産業は建設関係の仕事も多く引き受けてましたからね。選挙があれば、仕事ほしさにそういうこともあったでしょう」

今度は一般論で逃げる気だった。

怒りよりも、笑みが浮かびそうになる。追いつめられた者の反応は、被疑者であろうと警官であろうと、さしたる違いはないようだ。脇坂は言った。

「当時の社員から聞いたんで、間違いはない。羽佐間は選挙運動に入れ揚げていた。会社の業績が苦しいから、与党候補を応援することで、のちの仕事につなげたかったようだ。社員にも選挙の応援をさせていたから、当然、与党候補の関係者とも通じていたんだろう。通話記録を取り寄せれば、愛人より頻繁にその関係者と連絡を取り合ってたんじゃなかったかな」

保利は目を閉じ、物憂げに首を振ってみせた。

「脇坂さんは、どうも何か誤解なさってるようですね。わたしは証拠物件の付票を書き、上に言われたので訂正をしておいた。ですが、通話記録を取り寄せて、その中身を確認する役目にはありませんでした。ですので、記録の中身までをすべて見ていたはずもないのです」

「では、教えてくれないか。誰が通話記録の確認を任されていたんだろうか」

「わたしは愛人から話を聞き、社長の個人的な借金の確認を任されました。誰が通話記録を調べたのかまでは、把握する立場にありませんでした」

「なるほど。では、当時の刑事課長だった赤城さんに訊くほかはないみたいだな」

「昔の話ですからね。赤城さんはこの九年間で、何百件もの事件を処理されてきています。一所轄署で事件にもならなかった火事の補充捜査の詳しい中身を、どこまで覚えておられるか、大いに疑問はあります」

訊いても無駄だぞ。言葉を換えて、そう言っていた。

単なる火事として処理された昔の案件を、今になって調べてどうする気だ。あんたも警官なら、わかるだろ。開き直りに近い堂々たる視線が、傲岸に語りかけてくる。

「やはり君も赤城さんの一派なんだな。だから、さしたる実績もないのに、刑事総務課長に抜擢されたわけか」

「脇坂さん。いくら先輩でも、失礼な言い方はやめてください」

凄みを利かせようとしたらしいが、図星を指されたためか、口先だけの言葉になっていた。こういうところに、人の心の底がのぞくのだ。

脇坂は演技で笑った。

「賀江出署に配属されて、まず君の活躍ぶりを聞いて回ったよ。何しろ本部の刑事総務課長だからな。よほど仕事ができる男になったんだろうって感心したんだ。ところが、誰もが口をそろえて言った。なぜあの人が本部の課長職に引き上げられるんだって、な」

保利が両手で長机をたたきつけた。首とこめかみに太い筋が浮き立った。いいぞ。その調子だ。もっと感情を波立てろ。

「無礼な人だな」

「何を言うんだ。おまえのほうが、よっぽど無礼だろうが。本部でおれが挨拶した時、先輩に向かって頑張れだなんていう言い方があるか」

「賀江出署は大規模署だから、頑張り次第でまた本部に戻れる。そう思ったから言ったまでです」

「偉くなったもんだよ。息子が不始末ばかりしでかして、うちの女房までおまえの奥さんと一緒に、どれほど頭を下げたか、もう忘れたみたいだな」

「あんたの息子がうちの俊太をそそのかしていたんだ」

脇坂は本心から笑った。

「本当におまえは奥さんから何も聞いてないんだな。うちの洋司は、おまえの息子をいつもかばってやってたんだよ。弟のように可愛がってた責任があるからな」

「ふざけるな！」

ついに顔を朱に染めて立ち上がった。その勢いに安物の椅子が後ろへ倒れ、派手な音を立てた。

「家族は関係ないだろ。おれを馬鹿にするため、わざわざ来たのか」

「ふざけているのは、どっちだ」

一緒につき合って立ち上がることはせず、声に力をこめて語りかけた。

「よく考えろ。後輩を馬鹿にして何になる。捜査のために来たと言ったじゃないか。隠し事をごまかすために興奮するな。警官のくせに、恥ずかしい真似はやめろ」

その自覚があるからだろう、保利は取り乱した自分を恥じるように口をつぐんだ。わかりやすい男だ。つまり、そこまで意地の悪い人間にはなれない男でもあった。

脇坂は声を落として言った。

「いいか、保利よ。おれは事を大きくしたくないから、わざわざ本部まで来たんだ。九年前の事件を調べ直せというのは、署長の命令だ。いずれこの件は、菊島警視正に報告を上げなきゃならない。その意味がわかるよな。おまえも赤城さんの一派ならば」

保利が長机に置いた手を引き、目を見開いた。戸惑いの眼差しで、脇坂を見下ろしてくる。

「どういう連中が噂しているのか、おれは知らんが、次の副本部長席を、赤城さんと菊島さんが争ってるらしいじゃないか。この件を報告すれば、菊島署長は喜び勇んで徹底捜査を命じ、おそらくは管区の監察官が動く事態になる。おまえも呼び出されるだろう。だから、まずおれが会いに来たんだ。その意味がわからないのか。――座れ」

誠心誠意に諭したが、保利は立ったまま小さく首を振り続けた。

「相手は警察予算にも影響力を持つ政治家だ。その関係者から強く迫られれば、誰だって多少は協力するほかはない。法をねじ曲げるわけじゃないとなれば、なおさらだ。しかし、その結果、法に触れる事態が起きていたとなれば、話は変わってくる。羽佐間は火事の直前まで、山室サイドの者と電話をしていたんじゃなかったのか。もしそうであれば、電話で告げられた話に悲観して、社長室に火を放った――そういう可能性だって考えられたはずだ」

まだ保利は首を振り続けていた。無駄な抵抗であろうと、認めるわけにはいかないのだ。彼の立場としては。

同情を声にこめて言った。

「なあ、保利よ……。もしあの火事が自殺を考えてのことだった場合、保険金の額に影響してきたはずだ。警察が事実をつきとめず、証拠物件を処分し、羽佐間の家族と会社が満額の保険金を手にしたのであれば、虚偽の申請による保険金詐取に該当しかねない。いいや、消防と警察が火事と判断したんだから、親族と会社は詐欺罪に問われないだろう。けど、警察が故意に証拠を削除したとなれば、どうなるか。おまえたちが真相の追及を放棄したことで、保険会社は損害を被ったことになる。その事実がつきとめられて表ざたになれば、民事訴訟を起こされかねない。メディアは喜び勇んで警察たたきに走るだろうな」

偽の手紙を桐原もえみに送った者の、真の狙いはわかっていない。だが、九年前の火事には、表ざたにできない裏事情が隠され、警察の威信を揺るがす事態に発展する可能性が高い。

「おまえが知ってる事実を正直に話してくれ。このままだと大変なことになる」

言葉はつくした。警官であれば、思いは伝わる。

　理解ができていないはずはなかったが、保利は視線を辺りにさまよわせていた。のどぼとけが大きく上下に動いた。

「……無理ですよ、脇坂さん。わたしは本当に何も知らない」

　この期《ご》に及んでまだ言っていた。

「だったら、どうして怒ってみせた。本当に何も知らなかったのなら、まずもっと詳しく話を聞こうとするはずだろ。自分が手がけた事件の裏に、表ざたにできない何かがあったかもしれないと言われて、鼻で笑い飛ばせる警官がいるものか」

「本当ですよ。わたしは何も知りません」

「まだ言うのか！」

　苛立ちに拳を机にたたきつけると、保利が身を引き、脇坂を見下ろした。

「知らないものは、知りませんよ。嘘だと思うなら、菊島さんに報告を上げてみればいい。そうやって騒ぎを大きくして、話題の人になりたいのであれば、ね」

　理解がついていかなかった。苦しまぎれにも、ほどがある。

　だが、九年前の通話記録を、今になって取り寄せることは、まず不可能だ。定められた書類保存期間がすぎれば、企業は増え続ける記録を順に処分していく。九年前、羽佐間が火事の直前まで誰と電話で話していたか、知るすべは残念ながら、もうないのだった。

保利と赤城が口をつぐんでいる限り、真相が明らかになることはない。そう彼は踏んだのだ。

疑わしい状況があろうと、唯一の証拠は処分されている。保利は密かに自問自答して確認できたから、「知らない」と言い続けているのだった。

菊島に報告を上げたところで、歯ぎしりするしかないはずだ。監察官が動こうと、知ったことか。固く口をつぐみ続けることが、警察組織のためになる。自分の身を守り、赤城派の一員としての将来も約束される。騒げるものなら、やってみろ。

完敗だった。

これ以上は打つ手が見つからなかった。保利という男を甘く見ていた。同じ官舎に住んでいたからといって、いまだ親近感や恩を感じてくれるものでは、残念ながらなかった。

「……脇坂さん。あれはどこから見たって火事だった。だから、社長の親族も保険金を手にできたし、会社もどうにか存続できた。被害は最低限ですんでいる」

「本当にそう言えるかな。羽佐間産業を吸収合併した中央開発の役員に、山室雄助の親族が名を連ねているんだぞ」

保利が目を見張った。そこまでは知らされていなかったのか。それとも、脇坂がそこまで探り当てていたと知り、驚きを隠せずにいるのか。

「当選した暁には仕事を回すから、全力で選挙に動いてくれ。そう美味しい話をちらつかせておき、いざ当選したら、回せる仕事は雀の涙だと冷たく突き放す。最初から羽佐間と社員を利用するだけしておいて、たとえあとで袖にしようと、力関係は揺るぎもしない。どうせ泣きつくしかないだろうから、その時には恩着せがましく支援してやればいい。いや、もとより子会社化することを企んでいた、とも考えられるな。その事実を電話で知らされ、怒りに血迷った羽佐間は、自分が育てた会社をみすみす渡してたまるかと思い、火を放った……。そういった憶測を語りたがる者も出てきそうだ」

保利が唇の端を持ち上げた。余裕を取り戻して、自信の笑みを浮かべた。

「仮に、そういう事実があったとして、罪に問えるでしょうかね」

痛いところをつかれて、脇坂は言葉を呑んだ。

「安っぽい週刊誌が喜びそうな話ですが、警察は明白な犯罪行為があったかどうかを見極め、捜査に動くのが仕事ですよね。口約束で仕事を与えると言っておきながら、その話を反故《ほご》にしたところで、人倫にもとると非難する者はいても、口約束を詐欺行為に問えると、脇坂さんは思うんですかね」

「言葉を返すようだが、法解釈は警察の仕事とは言えない。検察が判断し、罪に問えると見なされれば、我々は逮捕に動くまでだ」

自分でも苦しい弁解だった。保利の問いかけに、直接答えてはいなかった。

「いいですか、脇坂さん。相手は大物代議士なんだ。我々がいくら歯ぎしりしたところで、絶対に認めるわけはありませんよ。たとえ火事の直前まで通話の記録が残っていたとしても、いろいろ悩みを聞かされた、そう言われてしまえば、嘘をつくなと迫るわけにもいかない。それに……よく聞く話じゃないですか。狙いをつけた中小企業を手懐《てなず》けておいて、仕事を途中で打ち切り、経営を逼迫《ひっぱく》させたあとで、子会社化する。商法のどこにも抵触しないから、弁護士だって手出しはできない。罪を立証できる証拠があってこそ、我々警察は逮捕権を行使できる。長く刑事をしてきたあなたなら、わかるはずだ」

苦い記憶が甦る。

密告情報を得て、幾度も贈収賄事件を手がけた。が、証拠に乏しく、立件を見送らざるをえなかったケースは、一度や二度ではなかった。週刊誌に一部をリークし、新たな情報を待つという苦肉の策を採ったこともあった。

今時、銀行口座に証拠を残す贈賄犯はいない。政治家は、天の声という自治体への働きかけで、支援企業に仕事という見返りを与え、正当な献金を得て、政治資金規正法の網をくぐり抜けて大金を取得し、報告義務をともなわない少額の出費というマネーロンダリングを経て、懐に入れていく。

どこにも証拠は残らず、税金という公金が、政官財の中を環流し、消えていく。

「脇坂さん。余計なお世話だと言うんでしょうが、赤城警視正はあなたの捜査本部を切り回す力を大いに評価していた。だから、本部に戻そうと動かれたんだ。ただ、予想外の横槍が入ったため、話は流れてしまった。本部でささやかれた噂は、事実でもあったんですよ。それほどあなたを高く買っていた赤城警視正に、唾を吐きかけるような真似をする気ですか」

恩着せがましく言っていた。派閥の中心にいるとの自負を抱いているのだろう。

脇坂は保利を見つめ返した。

「唾を吐きかけるなんて、とんでもない。おれは警官として、恥ずかしくない行動を取りたいだけだ。もし、そこに罪があるのなら、真実を見出し、世の治安の維持に努める。それが我々のやるべきことだからな」

「あなたの信じる道を、どうか突き進んでください。じっくり拝見させていただきますよ」

勝利は我にある。保利は確信したようだった。

脇坂も、信じて疑わなかった。

正義は絶対、我にある、と。

17:32

保利毅彦は、たとえ演技であるにしても、胸を張るようにして会議室から出ていった。

この面会に収穫はあったと言えるのか、怪しいものだった。保利と赤城は、山室サイドの要請に応えて、通話記録を証拠から消した。あるいは、赤城が気を回して、誤解されかねない通話記録を処分した。有力政治家に恩を売っておけば、先々必ず役に立つ。

赤城は、高卒の任官でありながら、多くのライバルを蹴散らし、出世を手にしてきた男だ。強《したた》かな政治力は持ち合わせている。大物代議士との接点を得て、県警内での地位固めを図ったとも考えられる。

九年前の通話記録は、どこにも残っていない。たとえ現物が手に入ろうと、保利が言ったように、口約束を罪には問えない。菊島に報告を上げて、管区警察局の監察官が動いたところで、保利も赤城も真実を語るはずはなかった。

ほかに攻める手立てがあるか、意地になって考えた。

仮に、火事の直前まで羽佐間が山室サイドの者と電話していた事実が判明したとする。が、どう知恵をしぼろうと、罪に問えるわけはなかった。その現実を認めたうえで、できることはないか。

偽の手紙を桐原もえみに送りつけた者は、山室サイドに何かしらの罪がある、と考えている。だから、警察に動いてもらいたくて、同郷のアイドルを利用した。そこまでは想像がつく。

しかし、なぜ今だったのか。

鈴本までが、九年前の捜査記録を調べているのだ。

まだ隠された事実が存在する。そうとしか思えなかった。となれば、福留寿弘こそが、唯一の突破口になるのかもしれない。

賀江出の出身で、不良仲間のリーダーだった男。傷害事件で逮捕され、少年院を出たあと、旧羽佐間産業を傘下に収める中央開発の子会社に職を得た。鈴本と白石が、どういう理由からか、彼を追っている。福留が事件と無関係であるはずはなかった。

今は猪名野と合流し、福留を追う。ほかに手立てはなさそうだった。

会議室を出ようとしたところで、携帯電話が鳴った。合流を考えていた相手からだった。

「何か見つかったか」

「やはり福留はアパートに帰ってませんね。ですが、朝から怪しげな若者が何度かアパートの近くをうろついていた、と言う住人がいます」

「鈴本と白石か」

自分で口にしてから、そうではない、と思えた。朝方に鈴本は女のアパートにいたし、白石のほうは賀江出ファームで働いていた。別の二人組だ。

新たな若者二人が登場してきた。

猪名野が断定口調で言った。

「白石の仲間でしょうね。どちらも二十歳前後で、ラフな格好だったそうです。今、近くのコンビニの防犯カメラを当たらせています」

動きが速い。時間つぶしにコンビニへ寄った可能性はある、と見たのだ。しかし、白石の仲間のメンが割れたところで、福留の居場所にはつながらない。彼らも所在をつかみかねているから、アパートの近くを張っていたのだろう。

「女や交友関係はたどれているか」

「建設作業員の仲間に言わせると、仕事より遊びに夢中な男だそうで。会社にも金を借りてましたので、逮捕状と捜索令状を申請させたところです」

こちらは、遅い。すでに午後五時をすぎた。投入できる人員も限られている。今日中にアパートの捜索ができても、まともに動けるのは明日からになる。

「携帯電話の発信記録からも追わせてくれ」

「今、電話会社に話を通してます」

「急げ。今日中に片をつけるぞ。おれもアパートへ直行する」

17:40

ドアを開けて会議室を出ると、後ろから声がかかった。

「脇坂警視……」

振り返ると、両足の脇にぴたりと指先をつけたスーツ姿の男が立っていた。

つい二年前まで、できる若手だと名前を聞きながらも、仕事の場で顔を合わせたことは一度もなかった。今では自宅で年に何度も顔をつきあわせて酒を酌み交わすようになりながら、最近になってやっとその現実に少し慣れてきた気がする。ましてや仕事の場ですれ違うだけでも、面はゆさがうずく。

「裏の受付で、お義父《とう》さんが来ておられると聞きました。由希子がご迷惑をかけて、すみません」

人の娘を呼び捨てにして、児玉康明は律儀に頭を下げてきた。お義父さんという呼びかけに、また尻の辺りがむず痒くなる。

「こっちもすまない。洋司が迷惑をかけた」

「その件でしたら、わたしも中央署に確認させていただきました。さすがは洋司君で、三人の男を相手に臆せず挑んでいったようです。幸い怪我も大したことなく、傷害事件扱いにはならないとのことでしたので、ひと安心しました」

脇坂は驚きに目を見張った。朝方は電話に出ず、折り返しもなかったため、何か大きな事件を追っているのだと思っていた。

「今、忙しいのか」

尋ね方が、ついぶっきらぼうになった。

娘婿が苦笑を浮かべた。

「すみません。この三日、家には帰っていませんでした。しかし、家を長く空けるだろうことは、由希子に伝えてありました。電話をかけにくい状況でしたが、もう少し時間を作るべきだったかと反省しています」

その言葉を頭から信用はできなかった。

由希子は刑事の娘として二十八年も生きてきた。取り組む事件によっては、何日も家に戻ってこられないことはある、と体験から知っている。その娘が実家に戻ると決めたからには、もっと憂慮したくなる理由が横たわっているとしか、父としては思えなかった。

だが、今は娘夫婦の痴話喧嘩より、優先すべき事件があった。

「気にするな。うちのやつが今ごろ諭しているさ。夫の悪口をたっぷりそえて、な」

「お義母《かあ》さんにも電話で謝っておくつもりです」

「あとでいい。仕事を片づけてから、じっくり話したほうがいいだろう。おれだけじゃなく、誰もがそうしてきたはずだ」

「ありがとうございます」

真摯な態度を保って、他人行儀に見える一礼を返してきた。どこから見ても、義父にではなく、先輩警官に向けての所作だった。場所がいくら県警本部という仕事場でも、結婚の許しを得に来た時より、型にはまった態度に見えた。

とっさに思った。何かを隠しているのだ、と。匂いがした、と言ってもいい。

義父には告げられない不仲の理由があるわけか。

しかし……こんな堅苦しい態度を見せたのでは、深い理由があると教えるようなものだった。刑事として、否認を貫こうとする被疑者に相対してきた男であれば、それくらいの予想はつく。

あえて堅苦しい態度を見せたとすれば……。

夫婦の仲がぬき差しならないものになっている、との布石か。

おいおい、冗談じゃないぞ。

思いが顔に出そうになった。まだ結婚して一年しか経っていないのだ。脇坂たちにも夫婦の危機はあったが、親に心配をかけるようなことはしてこなかった。近ごろの若者ときたら……。

いや、と首を振った。

今は娘夫婦の危機より、県警の危機が迫っていた。こういう時に、身内の不始末までが重なるとは、よほどの厄日らしい。

「とにかく、あとは二人でじっくり話すんだぞ」

娘夫婦の悩みを親身に聞いている時間はなかった。福留寿弘のアパートに急がねばならない。千々《ちぢ》に乱れる胸のうちを隠して歩きだすと、児玉康明も後ろに続きながら言った。

「今日はどういった用があって、こちらにまで――」

「単なる連絡と確認のためだ」

「差し出がましいようですが、もしかすると一日署長の件でしょうか」

足が止まった。この男の耳にまで噂が入っている……。

どこから情報が流れたのか。真っ先に、副本部長の取り巻きたちが思い浮かぶ。

「何を聞いた？」

「多くを聞きました。偽の手紙、薬物、昔の事件……。事実だったんですね」

あきれた。ほぼ筒抜けだった。あまりのことに呆然となる。

義父のいる署で前代未聞の事件が起きている。そう興味本位に耳打ちした者がいたと見える。これも派閥の鍔迫り合いが関係しているのか。

脇坂は体面を取りつくろって、表情を固めた。

「本部に報告は上げている。君にも話せないことはある」

「しかし、わざわざ保利警視に会いに来られるとは、普通じゃありませんよね」

「だから、確認だ」

「監察が動くという噂もあります」

そこまで話が進んでいるのか……。相手方の足を引っ張るため、派閥の関係者が事を大きくあおろうとしている。

「余計なことかとは思いますが……。保利警視はいろいろ言われているかたなので、昔にも何かあったのか、と気になりまして」

「本部に来てから、動きが目立つわけか」

興味を引かれて訊き返した。

「いいえ。仕事は部下にほぼ丸投げ。代わりに、あちこちよその部署にも顔を出す。赤城派の若頭を気取って、本部内の情報収集に勤《いそ》しんでいる、と言われてます」

目を見返した。娘婿まで派閥に興味を持っているとは知らなかった。

「以前に保利警視が本部にいた時も、同じだったのでしょうか。五年ほど前、お義父さんの近くにいた、と聞きましたが……」


指摘を受けて、五年前に記憶が飛んだ。

背の高い娘婿を見つめた。

そうだった。言われて思い出すのでは、どうかしていた。

あの時……脇坂は警視に昇進して二年目だった。下坂《しもさか》署の刑事課長から、本部の捜査二課の管理官に異動し、仕事に追われていた。同じころ、隣の三課に、保利はいたのだ。お互い忙しく朝から晩まで働いていた。廊下で顔を合わせることも少なかった。すでに官舎は出ていたため、本部内で会えば互いの忙しさをなげき合って、すぐに別れるのが常だった。

例の事件があった時も、保利は隣の三課にいた。証拠物件が一時的に紛失し、脇坂が責任を問われた時も——。

九年前、賀江出署の刑事課で、一度は証拠物件として付票に記された携帯電話の通話記録が削除され、保利と課長の赤城が訂正印を押している。

そして五年前——。

本部の二課で、脇坂が検察と組んで贈収賄事件の捜査を進め、押収した証拠物件が紛失したあの時……。幸いにも、あとで倉庫の棚の間に落ちていた箱から、帳簿を記録したＵＳＢメモリは見つかり、どうにか贈賄側の起訴には持ちこめた。

偶然なのか。

証拠物件の削除と、一時的紛失。そのどちらにも、近くで保利が働いていた。

押収した証拠物件は、刑事部の倉庫に保管される。刑事部に在籍する者であれば、鍵を使って中に入ることはできる。

「お義父さん……」

娘婿に呼ばれて、我に返った。

あの贈収賄事件で摘発したのは、下坂市の財務課長と水道工事会社の役員二名。額は八十万円と少なく、過剰な接待をふくめても総額は二百万円ほど。小さな事件にすぎなかったが、水道メーターの談合事件へと発展し、検察は大いに名を上げた。

その裏で、証拠の一部が紛失し、検察幹部が県警に猛抗議をくり返したため、脇坂が責任を問われて、直後の異動で警察学校へ飛ばされた。

次の異動が迫ると、なぜか赤城文成が、脇坂を本部の刑事部へ戻そうと動いてくれた。

もし証拠が紛失した裏に、何かあったとすれば……。

保利は赤城派の若頭を任じているという。その上に立つ赤城が、脇坂を現場に戻そうと動いた。

すべてに筋が通る。

「また電話をする」

娘婿に言い残し、県警本部の廊下を走りだした。

17:47

赤城文成は、九年前まで賀江出署の刑事課長だった。警視への昇進とともに県警刑事部捜査一課長に抜擢され、六年後には早くも警視正に上がって、今は刑事部長の要職にある。

保利も、賀江出署から県警刑事部捜査三課に移り、警部への昇進とともに、確か小さな署の生活安全課長補佐を務めたあと、今の職に就いたと記憶している。

彼はまず間違いなく、九年前に賀江出署の刑事課にいたため、赤城派の人脈に取りこまれたのだ。その契機が、羽佐間社長の死にあったとすれば……。

すべては九年前に端を発していたのだ。さらに、五年前の事件にまで、赤城派の影がちらついている……。

下坂市の財務課長に現金を渡した水道工事会社の名前と住所は、確かめるまでもなかった。忘れたくとも記憶の奥に染みつく事件のひとつだった。

脇坂は車を飛ばして、官庁街の近くに本社を置く、株式会社フジミ水道管理に急いだ。摘発から五年がすぎていたが、捜査の指揮を執った者の顔と名前を忘れずにいてくれたようで、受付にいた警備員に名乗ると、幹部社員に連絡が上げられた。

脇坂はＶＩＰ級の扱いを受けて、若い女性社員の笑みに迎えられ、豪華な応接室へ案内された。やや遅れてまた別の女性がコーヒーを持ってきたが、手でやんわりと制して、幹部がオフィスから下りてくるのを待った。

「……大変遅くなりました。今日はどういったご用件でございましょうか」

見覚えのある初老の社員が現れるなり、深く腰を折ってみせた。にこやかな笑みを浮かべながらも、今日に限って社に残っていた不運を悔やんでいそうな顔にも見えた。

「時間を取らせてしまい、申し訳ありません。今になって何だと思われるかもしれませんが、関連する新たな事件の捜査にご協力いただきたく、まいりました」

かつて摘発した会社であろうと、高圧的には言えなかった。贈賄罪で逮捕された二人の役員は、懲役一年、執行猶予三年の実刑判決を受けた。談合でも摘発されて、課徴金が科せられたし、経営にも影響はさけられなかったはずで、社会的な制裁も受けたのだった。

「わたしどもで、できることでしたら……」

喜んで協力するとは言いがたい。引きつり気味の笑顔で、事業センター長を務める執行役員はまた深く腰を折った。

「こちらは中央開発さんとの取引がありましたよね」

断定して言うと、執行役員の背中が丸まった。

「――あ、はい。懇意にさせていただいている取引先ですが」

「では、当然ながら、中央開発の役員をしている、山室代議士の親族とも面識はありますよね」

「はい、ニシナ常務にはお世話になっております」

あまりにも予想どおりの回答がすんなりと返され、脇坂は拍子ぬけした。

自分が閑職に追いやられる契機となった贈収賄事件までがつながってくるとは、天の計らいにしても、できすぎていた。

それほど県警という井戸は狭く、その中で蛙《かわず》どうしが醜い競い合いを演じてきた証《あかし》なのだろう。

もう間違いはなかった。自分は〝だし〟に使われたのだ。

おそらく、菊島基が賀江出署の署長になることは、幹部の間で早くから決められていたのだろう。あとになって、赤城派の人脈にある者を送りこむのは難しい。そこで先に、息のかかった者を送りこむ案が浮上した。

が、ここでも鍔迫り合いが演じられ、赤城派の本命には反対意見が多く出される事態となり、それならと、脇坂誠司に白羽の矢が立てられた。

赤城派の人脈にあるとは言いがたいが、刑事部に戻そうと動いた経緯があるため、菊島基は警戒心を抱く。相手を牽制する役には立つ。そう妥協点を見出す者がいて、脇坂副署長が誕生した。

おそらく、この読みは外れていない。

事件がつながるのは、ある意味、当然でもあったのだ。とすれば……。そ
あってはならない現実が目の前を暗くふさいだ。足元から寒気がこみ上げてきた。そ
の感覚は恐怖に近いものでもあった。とんでもない裏が隠されていた。
深く息を吸ったが、動悸は収まってくれなかった。唇を嚙み、頭を振ってから、仁科
恒夫《つねお》常務のフルネームを聞き出した。震える手でメモを取り、次の質問をぶつけた。
「参考までに聞かせてもらいたいのですが……君らが金を渡した財務課長は、今どこで
何をしているのか。もちろん、知ってますよね」
「あ、はい……。確か、コニシ陸運という会社の経理顧問を──」
「まさか、そこも中央開発の関連会社ではないでしょうね」
「そこまでは、我々にも……」
浮かんでもいない汗をぬぐうように、執行役員はのど元で手を動かしながら言った。
脇坂も思う。そこまであからさまでは、二の句が継げない。
だが、どこかでつながっている可能性は大だろう。政官財のトライアングルの中に、
公務員たる警察が加わっていたとしても、混乱は生じない。すんなりと三角形は保たれ
る。
ポケットの中で携帯電話が震えた。執行役員に手で詫びてから取り出すと、鑑識係長
の和田光正からだった。
「お待たせいたしました。正式な鑑定結果が出ました。やはりシロでしたね。指定薬物

ではありません。あきれたことに、単なる片栗粉だったそうで。葉っぱのほうも、ごく普通のハーブでした」

この結果が伝えられて、署の誰もが啞然となったろう。

だが、アイドルへの単なる嫌がらせだったのではない。犯人の目的は、もう果たされている。脇坂がこうして恐ろしい事実を探り当てていたのだから……。

「ですので、桐原もえみは弁護士とともに東京へ帰ると言ってます」

「この件の扱いはどうすると決まった？」

「その相談があるので、署長が帰ってきてほしい、と言ってます」

「悪いが、おれは福留のアパートへ行く。あとは頼むぞ」

自分の口からお願いします。そう言われるのはわかっていたので、返事を聞かずに切った。

そのとたんに、再び携帯電話が震えた。今度は猪名野からだった。

「捜索令状と逮捕状が出ました」

「今すぐ向かう」

18:22

福留寿弘の住まいは、駅に近い繁華街の裏通りにある鉄筋二階建てのアパートだった。

脇坂が到着した時には、大家を呼んで鍵を開け、すでに家宅捜索が始まっていた。

狭いキッチンにはカップ麺やコンビニ弁当の残骸が散らかり、四畳半と六畳間は脱ぎ散らかした衣類と雑誌で足の踏み場もなかった。手帳や日記はもちろん、手紙のたぐいも見つからず、ＤＶＤプレーヤーを兼ねたゲーム機はあっても、パソコンとは縁のない日々をすごしていたとわかった。

ただ、脱ぎ散らかした衣類の中から、網目状のストッキングが出てきたので、洗濯物を盗む性癖がなかったとすれば、出入りする女がいたと思われる。

「典型的なその日暮らしを楽しんでる野郎ですね。お気楽で羨ましい」

白手袋をはめた猪名野が、手がかりなし、とお手上げのポーズを作って言った。

「同僚から友人関係の情報は得られなかったのか」

「出入りする飲み屋はつかめました。関屋《せきや》たちが向かってます」

少年係の古株だった。彼なら安心して任せられる。

「地元の所轄に情報を求める手もあるぞ」

「そのためにも、少年係に任せたんです。うちのやつらは歯ぎしりしてます」

打つ手は間違っていない。狭い町なので、いずれ交友関係はしぼられてくるだろう。

脇坂は自分への確認のためにも言った。

「あとは白石の側だな」

そっちまで手は回りませんよ、と猪名野が目で訴えてきた。手が足りていない。

「実は署長からの呼び出しがかかった。署に戻るついでに、賀江出ファームへ寄ってみる」

「気をつけてくださいよ。あそこの社長、まったく協力してくれませんから」

かえって邪魔立てしかねない、と不満をにじませる顔だった。

しかし、これからスクーターの窃盗容疑で捜索令状を取り直している時間はなかった。こんなことなら、同時に動けと指示を出しておけばよかった。福留を追えば、鈴本と白石に近づける。その先入観が、次の一手を遅らせた。

悔いる暇があるなら、走るのみ。あとを託して、軽自動車で賀江出へ急いだ。

高速を降りた時には、もう空が暮れ始めていた。少し遠回りして県道を直進し、賀江出ファームに向かった。時刻は早くも六時半を回っていた。

薄暗い駐車場に車を停めた。事務所の窓にまだ明かりはあった。

今日二度目の訪問だった。ドアを押して声をかけると、奥の事務所から社長の木辺透がまた警戒心を放つような目で、のそりと姿を現した。

「お忙しいところを、たびたびすみません。白石君は帰ってませんよね」

「だと思いますが」

気のない返事は、警察への非協力を表明するためか。ここまで頑固であれば、いっそ清々しい。

脇坂は姿勢を正した。

「社長さんは信じられないと言うかもしれませんが、彼は昨夜、うちの署員のスクーターを勝手に使って自損事故を起こし、そのまま放置してこちらに戻っています。その際、近くに停めてあった自転車を勝手に乗り逃げしたとも見られています」

木辺は無言だった。目で疑問を投げかけてきた。その後ろのドアに、社員らしき女性が顔をのぞかせ、何事かと注目していた。

「彼がスクーターを使ったのは、卒業した中学校の職員室に忍びこむためでした。というのも、四学年上の卒業生である福留寿弘という男の連絡先を探ろうとしたからです。職員室のドアから白石君の指紋は出ていませんが」

「証拠もなしに、正吾を犯人扱いですか」

「事故現場に乗り捨てられたスクーターからは白石君の指紋が出ました。彼は間違いなく、福留寿弘を追っています。そう信じるにたる状況があるんです。二人の間にトラブルがあったのかはわかっていませんが、彼に次の罪を犯させないためにも、協力を願いたいのです」

木辺は言葉を返さなかった。脇坂の言葉の信憑性を疑っているのがわかる。

「あなたの話を信じるなら、彼は真っ当な生活を送っていたのでしょう。ですので、強引なことはしたくないと思い、逮捕状は請求していません。スクーターを使われたうちの署員も、彼の将来を考え、盗まれたとは言っていないためです。しかし、ここで彼の行方を追わないと、福留という男とのトラブルが事件に発展しないとは限りません。木辺さん、白石君の交友関係を確認したいのです。彼の部屋を見せていただけませんか」

「無茶なことを言わないでくれよ」

木辺が声をとがらせて、首を振った。

「あの子たちを信用することで、うちはどうにか仕事を続けてるんだ。そりゃあ、自分で蒔《ま》いた種のせいで、あの子たちは働き場所もなくなってるようなものだから、身から出た錆《さび》だっていう言い方はわからなくもない。けど、大人が彼らを信じて雇っていかなきゃ、やり直すことはできやしない。正式な令状もなく、あの子の部屋に警察を入れる、そんな裏切りをしたら、ほかの子だって我々大人を信じなくなる。簡単に言わないでほしいね」

昼間に続いての切実な訴えかけに、反論を迷った。

罪を未然に防ぐため。立派な理由があるのだから、部屋を見せてもらいたい。その考えを、彼は安易だと言っていた。

家畜の世話は、朝が早く、楽な作業ではないだろう。賃金も高くないと思われる。白石たち前科を持つ者は、なかなか仕事に就けず、更生の道は険しい。だから、彼らを信じることから始めたいのだ。信頼できる関係にあるからこそ、彼らもここで仕事を続けていられる。木辺の主張には一点の迷いもなかった。

それでも、このままでは白石が新たな罪を犯すのではないか、との不安は大きい。脇坂は言葉を探して言った。

「しかし木辺さん、白石君は早退して姿を消していますよね。過去にも同じようなことがなかったでしょうか」

木辺は答えなかった。首を振って否定の意思を表すでもなく、見返してくる。

「正式な捜索令状を持ってこいと言われるのなら、そうするほかはありません。しかし、その時は、同時に逮捕状も請求することになってしまいます」

ずるい脅し方だった。更生に手を貸す善人に、言葉で圧力をかけていた。

木辺の目に迷いが映りこんだ。視線が足元へと落ちた。

「今なら間に合うかもしれない。だから、木辺さん、あなたに協力してもらえたらと考えて、わたし一人で来たんです」

視線を移ろわせた木辺が、首を小さく横に振りながら脇坂に目を戻した。

「おれは正吾を信じたい。あの子はもう、愚かな罪は犯しませんよ。あなたがたは何かを誤解してる。だから、部屋の合い鍵は渡せません」

ドアの奥にいる社員たちに聞かせる言葉に思えた。その覚悟は、尊重するしかないものだった。

出直すしかないのか。焦りから拳を握りしめると、木辺が横を向きながら言った。

「……その代わりと言っちゃあ何ですが、同僚から気のすむまで話を聞いていってください。みんな、正吾のことを心配してるから、喜んで協力しますよ。うちの社員はみんな、そういうやつらですから」

誇りに満ちた言葉に聞こえた。

午前中に続いて畜舎へと案内されて、明日の朝に与える飼料を配合中の同僚二人から話が聞けた。

「……そういや最近、夜にちょくちょく出かけてましたね」

「でも、ゲーセンに通ってるとは思いもしませんでした。だってあいつ、クレーンゲームも下手くそだったから。ゲームの専用機だって持ってないし」

予想外の情報に虚をつかれて、声を失った。

鈴本だ。ゲーム仲間だというのは、本当の関係を隠したいがための嘘だったのだ。

「……鈴本英哉？　聞いたことありませんね」

「あ、もしかしたら彼女なら、何か知ってるかもしれませんよ。名前ですか？　……たしか、マスミじゃなかったかな」

若者二人が顔を見合わせて、さらに驚くべき言葉を口にした。

「そうそう。西元真澄」

「まさか、美容師じゃ……」

「さすが、おまわりさんですね。安くカットしてもらえるって言ってたから、その人で間違いないと思いますよ」

またも鈴本の仕業だ。

完全にしてやられた。脇坂が訪ねたアパートは、白石が交際する女性の部屋だったのだ。

あいつは、インフルエンザの嘘をごまかし、白石を守るため、周到な用意をすませたうえで脇坂を待ち受けたのだ。どこまで上司を騙せば気がすむのか。

幸いにも、西元真澄の電話番号は聞いてあった。相手は若い女性なので、少し厳しい言い方をすれば、協力は得られるだろう。

二人に礼を言って、携帯電話を取り出した。

本当に厄日だった。署の携帯電話のボタンを押すと、バッテリー切れの表示が出て、電源が落ちてしまった。私用のほうも電源が入らなくなっていた。今日一日、電話をかけ続けていたせいだった。

急いで事務所に戻り、木辺に礼を告げてから言った。

「すみません。お恥ずかしい話ですが、バッテリーが切れてしまい……。電話を貸していただけませんでしょうか」

さすがにそこまで非協力的ではなかった。どうぞ、とデスクの電話を示された。頭を下げて受話器を手にした。猪名野に動いてもらうしかないだろう。とはいえ、彼の番号にかけたのでは、この電話機に記録が残る。署の代表番号を押していく。

その視線が止まった。動悸が速まる。

目で見たものが信じられなかった。

電話の横に、短縮ボタンのリストが掲げられていた。その中に、見覚えのある会社名が見えた。

——中央開発。

何だ、これは？

なぜ賀江出ファームの電話に、中央開発の短縮ダイヤルが設定されているのか。

「はい、賀江出警察署ですが……」

電話の向こうで誰かが何か言っていた。思考がまとまらず、声が出てこなかった。脇坂は無理やり視線を引きはがして言った。

「……脇坂だ。猪名野君は戻っているか」

電子音の「犬のおまわりさん」を聞きながらも、意味がわからず、頭を振った。同じ賀江出市内に子会社があるため、親会社とも取引があるわけなのか。しかし、建設と畜産で、業種は違っている。

背中に視線を感じた。すぐ後ろに木辺が立っていた。

「——今どこですか。署長が捜してますよ」

電話の向こうで梶谷の声が聞こえた。

「賀江出ファームに寄って、白石の交友関係を聞き出していた。メモを取ってくれ。交際女性の電話番号だ」

小声で数字を告げながらも、後ろに立つ木辺の視線が気になった。

「今から戻る。あとは頼むぞ」

梶谷の返事を聞かずに受話器を置いた。

振り返ると、もの問いたげな木辺の視線がそそがれていた。

脇坂は慌てて言葉を引き出し、言った。

「また寄らせていただくことがあるかもしれません。ご協力、感謝いたします」

18:46

なぜ中央開発と取引があるのか。そう木辺に尋ねなかった理由は、自分でもよくわからずにいた。

鈴本は、九年前の捜査記録を調べていたと思われる。彼は、白石の調査に手を貸したのだ。その白石は、九年前に羽佐間産業を吸収合併した中央開発との関係を持つ賀江出ファームに勤務する。そして、中央開発の子会社に勤める福留寿弘を追っている。

白石は、賀江出ファームで働くうち、何かしらの疑念を覚えたのではなかったろうか。

その疑念を、彼は友人である鈴本に話したのだ。

社長の木辺に告げたのであれば、白石が早退して姿を消したとわかった段階で、彼を案じて警察に相談があってもいいと思える。いくら警察に協力的ではない人物でも、社員が自社に関するかもしれない何かに疑念を抱き、逃げるように姿を消したのである。

その安否を心配しないほうが、どうかしていた。

しかし、木辺は、訪ねてきた脇坂に、反骨心を見せ続けた。白石が、胸に宿した疑念を社長に告げなかったか、あるいは——告げながらも、木辺が警察に言えないと判断したか。ふたつのうちのどちらかなのだ。

白石が、木辺に言えなかったとすれば、相応の理由があると見るべきだった。

瞬時にそう考えたわけではなく、刑事を長く務めてきた勘と言えばいいのか、納得しがたいものがあると思えて、事務所から自然と足が離れていたのだった。

車に戻り、冷静に事実を見つめながら、脇坂はエンジンをスタートさせた。

白石は、自分の雇い主である木辺社長を警戒したのだ。事実を見つめ、思考を重ねるほどに、そう感じられてくる。

賀江出ファームと中央開発の間には、何があるのか。

まだ署には戻れなかった。次の目的地は決まった。

19:11

時刻は七時をすぎ、田舎の県道は真っ暗だった。

署に報告を上げたいが、ふたつの携帯電話はバッテリー切れで使えなかった。コンビニに寄っている時間も惜しく思えた。副署長までが連絡を絶ち、菊島が怒り狂っているだろうが、今は捜査を優先すべきだった。

株式会社中央総建の事務所に近づくと、三階建ての社屋の前に人だかりが見えた。押し問答でもしているのか、作業着姿の男と若者数人が睨み合っているのだった。

脇坂は路肩に車を停め、走り寄った。近づく制服警官を見て、若者たちが動きを止めた。

「卑怯だぞ。警官なんか呼びやがって！」

「おれらは営業妨害なんかしちゃいないぞ。あんたらが質問に答えず、ごまかそうとするからだろが！」

「おまわりさん、こいつらをどうにかしてください。ずっとこの調子で仕事を邪魔してるんです」

作業着の男が手を振り回して、声を張り上げた。

ふざけんな。冗談言うな。マッポは帰れ！　若者たちが口々に叫び、脇坂を囲むように動き出した。何があったのか、かなり興奮している。

若者の総勢は十人弱か。横手の駐車場を見ると、黒っぽい車が三台斜めに停まり、うち一台が改造車と思われるほど極端に車体が低かった。

「静かにしなさい。わたしは呼ばれて来たんじゃない。事件の捜査で寄ったまでだ。何があったんだね。落ち着きなさい！」

両手を広げて若者たちに呼びかけると、女の子の甲高い声が夜道に響き渡った。

「あれー、副署長さんじゃないですか」

驚きに目を見張った。若者たちの間から、黒いキャップを目深にかぶった女性が進み出てきた。上はスタジャン、下はジーンズ。黒縁の眼鏡をかけているため、男に見えないこともなかった。が、脇坂の役職を告げてきた声には、聞き覚えがあった。

「君は……」

名前を呼ぼうとする前に、女の子が唇の前に人差し指を当てた。

「わたしたち、聡美のために話を聞きに来たんです。副署長さんも同じですよね」

「おい、麻衣子。いいのかよ。この警官を信用して」

若者の一人が本名で彼女を呼んだ。

いいの、と言う代わりに、桐原もえみが軽く片手を上げてみせた。

彼女は東京へ帰ってはいなかったのだ。一日署長を務めたついでに、地元の友人と会う約束をしていたのだろう。そして、偽の手紙で騙された事実を仲間に打ち明け、自分たちにも何かできることがあるはずと考え、元羽佐間産業を訪ねてみる気になったと思われる。

思いきったことをする娘だ。脇坂は密かに笑みを嚙み殺した。

桐原もえみは、昔からの彼らのアイドルでもあったのだろう。友人として、彼女の思いを尊重したい。芸能人としての立場が彼女にはあるので、自分らが訊き出してやる。そう多少は粋がって、この場に乗りこんできたと見える。

若者の中には、金の鎖を首や腕に巻き、貧相な口ひげをはやした者もいた。だらしない風体《ふうてい》ではなかったが、誉められた姿とも言えなかった。いくらかやんちゃな連中だったのだろう。とはいえ、志はなかなかに篤《あつ》いようだった。

玄関前を埋める若者たちを手で払い、脇坂は作業着の男の前に進んだ。

「賀江出署副署長の脇坂です。午前中にも話をうかがいに来ましたが、羽佐間産業であった時のことを知る社員のかたから、また話を聞かせてもらいたいのです。まだいらっしゃいますでしょうか」

「あ、はい……」

副署長がなぜ、得体の知れない連中の仲間みたいな態度を見せるのか。状況がまったく理解できなかったらしく、男は目を白黒させてから、渋々と社内へ戻っていった。

その間に、脇坂は桐原もえみとその仲間に向き直った。

「すまないが、携帯の充電器を持ってないだろうか。署と連絡が取れなくなって、困っている」

二台の携帯電話を手に言うと、後ろから声が上がった。

「わけないっスよ。車のAC使えば、楽勝だもの。どこの機種スか？」

「これだ。できるかな」

「OK、OK。二十分かそこらで終わりますって」

携帯電話を手渡し、さらに若者たちを見回した。

「この中に、白石正吾、福留寿弘を知っている者はいないだろうか」

若者たちが顔を見交わし合った。キャップをかぶった一人が手を上げた。

「白石って北吉川中のやつですよね。知り合いが昔、面倒に巻きこまれたって言ってましたけど」

「あ、おれのダチの知り合いの子が、福留とつき合ってたようなこと言ってた気がする。けっこう、やばいことしてた野郎ですよね」

日ごろから情報収集に励む少年係の刑事であろうと、やはり現役の生徒だった者には敵わないようだった。

「福留は今、この中央総建と同じく、中央開発の子会社にあたる建設会社に勤めていて、白石がなぜか彼を追いかけている。二人が今どこにいるか、わからないだろうか」

また若者たちが互いの顔を見交わし合った。

その様子を見て、桐原もえみが言った。

「協力してあげて。聡美のお父さんと関係してるのよ。そうでしょ、副署長さん」

「その可能性が高い。君たちのネットワークから居場所がつかめれば、新たな犯罪を防げるかもしれない。頼む」

脇坂は姿勢を正して頭を下げた。

「うわ。お偉い警官に頭下げられるなんて、おれ、初めてだよ」

「それだけこの人が、本気だってことよ。わたしからもお願い。仲間のつてから捜してみてちょうだい」

「よっしゃ。麻衣子の頼みじゃ、断れねえよな」

「六人たどりゃあ、日本に住む誰にだって連絡取れる時代だものな。やってみようぜ」

風体と言葉づかいはともかく、なかなか気のいい連中だった。桐原もえみが、彼らを頼った理由もうなずける。

「くれぐれも、警察が捜してるなんて言わないでくれよ」

「わかってるって、おれらだって、マッポに協力したって噂が立ったら、恥だからさ」

その言葉には苦笑を禁じえなかった。正直すぎる感想を口にした男の頭を後ろから仲間がたたき、笑いが広がった。

それぞれ携帯電話を取り出しながら、若者たちが駐車場のほうへと散らばった。

「ありがとう。ここで君たちに会えて助かったよ」

桐原もえみに告げると、彼女は笑顔で首を振った。

「こちらこそ、ありがとうございます。本物の聡美と話ができたんです。彼女、驚いてました。絶対、あの火事には何かあるんだ。だから、偽の手紙を出したやつがいたんだって……」

「いい友だちだったみたいだね」

月並みな感想を口にすると、桐原もえみがまた大きく首を振り、視線を落とした。

「いい友だちだったら、今でも関係、続いてますよ。わたしたち、聡美に冷たかった……。

昔から聡美のお父さん、学校とかPTAとかに文句の多い人で、ちょっと煙たがられてたところがあったんです。だからって、聡美まで同じ目で見ることはなかったのに」

「君たちの気持ちは、もう充分に伝わっているさ」

「――はい」

夜明け前から難題続きで走り回らされてきたが、今日初めて警察官の職務に誇りと喜びを感じられた。地元の者と話すことで、こういう気持ちになれるのだから、副署長も悪くはなかった。

後ろに足音が聞こえて振り返ると、午前中に話を聞けた中年女性と社長が及び腰で近づいてきた。二人ともまだ帰っていなかったのは幸いだった。

「あの、何があったのでしょうか……」

今度は応接室に案内してはくれなかった。駐車場に散らばった若者たちを警戒してのことだ。

「確認させてください。中央開発と賀江出ファームにはどういった関係があるのでしょうか」

前置きなく、疑問をぶつけた。

女性が迷ったような顔つきで社長を見た。脇坂は一歩前に進み、目で強く迫った。社長が手で口元をぬぐうようにしてから、言った。

「わたしはよく知らないのですが……羽佐間さんの時代から、賀江出ファームさんとはつき合いがあったと聞いています」

「取引があったわけですね」

「はい。羽佐間さんはトラックを何台か持っていて、配送業も手がけてましたので。賀江出ファームの商品は、ほぼ任されていたと聞きました。そういった縁で、出資もしていたのだと……」

最後に視線で隣の女性に同意を求めた。

聞き捨てならない話に、質問が口を突いて出た。

「羽佐間産業が、賀江出ファームに出資をしていたのですか」

だから、会社を引き継いだ中央開発と、いまだ取引が続いているのだ。それなりの出資額だったと想像はできる。

また二人が顔を見合わせ、今度は女性が答えた。

「賀江出ファームさんも、一時期厳しい時期があって、仕事の縁から、羽佐間社長に相談があったみたいでした。それで、社長個人と会社で出資をした、と記憶しています」

「具体的な出資の額をお教えください」

そう迫って初めて、脇坂のみが社内へ案内された。桐原もえみは気を利かせて玄関から離れ、仲間たちのもとへ歩いていった。

応接室の照明が灯されて、そこでしばらく待つと、資料を手に社長が戻ってきた。

「……羽佐間さん個人で一千万円。会社が三千万円。ただし、羽佐間さんは融資契約ではなく、賀江出ファームの保有株式、三分の一をゆずり受けています」

「火事の何年前でしょうか」

「四年ほど前ですね。賀江出ファームが株式会社化されて三年経ったころです」

おそらく最初は、個人経営の畜産農家だったろう。十六年前、木辺は賀江出ファームを法人化した。が、三年後に経営が苦しくなり、取引のあった地元企業の社長に相談し、どうにか苦難を乗り越えたと見える。

「羽佐間さんが亡くなったあと、個人で持っていた株式はどうなったのでしょうか」

予測をつけながら質問すると、社長は資料を手に少し言いよどんだ。

「えー……ご家族と相談して、中央開発で買い取らせていただいた、と……」

「額は同じ一千万円で、ですね」

さらに確認を入れると、社長は資料に目を落としたまま言った。

「……えー、それに近い額だったかと」

怪しいものだ。羽佐間の家族が、賀江出ファームとの取引について、どこまで事情を知っていたか疑わしい。

当時も今も、賀江出ファームは一地方の畜産農家に近い弱小企業なのだ。その株式にいくらの価値があるものか。経営に深く関わった者でなければ、判断は難しかったろう。

「正確な額を教えてください」

なおも社長に尋ねた。また資料に目を落としたまま、小さな声が押し出された。

「えー……はっきりした金額をお答えするのは、非常に難しい状況です。うちの会計担当者が、羽佐間産業の経営権を引き継ぐ際、羽佐間さん個人の借入金もまとめて、清算する手続きを同時に行わせていただいております。会計上の諸問題を滞りなく解決し、ご家族に安心していただくための手続き代行料を加味して、金額を決めたようでして……」

「では、こう訊きましょう。中央開発が羽佐間産業を引き継ぐことになり、ご家族はいくら手にできたのでしょうか」

またも資料に目を落とすことで、社長は時間を稼いだ。

「……ですので、会社と個人の借入金を清算し、ご家族に迷惑がかからないようにさせていただき、詳しい経緯もバランスシートをそえて、ご理解いただいています」

脇坂は深くうなずき返した。同意を示したのではなく――この事件の裏には、当時の金にまつわる問題が隠されていた――そう確認できた、とのうなずきだった。

羽佐間個人と会社の双方に、借入金が存在していた。

社長の羽佐間は、新たな仕事を得て会社の経営を盤石にしようと、山室雄助の選挙活動に進んで手を貸した。

記憶によれば、九年前の国政選挙は、世間で政権交代が叫ばれていた折であり、今の与党候補は軒並み苦戦を強いられたはずなのだ。その苦しい選挙でも、山室が当選できたのは、多くの地元民の支えがあったためと思われる。

会社を挙げて選挙に力をそそいだ羽佐間の身に、その後、何があったのかは、わからない。

ただ、彼の会社で火災が発生し、その火を消そうとした羽佐間は死亡した。

結果として羽佐間は、会社と個人、双方の負債を残して死んだ。そこに、山室の親族が役員を務める中央開発が、羽佐間産業を救うために乗り出してきた。

羽佐間の個人的な借金を清算し、負債を丸抱えして会社を吸収した。外から見れば、苦境に立たされた地元企業を救った〝白馬の騎士《ホワイトナイト》〟と言える。

だが、その裏に、周到な計算がちらついて見えた。

追いつめられていた羽佐間を冷遇すれば、会社も個人もさらなる窮地に追いこまれ、うまくすれば彼の会社が手に入るかもしれない。選挙後に仕事を発注するという契約が、書面で残されていたはずはなく、約束した覚えはないと突っぱねたところで問題はない。

そう暗躍した者がいたのではなかったか。

しかも、山室雄助は警察予算にも影響力を持つ政治家だった。

羽佐間産業で発生した火災と死亡事故の調査で、賀江出署の刑事課は、羽佐間勝孝が契約する携帯電話の通話記録を証拠物件として、一度は記録に残した。が、なぜか削除すべきと考え直すにいたった。

ここでもまた、裏で動いた何者かの影がちらついて見える。

だが、証拠はどこにもなかった。

今になって通話記録の確認はできない。羽佐間の家族も、中央開発から説明を受けて、清算手続きに納得している。その事実は、間違いなく書面に残されているはずだった。どう考えても、遅すぎた。今から事件を追うのは難しい。

しかし、鈴本は九年前の捜査記録を調べ、白石は福留を追っている。偽の手紙を桐原もえみに送った者も、九年前の事件を今になって蒸し返そうという意図を持つ。

彼らは何をあぶり出す気でいるのか……。

「中央開発は今も賀江出ファームの株式を持ち、経営にも参加しているわけなのですね」

しつこく確認を入れると、社長が目線を戻して言った。

「ファームの畜産品を賀江出の名産として売り出していこうと、様々な努力を続けています」

事務所に並んだ土産物の写真が思い出された。肉製品、卵を使ったお菓子類。すべて中央開発の指導によって、経営多角化を進めている証なのだ。

「三分の一の株式をゆずり受けたとなれば、実質的には共同経営者とも言える立場ですよね」

「グループ会社として、今後も力を合わせていくことになっております」

もしかしたら、さらなる株式取得の話が進められているのかもしれない。

豚舎や鶏舎でのきつい仕事は、今までどおりに木辺たちが手がけていく。肉製品やお菓子類の商品化は、中央開発のグループ会社が進める。文字どおりに美味しいところは一手に引き受けようという算段なのだ。

地方の弱小企業は、現場ではいずり回る仕事を負わされ、利益は都市部の大企業に吸い上げられる。すべては合法であり、地元は泣き寝入りするしかない。

経済事件として立件できる見こみがあるだろうか。

唇を噛む。有力政治家の足元に食いつく手立ては、悔しいかな、ありそうになかった。

そう考えるうち、思いもしない感情が浮かび上がってきた。

今は、鈴本たちに期待を寄せるしかない。彼らは突破口を求めて動いているのだ。そう信じることでしか、この捜査を続けてはいけない気がするのだった。

無事に責任を果たしたと胸を撫で下ろしたような顔の社長に、口先で礼を言い、応接室をあとにした。

正面玄関のシャッターがいつのまにか下ろされていた。桐原もえみとその仲間を近づけないためだとわかる。中年の女性社員と警備員に見送られて、裏口へ向かった。

社長が階段の上へ消えたのを見てから、脇坂は女性社員に訊いた。

「あの社長は、以前から羽佐間産業にいた人ではないですよね」

「はい。中央開発から来たかたですが……」

「羽佐間産業時代は運輸も手がけていたのに、駐車場には配送用のトラックが見当たりませんでしたが」

　裏口の前にたどりつき、中年女性が足を止めた。

「そっちのほうは、中央運輸に吸収されたので、運輸部門の社員はそちらに移りました。ただ、ドライバーはかなりの人が契約を切られて、少し問題になりました」

「契約社員が多かったのですね」

「はい。あの人たちは羽佐間産業と契約を結んでいたわけで、中央開発とは新たな契約が必要だと言われてしまい、更新できた人はほんの数名だったかと……」

　ありそうな話だ。契約を打ち切られたドライバーは泣き寝入りするしかなかったろう。

「仕事をなくした人たちは中央開発の本社へ抗議にいったんですが、相手にされず……。そのうえ、リーダー格だった人が、夜道で何者かに襲われたりして……」

　自分を恥じるかのように中年女性は視線を足元に落とした。

　あまりに見えすいた妨害工作だった。

　運輸部門を吸収した中央運輸という会社には、すでに契約ドライバーがいたのだ。羽佐間産業の仕事が欲しかっただけで、運転手までは必要としなかった。だから、羽佐間産業で働いていた者の多くが首を切られた。

　ところが、ドライバーたちは本社への抗議という実力行使に出た。そこで、リーダー格の男を襲い、力ずくで無駄な抵抗だとわからせたのだ。

「傷害事件として捜査は行われたのですよね」

「はい……。ですが、夜道で目撃者もなく……。財布と携帯電話が盗まれたと聞きましたが、絶対に中央開発がやらせたんだと言う人はいました。でも、犯人は見つからず……」

「襲われたドライバーの名前と連絡先はわかりますか」

傷害事件の時効は、十年。新たな証拠が見つかれば、再捜査に着手できる。見逃すわけにはいかない事実だった。

19:29

荒川延昌《あらかわのぶまさ》。今は別の運送会社に在籍する。幸いにも、彼はまだ賀江出市内に自宅があった。

警備員と女性社員に見送られて裏口から出ると、桐原もえみと仲間が駐車場で待っていた。脇坂の姿を見つけるなり、走り寄ってきた。桐原もえみが先頭に立ち、二台の携帯電話を差し出してくれた。

「お疲れ様でした」

見ると、電話の上に折りたたまれたメモが載っていた。目で問うと、後ろにいた男が言った。

「福留の元カノと連絡が取れたんです。今カノの電話番号と勤め先がつかめました」

ほんの十五分ほどしか経っていない。見事な情報収集力だった。

「残念ながら、我々警察が強引に組織力を使っても、九年前の詳しい経緯をつかむのは簡単ではないようだ。ただ、当時、契約を打ち切られて中央開発に抗議をした結果、何者かに襲われたドライバーがいたとわかった」

「襲われたって……」

桐原もえみが言って、仲間たちを見回した。このまま調査を続けたら……。不安を感じたのだろうが、若者たちの表情は変わらなかった。

「骨折まではしなかったらしい。しかし、それを潮に、中央開発への抗議をためらう者が出てきたのは確かだったという。君たち素人は、これ以上手を出さないほうが無難だ。あとは我々プロに任せてくれ」

「昔の友だちのためなんだ」

「そうスよ。おれらみんなで動けば、ヤクザだって迂闊に近づいちゃきませんって」

後ろから男が手を振り上げて言った。

「気持ちはわかる。でも、あとは警察に任せるんだ。知りえた情報は隠さず、必ず桐原さんに伝えると約束しよう。だから、今日のところは引き取ってほしい」

若者たちを見回して言い、最後に目で桐原もえみに訴えかけた。

「お願いします。わたしの携帯の番号は、アドレス帳に入れてあります」

そう言って笑いながら、彼女は脇坂が手にした携帯電話に目をやった。

驚きに見返した。

「警察関係の番号を盗み見たりはしてませんから、ご安心ください。でも、もう少し気をつけたほうがいいですよ。携帯電話は個人情報の宝庫ですから」

桐原もえみが頰に笑窪《えくぼ》を刻んで言った。

まさかアイドルに忠告されるとは想像もしていなかった。が、確かにそのとおりで、反論の言葉もない。今は彼女たちを信頼していいだろう、と思えた。

「必ず連絡するよ」

立ち去りがたそうにする桐原もえみに言い、脇坂は軽自動車へ急いだ。若者たちは早くも車に向かっていた。

別れの挨拶代わりに、クラクションがひとつ鳴らされた。彼らが分乗した三台の車がスタートしていく。窓から身を乗り出して、脇坂に大きく手を振る者もいた。

彼らを見送りながら、署の猪名野に電話を入れた。

「今どこです。なぜ携帯電話の電源を切ったんですか！」

挨拶もなく、猪名野はいきり立って語気を強めた。

「生憎とバッテリー切れになったんだ。それより、福留の女の電話番号と勤務先がわかった」

「教えてください」

上司を問いつめる気迫に満ちていたのが、手がかりを得て、急に丁寧な言い方に変わる。それでこそ刑事だ。

「直ちに女の居場所をつきとめろ。うまくいけば、福留が身を隠しているかもしれない。ある程度の人員を投入するんだぞ」

「わたしも行きます。副長さんは早く帰ってきてください」

「おれは、元羽佐間産業のドライバーに話を聞きに行く」

その理由を手早く告げると、猪名野の反応を聞かずに通話を切った。第一線の刑事課長であれば、署長の呼び出しより優先すべき理由はわかるはずだった。

次に、聞き出した運送会社の番号を押した。

賀江出署の者で、荒川延昌が九年前に夜道で何者かに襲われた件で今すぐ話を聞きたいと告げると、署に電話を入れて確認することもなく、荒川が持つ携帯電話の番号を教えてくれた。彼はまだ仕事で県北西部を走り回っているという。

急いで電話をかけ直した。長いコールのあとに、男の声で返事があった。

「賀江出警察署の脇坂と言います」

九年前の件で話を聞きたいと告げると、荒川延昌の声に非難がましい響きが満ちた。

「今さら何ですかね。警察は何もしてくれなかったじゃないですか」

「当時はつかめなかった複雑な事情が、今になって判明してきたんです。さらには、あなたの事件と関係して、新たな犯罪が発生しかねない状況も出てきました。どうかご協力ください」

19:42

荒川延昌が指定してきたのは、賀江出市を南北に貫く国道沿いにあるファミリーレストランの駐車場だった。

先に脇坂が到着し、車を降りて待つと、五分もしないうちに〝小泉《こいずみ》陸運〟と車体に書かれた四トン車が暗い駐車場に入ってきた。

運転席から降りてきた荒川延昌は、五十代と見える陽によく焼けた男だった。彼は制服姿の脇坂を見るなり歩み寄り、その場で警察への不満をまくし立てた。

「今さら話を聞きたいなんて、何を言ってるんだか。中央開発の仕業に決まってるでしょうが。そう言ったのに、証拠が見つからないだとか、物取りの犯行と見て慎重に捜査を進めてるだとか、ぐちゃぐちゃ言うばかりで、結局は犯人を野放しにしたんだ。誰だって、想像はできるさ。何せ中央開発には、山室雄助の甥っ子ってのが重役として働いてやがんだから。警察も地元の代議士先生には逆らえず、ろくな捜査もしなかったってわけだろが」

しばらく貴重な意見を黙って拝聴させてもらった。

怒りの熱を吐き出させたあとで、脇坂は言った。

「実は、今になって羽佐間さんの死亡した火災についての疑問点がいくつか出てきており、先ほどもお伝えしたように、別の問題も起こりつつあります。あなたの事件にもかかわってくることです。当時の詳しい話を聞かせてください」

あらためて協力を願うと、荒川は肩を怒らせ、声を大きくした。

「だからぁ、中央開発のやつらが、ヤクザか何かを使ったに決まってるでしょ。契約ドライバーのリーダーだったおれを痛い目に遭わせれば、おとなしくなる。その狙いどおりに、仲間は次々と手を引いていき、次の仕事先を探すため、賀江出を離れていったよ」

「荒川さんが襲われた場所は、どこだったのでしょうか」

気になっていた点を尋ねると、荒川が地面の砂利を蹴飛ばすような仕草を見せた。

「おれもとりあえず、次の仕事先を探してたんだ。で、その帰りに、藤ヶ里《ふじがさと》で一杯ひっかけた帰りのことだった」

藤ヶ里――。県庁所在地にほど近い駅裏の辺りだ。当然ながら、賀江出署の管内ではない。

携帯電話の通話記録の件で、圧力に近い要請を出していた場合、同じ警察署にまたも手を煩わせたのでは、不快に思う警察官がいて、徹底捜査を言いだしてこないとは限らなかった。そこで、よその管内で荒川を襲わせた。その際、物取りに見せかけて財布を奪っておいた。目撃者にさえ気をつけておけば、犯人が逮捕される心配はない。

いざとなったら、別の者を出頭させて財布目当ての犯行にして、ごまかすこともできる。

真相は不明だ。が、ほぼ真実に近いと確信できる。

「当時、あなたたちが抗議をする際、中央開発で窓口となっていたのは、どの部署の誰でしたか」

今も荒川はその人物の名を覚えていた。

総務課の主任。名前をメモした。荒川は暴行を受けたあとで、その名を刑事に伝えたはずだ。が、別の人物が実行犯を動かしたとなれば、あとを追うのは確かに困難だった。

念のために脇坂は訊いた。

「白石正吾、福留寿弘、鈴本英哉の名前に聞き覚えはないでしょうか」

荒川はあっさりと首を振った。

ここから先の関連が問題だった。白石はなぜ福留を追っているのか。その理由がまったく見えてこなかった。どこかにまだ何かが隠されている。

白石と鈴本には見えているものが、脇坂にはまだ見えていないのだった。

「当時、荒川さんは賀江出ファームの配送を手がけていたでしょうか」

「賀江出ファーム？　あそこはそんなに配送の仕事はなかったよ。何かのついでに動けば、それで充分だったんじゃないかな」

「しかし、羽佐間さんは株式まで取得して、資金提供もしてましたよね」

「ハムだとかソーセージだとか、大々的に売り出そうと考えてたみたいだけどね。そううまい話は転がっちゃいないって」

「では、社内には、賀江出ファームとの仕事に批判的な意見もあったわけですね」

「ていうか、社長も失敗だったって考えてたんじゃなかったのかな。だって、建設一本にしぼるという話が出てたんで、おれらドライバーはけっこう緊張してた時期だったから」

　中央総建でも、似たような話を聞いた。

　選挙に力を入れたのは、建築土木の仕事を受けるためだと言っていた。どちらにしても、運輸部門はリストラされる運命にあったのだろう。

　もしかすると、社長の羽佐間が亡くなったことで、リストラが決定的となっていた運輸部門にも生き残るチャンスが出てきた――ことはなかったろうか。

　そのニュアンスをこめて、脇坂は訊いた。

「ドライバーの人たちは、羽佐間さんが亡くなったと知って、最初に何を思われたでしょうか」

　質問の意図が伝わったらしく、荒川の目つきが険しさを増した。

「そりゃ、いろいろ言うやつはいましたよ。けど、中央開発が助けてくれるなんて情報はなかったんで、最初はみんな、うろたえてね。これでもう会社は終わりだ。何のために選挙運動を手伝わされたのかって……」

　しかし、中央開発に吸収合併されることで、多くの社員が救われたのだ。契約ドライバーのほかは。

会社から切り捨てられたうえ、荒川が何者かに襲われてしまい、彼らは団結して中央開発と闘っていく気力を奪われた。似たような立場にあった賀江出ファームは、中央開発が株式を譲り受けることで存続の道が図られた。が、今なお経営は楽でないと思われる。働き手を確保するため、木辺は協力雇用主となり、罪を犯した者の更生に力を貸している。

「社員はみんな、おれらに同情はしてくれてたよ。けど、一緒になって闘ってくれる者はいなかった……。仕方ないとはわかってたけど、ずいぶん社員を恨んでた者もいたね」

「何かトラブルでもあったのでしょうか」

「トラブルってほどじゃなかったけど……」

言いにくそうに唇をゆがめ、荒川は大きく息をついた。

「……おれらを何かと目の敵にする人がいてね」

「誰ですか、その人物は」

「中島《なかじま》っていう当時の副社長が、いろいろうるさい人だったんだ。あの火事の時も、車の管理がなってないとか、まるで犯人捜しをするみたいに、おれらを問いつめてきたんで、取っ組み合いになりかけたりしたね……」

火事の時——というのが気になった。

「車の管理とは、どういうことでしょうか」

「なあに、大したことじゃないんですよ。奥に停めた車を動かすため、手前の車を先に出して、近くの路上に停めておくなんてのは、よくあるんでね。あの時は、誰かがつい鍵を差しっぱなしにしてたみたいで……。あとになって気づいた副社長が怒りだして、ひと悶着《もんちゃく》ですよ。警察に違法駐車するなって厳しく言われてたんだと思うけどね」

火事の時……。鍵を差したままの違法駐車。

よくあることだと荒川は言う……。

「詳しく教えてください」

脇坂がメモ帳を手に食い下がると、仕方なさそうな顔になり、当時の羽佐間産業の社屋と駐車場を簡単な図に描きながら説明してくれた。

「事務所からは少し離れたところで……この辺り、二十メートルはあったかな。この路肩に軽が停めてあって、鍵が差されたままになってた、と……」

軽のワゴン車で、いつもは駐車場の隅に停める決まりになっていたという。

「普通なら、そんな離れた場所に停めるわけはないんですよ。だから、たまたま会社に戻ってきたら、いつもの場所に別の車が置いてあって、そこに誰かがいったん動かしておきながら、忘れたまんま帰ったんだろうって……。でも、その日は誰も軽を使ってなかったみたいでね。だから、ひょっとすると、社長が動かしたんじゃないかって言うやつもいて……」

「羽佐間さんが配送車両を使うんですか」

「いやいや、まずありませんよ、そんなことは。ただ、あの日は社長のクラウンが、駐車場になかったんでね。そう言うやつがいただけで」

「社長の車が駐車場になかった？」

「会社の駐車場に置いてなかっただけでね。その日は、駅近くの駐車場に停めてたのかな。たぶん、どこかで酒を飲んでから、歩いて会社に戻ったんでしょう」

なるほど。駅前で酒を飲んでいたとなれば、車をその近くの駐車場に入れたままにしておいても当然だった。歩いて会社まで行き、酔いを醒ましているうちに、火事が発生した……。

しかし、軽のワゴンが路上駐車させられていた謎は残る。

単にドライバーの誰かが動かし、そのまま忘れてしまった可能性は高いだろうが。

念のために、もう一度、当時の捜査記録を読み直してみたほうがいいのかもしれない。

第六章　真相への道

20:08

午後八時をすぎたが、賀江出警察署の窓という窓に明かりが見えた。一日署長の後始末と、鈴本を追うため、まだ多くの署員が動き回っている。

脇坂は車を降り、通用口に走った。菊島がいきり立っているだろうが、裏の階段を駆け下りた。試しに倉庫のドアを引くと、鍵はかかっておらず、照明も灯されていた。

棚の横に置かれた長机の前に、男の後ろ姿があった。

「どうして署に戻ってきた」

どこかで時間をつぶせと言いつけたのに、上月浩隆は生真面目にも捜査資料と向き合っていた。

「何かできることがあれば、と思いまして……」

彼は中央総建へ出向き、山室雄助の選挙にからむ内実を聞き出し、当時の警察に強い働きかけがあったのだと疑っていた。脇坂は手を出すなと言ったが、当時の記録をさらにひもとこうとは、なかなかの執念深さだ。汚名の返上に懸命なのだとわかる。

机の資料に目を走らせると、羽佐間産業の火事に関する記録ではなかった。選挙にまつわる事件を探っていたと思われる。

「どうだ。気になるヤマは見つかったか」

「ないことはありませんね。当時は政権交代がメディアで声高に叫ばれていたせいか、山室陣営が選挙用のポスターを事前に貼り出したという通報というか、野党候補からの抗議が入り、うちの二係が動いてます。けど、野党側も似たようなことをしでかし、結局は両陣営に注意勧告をして終わっています」

選挙が近づくと、市民からも違反行為だとの指摘が寄せられる。目にあまる行為であれば、選挙管理委員会と相談のうえ、警察が動くケースもあった。違反が目立つ地区では、警察がルールの徹底を説いて回ることも珍しくはなかった。

「違反の摘発はあったのか」

「少なくとも、山室陣営に関しては、ありません。だから、いろいろ疑いたくもなってきます」

山室という与党の実力者から、お目こぼしを願う働きかけがあり、警察が見逃した可能性はなかったか。そう上月は疑っていた。

しかし、警察が摘発しなかった事件は、記録に残るはずもないのだ。検察と相談のうえに立件を見送ったのであれば、証拠類の形跡は残る。そう考えて資料を当たっていたらしい。

この執拗さは、刑事をやっていくうえで必要不可欠な資質だ。彼はまだ若く、警察官としての未来がある。

「もし何か見つけても、一人では絶対に動くなよ」

「わかってます。そこまで無茶はしません」

脇坂はうなずき、九年前の事件のファイルを捜した。

「羽佐間産業の資料でしたら、猪名野課長が持っていきましたが」

猪名野は今、福留の行方を追うため、外に出ている。ファイルは彼の机の上かもしれない。

「で、副署長は……」

また九年前の資料を探り、何を確かめようというのか。好奇の目がそそがれた。

「署長にしつこく戻ってこいと言われた。あの人にも何か考えてることがあるんだろう」

あえて契約ドライバーから聞いた話はしなかった。この先は、組織の要所にも及びかねない。将来のある上月を巻きこむわけにはいかなかった。

「何か見つけたら、すぐ報告してくれ。おれは署長の意向を確認してから動くつもりだ」

心にもないことを言い残して、脇坂は倉庫を出た。

署長室には直行せず、刑事課のフロアに上がった。多くの者がまだ戻っておらず、若手の刑事が連絡係として残されていた。脇坂に気づくなり、席を立った。

「副署長、ちょうど今、連絡を差し上げようとしてたところです」

「見つかったのか」

「いえ。うちの松本《まつもと》が福留のアパート近くにあるコンビニを回って、防犯カメラの映像を集めてきました。チェックしたところ、何人か怪しげな人物が見つかったので、課長にも報告を上げたところです。あとは副署長に判断を仰げと……」

「見せてくれ」

デスクに向かうと、若手がパソコンの前に座り直し、キーボードをたたきながら言った。

「コンビニですから、かなり多くの客が訪れてます。その中で、朝方、昼前、午後にも二度と、まるで近くを張りこむ刑事みたいにコンビニへ交互に来る若者が二名いました」

それだ。間違いない。

福留のアパートを張っていたのだ。その合間にトイレを借り、飲み物や食事を買っていたと思われる。

「鈴本ではないんだな」

「はい。二十歳前後に見えます。まず一名が、これです」

防犯カメラの映像なので、画質は悪かった。店頭、駐車場、店の奥にレジの近くと、四つの映像が同時に録画されていた。

彼が指を差した男は、サンフランシスコ・ジャイアンツのキャップをかぶり、赤と白のチェック柄のネルシャツにジーパンという出で立ちだった。怪しげな身形ではなく、どこにでもいる若者に見える。

「で、もう一人が……こいつです」

画面が切り替わった。

息が止まった。目にした映像が信じられず、何度もまばたきをした。

一日中走り回ってきたし、年齢もある。疲れのために焦点が合わず、つい見慣れた姿と重なり、勘違いが起きたのだろう。

だが、何度まばたきをくり返しても、その容姿は変わらなかった。

画像は確かに粗い。けれども、全体の雰囲気と歩き方が、あまりに酷似していた。親が、我が子の姿を見間違えるわけはなかった。

なぜだ……。

どうして洋司がここに――。

何かの間違いだ。そう思いたいが、どう見ようと、息子だった。昨夜、喧嘩騒ぎを起こして警察の世話になった洋司が、今日の午前中から福留のアパート近くにあるコンビニを何度も訪れていた。

混乱を来して、目眩を感じた。息が苦しく、机に手をついた。

「知っている男ですか」

脇坂の反応を見れば、誰もが思う。

「前の男をもう一度見せてくれ」

質問には答えず、脇坂は言った。どう見ようと我が子だ。そう胸に納得させると、先に見た男の姿に、思い当たる節が出てきた。

映像が切り替わった。店内を若い男が歩き、レジへ商品を持っていく場面だった。正面からその顔が見えている。

面影はあった。が、顔を見なくなって、もう何年にもなる。数年前に届いた年賀状に、親子そろって笑う姿があったと思うが、あの子の顔を細かく記憶してはいなかった。

もう一度、画面の若者に視線をすえた。父親に目と鼻の雰囲気が瓜ふたつに思えてきた。もう間違いはない。

保利俊太。

同じ官舎で長く暮らした保利毅彦の息子だった。


うちの子に限って……。

罪を犯した若者の親が、事実を受け止めきれずに、よくそう語る。脇坂が受けた衝撃は、その決まり文句と結びついていた。事実は目の前に厳然と示されながら、なぜだと自問する以前に、ありえないと抗《あらが》う気持ちのほうが圧倒的に強かった。

理屈が合わない。どうして息子が、福留を追っているのだ。

彼を追いかけているのは白石正吾であり、その友人と見られる鈴木英哉のはずだった。洋司が、うちの署員と知り合いだったと聞いた記憶はない。副署長として赴任が決まった時も、息子はさしたる感想を口にしてもいなかった。

——一応、出世じゃないの。そろそろ父さんも楽な仕事をしろってことだよ。

副署長が楽な仕事であるものか。そう説明したが、洋司は屈託なく笑い返しただけだった。就職活動を始めたころで、すぐにすれ違いが多くなった。父親と義兄がいる仕事場で働くつもりはない。そう言われて、少し淋しさを覚えたのは、男親の甘さだったかもしれない。

息子の交友関係を、脇坂はまったくと言っていいほど知らずにいた。鈴本や白石と知り合う機会がどこにあったのか……。

考えられるとすれば——保利俊太だ。

息子の三つ下なので、十九歳。大学生になったばかりのはずだ。洋司は官舎時代から、彼を弟のように可愛がっていた。

警察官の息子でありながら、俊太は少し元気がよすぎて、騒動の絶えない時期があった。ものを盗むようなことはなかったが、悪戯小僧の典型で、学校の花壇を荒らし、公園の芝生を花火で燃やし、別の中学の生徒と喧嘩をくり返した。

そのたびに洋司は俊太をかばおうとした。

——あいつは悪いやつじゃない。大人にちょっと逆らってみたいだけなんだ。親が警官だと、子どもまでいろいろと言われるんだよ。だから、わざと反発してみせたくなるのさ。

洋司にも、似た傾向がなかったわけではない。俊太の母親と一緒に、有子もあちこちに頭を下げに行っていた。警官の息子が恥ずかしい真似をするな。一方的に叱りつけたあとで、妻にやんわりと諭された。

——あの子たちは警察官じゃないのよ。元気いっぱい手足を伸ばして、はしゃぎたい時だってあるわよ。それが許されないなんて、可哀想じゃないの。

少しは理解もできたので、うるさく言うことはひかえた。ただ警察の厄介にだけはなるなよ。そう忠告はしてきたつもりだ。

官舎を出てから、保利とは疎遠になった。彼の息子がどういう育ち方をしたのか、脇坂は聞いていない。大学に入ったのだから、それなりに勉強もして、道を踏み外すことはなかったと思われる。

しかし、危なっかしい子ども時代を知るだけに、彼のせいではないか、と考えたくなる。俊太を介して、白石や鈴本と知り合ったのではないか……。

親の責任を逃れようとしての願望ではなかった。現に、鈴本は羽佐間産業の件を調べ直している。九年前、その事件の捜査を担当したのが、保利毅彦なのだ。

言わば、親が手がけた事件を、息子の俊太とその仲間が調べ直している。そういう側面もあるのでは、とも考えられる。

すべての根は、保利俊太にあるのか……。

昨夜、洋司は喧嘩騒ぎを起こして地元署の世話になった。その場所は、中央開発本社と、その関連会社であり、福留が勤務する日之出建設の社屋にも近い旭町だ。

洋司は昨夜、俊太と一緒に行動していたのだろう。

由希子の話では、有子までが洋司の喧嘩にかかわっていそうだという。警官の息子二人が、何かの事件を調べるために福留という男を追っていたのであれば、その行動を不審に思い、母親たちが尾行したという可能性もありそうだった。

そういえば……。なぜか由希子からの電話が、もう途絶えていた。しつこく何度も連絡してきたというのに……。

脇坂は一人で刑事課のフロアを出た。副署長、との呼びかけを手で払い、廊下の先に歩んで携帯電話を握った。

案の定、洋司は電話に出なかった。

「――父さんだ。今どこにいる。保利俊太と一緒にいるのは、防犯カメラの映像で確認ずみだ。今日一日、福留寿弘を追っているよな。何を考えてる。今すぐ電話をよこせ。何かあってからじゃ困る。もちろん、おまえのために言ってるんだ」

続いて保利毅彦にも電話を入れた。こちらも出ない。

夕方、県警本部へ出向いた話の続き、と思われたのだろう。留守電に切り替わると、きつい口調で言った。

「――脇坂だ。すぐ電話をくれ。俊太君とうちの洋司が、なぜか羽佐間産業の件を調べている。そうとしか思えない状況が出てきた。思い当たることはないのか。二人は今、福留寿弘という若者を追っている。何かある前に解決したい。今すぐ電話をくれ。頼む」

早口にメッセージを残したが、言葉が不足しているという不安に駆られて、再びダイヤルボタンを押した。やはり、まだ出てくれない。

「――いいか、よく聞け。俊太君は君の何かに気づいたんじゃないのか。彼の前で何か口走ったり、昔の話を蒸し返したりしたことはなかったろうか。すでにうちの署が動いている。防犯カメラの映像があるので、誰かが我々の息子だと気づくかもしれない。電話をくれ。必ずだぞ、頼む」

このメッセージを聞いても電話をかけてこないのであれば、父親失格だ。

息子の名前まで使って、すぎた過去をほじくり返す気かと疑っても不思議はないが、先ほど会った時にも息子たちの話題は出していた。

保利に思い当たる節がないとなれば、なぜ息子が九年前の事件を調べようというのか、謎は深まる。通話を切って、折り返しの電話を待った。

廊下の壁を見つめて祈る。

息子たちの身に何かあってからでは遅いのだ。福留は明らかに逃げている。逃げるだけの理由があるのだ。すでに洋司は昨夜、何者かに殴られてもいた。

頼む。祈るしか、打つ手が見つからなかった。警官のくせに、ただの何もできない男親に成り下がっていた。

握りしめた手の中で、電話が鳴った。祈りが通じたのではなかった。署から支給されたほうで、着信表示に出た名前は、猪名野。

「どうした、女のヤサに福留がいたか」

焦るあまりに叫ぶような声が出ていた。

「可能性大です。女はこの時間、勤め先のバーに出てます。ところが、女のマンションに明かりがついているんです」

「君一人じゃないよな」

「秋山《あきやま》に、少年係の桜井《さくらい》と三人です。部屋は二階なので、もし窓から飛び降りられでもしたら、不安があります」

通常の事件であれば、地元署に応援を請う手が使えた。しかし、現役の警察官が姿を消し、福留寿弘を追っている可能性が高い。

探り出した住所は、風見《かざみ》町五番地。急げば、車で三十分とかからない。

「直ちに応援を向かわせる。それまで待機だ。ただし、福留を追っている者が近づくおそれがある。鈴本と白石のほかにも、二名の若者が追っている。名前は、脇坂洋司と保利俊太」

ここまで来ては、もう隠すわけにいかなかった。

猪名野が電話の向こうで口ごもる。

「何ですって？　今、脇坂と――」

「そうだ。おれの息子だ。保利俊太は、県警刑事総務課長、保利の息子だ」

「待ってくださいよ、どういうことなんです……」

「おれにもわからない。だが、福留のヤサに近いコンビニの防犯カメラには、二人の姿が映っていた。うちの洋司は、保利俊太と仲がよかった。今、二人の画像を君の携帯に送らせる。二人を絶対に近づけるな」

「あ、はい……」

「あとは頼む」

もし二人が女のマンションを訪ねてきて、猪名野たちと騒動にでもなれば、部屋に身を隠す福留に気づかれかねない。頼むとしか言いようがなかった。頼む。どうか何も起きてくれるな。

通話を終えると、刑事課のフロアに飛びこんで叫んだ。

「福留の女のヤサに何者かがいるとわかったぞ。住所は風見町五番地。今すぐ出発する。よその部署にも動員をかけろ！」

20:12

防犯カメラの画像を猪名野に送れと指示を出し、脇坂は一人で先に賀江出署を出た。菊島が待っていたが、悠長に報告を上げているゆとりはなかった。

通用口へ走る途中で、警務課の部屋から出てきた小松響子を見つけたので、無理やり運転手として駐車場に引っぱっていった。

「任せてください」

手短に指示すると、彼女は大会に臨む柔道家の顔つきを見せ、駐車場へ走った。脇坂からキーを受け取るや、勢いこんで運転席に収まった。

脇坂は助手席へ回り、再び携帯電話を握った。直接、菊島の携帯に報告を上げる。

「今どこだ。何してる。独断がすぎるぞ！」

「お詫びはあとでたっぷりします。それより、福留寿弘の行方がつかめたかもしれません」

猛スピードで駐車場から飛び出したせいで、車体が傾きかけた。シートベルトに身をあずけながら、新たに判明した事実を告げた。

「おい、鈴本も福留を追っているにしても、君まで女のマンションへ行くことはないだろうが」

そう言われたなら、息子のことも説明しないわけにはいかなかった。

「何を言いだすんだ、君は……」

菊島は理解が追いついていないようだった。運転席の小松響子までがこちらを向き、車のスピードが少し落ちる。

防犯カメラの映像を見たので間違いない、と告げた。やっと菊島が声を継いだ。

「……待て。とにかく今は冷静になれ。気持ちはわかる。でも、君は手を出すな。あとで問題になるぞ。そんなこともわからないのか！」

「責任は取らせてもらいます。署長には、その後のことをお願いしたくて電話をしました」

「よせ。早まったことはするな」

予想外に、親身な響きがともなって聞こえた。彼にも息子がいた。素の菊島基が初めて垣間見えた気がする。脇坂は言った。

「誤解しないでください。現場には向かってますが、身柄の確保は猪名野たちに任せます。ただ、馬鹿息子が、こちらの思ってる以上に、福留まで近づいていた場合、面倒が起こるといけません。もし保利毅彦が九年前の件で何かを隠しているのであれば、この先いろいろと署長の耳に吹きこみたがる者が出てくるでしょうし」

「……どういうことだ」

声が急に低くなった。菊島は早くも見当をつけている。

「九年前に何があったのか、まだ証拠は何もありません。ただ、派閥の競い合いのため、無闇に事を大きくしようとするのは得策ではないと思います。だからといって、うやむやにして事実を隠すべきと言いたいのでもありません」

「君はわたしに、あえて事をあおるな、と忠告する気か……」

さすがは派閥の領袖《りょうしゅう》で、すでに真意を見ぬき、不服をにじませて言った。

「はっきり言わせていただければ、そのとおりです」

「言ってくれるな」

「はい。わたしは赤城派に参加した覚えはなく、組織を優先してきたつもりもありません。一警察官として、真実のみを見つめてきたという自負がありますので」

「わたしが黙っていようと、利用したがる者が出てくるに決まってるだろ」

「もし何かあった場合は、黙っているだけでなく、鎮静化のために動いていただければ、と願っています」

その言葉の意味を考えているのか、菊島は口をつぐんでいた。

「あとはお願いします」

「おい……君は、辞める気か」

「できれば、まだもう少し働きたいと思ってます」

本意を告げて、通話を終えた。次にまた洋司と保利毅彦に電話をかけた。

「――福留は、我々が見つけた。おまえは絶対、手を出すな。警察を敵に回すようなことはやめておけ。その意味はわかるよな」

「――何かあってからじゃ、遅い。電話をくれ。息子たちのためだ。おかしな動きはするな。まず父親としての責任を果たせ」

あとはまた祈るだけ。

警察官といえども、無力を痛感させられた。息子と強い絆ができていれば、洋司もまず父親に相談したかもしれないのだ。仕事にかこつけて、子育てを妻に任せてきたしっぺ返しが、こういう形で表れていた。

おそらく保利も同じだ。仕事に邁進できたのも、家族の理解があったからなのだ。

「……副署長、ちょっとよろしいでしょうか」

携帯電話を握りながら目を閉じると、運転席から小松響子が呼びかけてきた。

「何だ。まだ鈴本のことで何かあるのか」

「……後ろの古いスカイライン、署を出てからずっと、あとをつけてきてるように思うんです」

バックミラーをちらりと見てから、小松響子が目配せをよこした。

後ろを振り向きたい衝動を抑えて、脇坂は運転席へと身を寄せ、バックミラーに手を伸ばした。横にずらし、後続車を視界にとらえる。

まさか、メディアの者に勘づかれたか……。

ミラーの中を、黒っぽいスカイラインが追尾してくる。

瞬時に思い当たった。確か黒のスカイラインが、中央総建の駐車場にも停まっていた。桐原もえみと仲間だ。

手を引けと言ったにもかかわらず、しつこく脇坂のあとを追ってきている。本気で捜査をする気があるのか、信用がおけなかったからだろう。困った連中だ。車を停めて注意したいが、今は一刻も早く福留の女のマンションへ向かいたかった。

どうしたものか……。と思案をめぐらせた時、私用の携帯電話が鳴った。すがる思いで着信表示を見た。洋司。焦って通話ボタンを押した。

「今どこだ！」

「ごめん、父さん……」

「いいから、その場を動くな。俊太君も一緒だな」

安堵が胸を埋める。洋司の声が、さらに細くなった。

「……いや、一人なんだ。どうにか俊太たちと一緒に、福留の女をつきとめたけど……。鈴本さんと連絡が取れなくなってる。おかしなことになってきた。そう言ったきり、白石も電話に出なくて……。それで、俊太が白石の彼女に連絡つけて、話を聞きに行った。なのに、いつまでも電話がなくて……。だから今、おれ一人で福留の女のところに……」

「待て。鈴本、白石、俊太の三人ともが連絡を絶っているのか」

「いや、俊太はたぶん、白石の彼女と話してるところだと思う……」

鈴本と白石は、警察に追われているかもしれない状況を考え、携帯電話からバッテリーを外し、GPSでの位置特定をされないようにしているのだろう。

「何が何だか、わからないよ。ゴメン、父さん。迷惑かけて……」

「昨日から何があった。どうして鈴本のことまで、おまえが知ってる。最初から冷静に話せ」


洋司は駅の近くにいるらしく、電車の到着を告げるアナウンスがかすかに聞こえた。

荒い呼吸を静めるように間を取り、訥々《とつとつ》と話しだした。

「もとはというと……鈴本さんが俊太におかしなことを吹きこんだんだ」

鈴本英哉が、そもそもの発端だったという。

「俊太のやつ、夜中によくゲーセンで遊んでたんだ。そしたら、向こうから話しかけてきて、コーヒーや食事をおごってくれるようになったらしい。で、話の流れから、向こうが賀江出署の警官だってわかり、あいつも親父が賀江出署にいた、そう教えたら、すごく驚いて。でも、鈴本さんは、最初から俊太に近づくつもりだった。今はおれたちもわかってる」

鈴本の部屋にゲーム雑誌があったのは、俊太と知り合うためだったのだ。すでにその時、鈴本は地下倉庫に入って九年前の記録を調べ、付票の訂正に疑問を抱いた。そこで、保利本人ではなく、息子への接触を考えたと見える。

「俊太は、鈴本さんに言われたんだ。君のお父さんは、賀江出署に配属されたあと、急に出世したみたいだ。最近は誰と懇意《こんい》にしてるか、君たち家族は何か聞いてないかって……」

なるほど。鈴本も、賀江出署で保利がさしたる実績も上げられずにいたのを聞きだしていたのだ。あの捜査記録を読み、そこに出世の理由がある、と予測をつけた。

「俊太は驚いたんだ。あいつも、親父さんのことを心配してたから……。刑事だったんで休みはろくになくて、たまの休日には家族で買い物に出かけたり、食事に行ったりしてたのに、本部に異動してからは、一人でこそこそ出かけるようになったっていうんだ。もしかしたら女がいるのかも。最初はそう疑ったらしい。けど、出がけに嬉しそうな様子がない。鈴本さんにも言われて、おかしいと思ってたら……。昨日、家に帰ってきた途端、どこからか電話があって、急に慌てて出かけたんだ……」

「それで、あとを追ったんだな」

「まさかあいつのお母さんまで、不安に思ってたとは知らなくて。よりによって、うちの母さんに相談してて、俊太のことを尾行したんだ……」

母親の不安は、夫よりも息子のほうにあったのだ。

息子が父親の行動を探ろうとしている。そう知れば、母として居ても立ってもいられなくなったろう。息子を追いかけて家を飛び出し、よき相談相手でもあった有子に協力を求めた……。

「何があったんだ。保利がトラブルに巻きこまれたのか?」

「違うよ……。俊太の父さんは、誰かと会って、すぐに別れたんだ。で、うちの母さんが尾行して、家に戻ったのを見届けてる。俊太は、父親が誰と会ってたのか、そっちの素性を探ろうとして、男のほうを追ったんだ。あいつのお母さんは、やつを止めようとしたけど、ちょうど男が怪しげな店の中に入っていき……。母親を振り切って店に向かった俊太が心配になったから、うちの母さんに電話が行って、結果、おれまで呼び出されたんだ」

洋司は、母親たちのSOSを受けて、タクシーで現場へ駆けつけたという。

「店に入った俊太は、相手の男がヤクザ風の怪しげな連中と話してるのを見て、白石に電話したんだ……」

「俊太君が白石と知り合いだったんだな」

「飲み屋で意気投合したらしい。白石は昔グレてたことあるから、例の男が会ってた連中の素性を知ってるかも……そう思って呼んだんだよ」

「保利を呼び出した男が、その店で会ったという連中の一人が、福留だな」

「それが、またちょっと違うんだ……」

かなり話が入り組んでいた。

次々と怪しげな人物が、保利の周辺に出没してくる。

「その飲み屋にいたヤクザ風の連中に、男は軽くあしらわれて店を出た。おれはその時やっと店の近くに着いて、ひとまず俊太のお母さんを家に帰した。そこに、俊太と白石が男を追って出てきて……。白石が、実力行使に出ようって言って、男を呼び止めた」

「男は何者だ？」

「それが……」

話を聞こうとしたが、男は急に夜道を駆けだしたのだった。

理由はわからないが、その男には逃げる必要があったと思われる。

「男は近くのファミレスに飛びこんで……。店の人に警察を呼ばれたら、まずい。どうしようか迷ってたら……そこに福留たちが現れたんだ」

白石一人が裏の通用口を見張り、洋司と俊太が正面から中を探っていた時だった。福留たち三人が車で乗りつけ、洋司たちに迫ってきた。

「あの男が、福留たちを呼び出したんだと思う。で、俊太が裏へ白石を呼びに行き、おれ一人が袋だたきにされて……」

福留たちに殴られた現場を近くにいた者が目撃し、洋司は救急車で運ばれた。すべてを打ち明けてしまえば、俊太の家族に迷惑が及ぶ。そう考えた洋司は事実を隠し、警察の事情聴取を受けた。

「俊太君は、誰と会っていたのか、保利に訊いたんだろうな」

「いや……。仕事の関連だと言って、絶対にごまかされる。動かしがたい証拠をつかんだほうがいいって、白石が言いだした。——というのも、白石は、駆けつけた男たちのうち、二人に見覚えがあったんだよ。一人が旭町で飲んでた時に何度か見た男で、もう一人が同じ中学の出身で、名前の知れ渡っていた福留だった」

その時点で、俊太と白石が、電話で鈴木に相談を上げたのである。

「警察に通報されたかも、って心配になったらしくて。鈴本さんは、真夜中なのに駆けつけてくれた」

「スクーターで、だな」

白石がそのスクーターを借りて、母校へ向かうことになった。同じ中学の卒業生だった福留の情報を入手するためだ。

ところが、気が急いたせいか、途中で転倒事故を起こしてしまった。その直後、警察に連絡が入り、鈴本の失踪が発覚することとなる。

鈴本は、インフルエンザと称して最初から仕事を休み、今回の件を独自に調査する気でいた。そこに俊太たちから電話が入ったのだ。

しかも、白石が事故を起こしたせいで、仮病の件が発覚しそうになった。大急ぎで白石の彼女に協力を求めて、彼女のアパートに昨日からいたという状況を作り上げた。白石もいったん寮に戻り、賀江出ファームで朝の仕事をこなした。

俊太はその間、福留のアパートへ行って見張り、警察での聴取を終えた洋司も駆けつけたのだ。そこまでは予測がついた。

「福留を追おうとしてたのに、なぜ白石が連絡を絶った。彼は何を調べていた？」

「アパートにもいないし、勤め先も休んでる。だから、友人関係をたぐろうって……昔の仲間に話を聞きに行って。鈴木さんのほうは、一人で関係者を回ってたみたいだ……」

「関係者って誰だ？」

「よくわからないけど、昔の運転手がどうだとか言ってた」

運転手と聞けば、すぐに思い当たることがある。

「元羽佐間産業の契約ドライバーだな」

「その場にいなかったから、よくわからないけど……。白石が福留の住所と勤務先を調べだしてきたら、急に鈴木さんが興奮しだしたらしい」

中央開発との関連に気づいたからだ。

その時点で鈴木は、荒川延昌が何者かに襲われた事実を探り出していたのだろう。警官であれば、襲撃の真相はおおかた想像できる。そこから、中央開発の関連会社を調べていれば、福留の勤務先を聞き、興奮するのは当然だった。

鈴木は、脇坂たちの先を行っている。

「福留と一緒にいたもう一人の男は、トラックのドライバーをしてはいなかったかとか、賀江出にあった建設会社に勤めてはいなかったかとか、二人に訊いたっていう。白石がもう一人の勤め先までは知らないって言うと、それなら調べるまでだって……」

鈴木は、白石の女のアパートで脇坂にインフルエンザで寝こんでいた演技をしたあと、一人で中央開発を調べに向かったのだ。

福留は、保利毅彦が会っていた男に呼び出されたと見ていい。保利は九年前、羽佐間産業の火事と社長死亡の件を捜査していた。さらに、保利が会っていた男は、中央開発と関係の深い者でなければおかしい。

もしかすると……。

鈴本は、荒川たちドライバーから話を聞く必要があると考え、仕事を休んだのではなかったか。

ところが、夜中に保利毅彦が何者かと会い、その人物が慌ててファミレスへ逃げこんだうえ、中央開発の子会社に勤務する福留たちを呼び寄せて、ともに逃走した。そう知らされて、鈴本は多くの可能性を考えてみたと思われる。

荒川が襲われたことで、契約ドライバーは泣き寝入りするしかない状況に追いこまれた。その裏に、中央開発へとすんなり職を得られたドライバー、もしくは社員が関与してはいなかったか。その人物が荒川を呼び出すか、足取りを伝えるかしたから、目撃者のいない場所で襲うことができた——そう考えられる。

ますます中央開発と日之出建設への疑惑がつのる。

鈴本は、羽佐間産業から中央開発、または日之出建設へ転職できた人物を捜しに行ったのだ。そして、何らかの情報を手に入れた。だから、福留ではなく、そのセンを一人で追っている……。

「いいか。おまえは動くな。福留の女のマンションには、何者かが身を隠している。もうすぐうちの署員が身柄を確保する。おまえは絶対に近づくな。あとは警察の仕事だ」

「でも、鈴本さんたちが……」

「心配するな。あとは任せろ。携帯電話の電波を追うこともできる」

念のために、俊太の携帯電話の番号を聞き出し、メモに取った。

白石の番号はわかっているが、電波を追うことまではしていなかった。令状を取る必要があり、罪を犯したと疑われる理由がなくてはならなかったからだ。が、これで急を要する理由ができた。

署に指示を出すため、通話を切った。その瞬間に、また電話が鳴った。着信表示には、もえみ、と出ていた。脇坂は通話ボタンを押した。

「桐原です、ごめんなさい」

脇坂は車の後ろを振り返った。まだ黒いスカイラインが追走していた。

「警察を尾行するのは感心しないな」

「すみません。信用できないって、仲間が言うもので。すぐやめさせます。でも、その前に、どうしても気になることがあったので、思いきって電話をさせていただきました」

こんな時に、桐原もえみまでが急を要する話があるという。

「何かね」

「本当にごめんなさい。仲間がどうしても気になるって言うので、荒川延昌さんから話を聞いたんです」

驚きに言葉を失った。中央総建からあとをつけていたのであれば、脇坂が荒川に会って話を聞いた現場も見ていたはずだ。脇坂が別れたあとで、彼に声をかけたらしい。無茶なことをする連中だった。

「荒川さんに迷惑をかけなかったろうね」

「それは気をつけました。羽佐間聡美の友だちだと言ったら、協力してくれました」

「ということは、仲間が——じゃなくて、君が——話を聞いたんだな」

「そんなことより、パパラッチじゃないでしょうか」

急に話が予想外の方向へ飛んだ。意味がわからず首をひねった。

「こういう仕事をしているので、わたしのマンションの近くに、車が停まってることがあるんです。そういう車の中には、絶対、週刊誌のカメラマンが身を隠しているから気をつけろって、荒木田さんから言われてました」

ようやく話がつながった。九年前の火災が発生した当日、羽佐間産業の軽のワゴンが、近くの路上に停まっていたことを言っているのだった。

「ドライバーの誰かが鍵を差したまま置きっぱなしにするなんて、ありえませんよ。誰かが、会社の前を見張るために、ワゴン車をそこまで移動させたんじゃないでしょうか」

「会社の前を……」
「はい。その人物は、夜中に誰かが来るかもしれない、そう考えていた。だから、ワゴン車の中で待っていた。狙いどおり、その人物が来て、会社に忍びこんだ……」
「待て。何を言いたいんだ、君は」
「そう考えれば、すべてに納得ができます。火事が起きたその夜に、ワゴン車が近くの路上に停められていたこと。聡美のお父さんは煙を吸って焼死したんじゃなくて、頭に傷を負って死亡してたこと。まるで何かの証拠を消すために、放火されたように思えてならないことにも」

携帯電話を持つ手が震えた。

当時の捜査記録に、会社の軽ワゴンが近くの路上に停められていたことは記載されていなかった。火事が発生し、多くの消防車が駆けつけたことは想像がつく。そのどさくさにまぎれて、一台の軽ワゴンが駐車場から移動させられていた事実は、さして気に留められることもなく、見逃されたのだろう。

捜査を担当した保利が、携帯電話の通話記録という証拠物件に気を取られていたことも影響していたかもしれない。

今こそ、証拠物件から削除された通話記録が重要なのだと思えた。

なぜなら——羽佐間社長は、その人物と連絡を取り合っていたはずだからだ。直接会って話もしただろう。だが、羽佐間はその人物が、当日の夜に会社へ来る確率が高い、と踏んだ。だから、ワゴン車の中で待っていたのだ。あるいは、携帯電話で、相手をおびき寄せるようなことを言ったのかもしれない。

誘い出されたと考えたほうが、理に適っている。思惑どおり、ある人物が羽佐間産業をひそかに訪れた。その人物は、羽佐間産業の鍵を手に入れられる立場にあった。

羽佐間社長と親しく、夜中に会社を訪れる理由を持つ者……。

「副署長さん……。聡美のお父さんは借金を抱えてました。でも、当時は選挙運動に入れ揚げていたと聞きました。選挙ってお金がかかりますよね。借金を抱えながら、選挙を手伝う資金があったなんて不思議ですね。そう思って聡美に話を聞いたんです」

刑事顔負けの行動力だ。鋭いところを突いてもいる。

「そしたら、確かに当時の羽佐間さんは、支援者にごちそうしたり、会合場所を借り切ったり、ずいぶんとお金を使っていたようで、聡美たちは心配してたっていうんです。家族と同じように、金遣いが荒くなった羽佐間さんのことを心配するとともに、おかしいと感じた人がいたんじゃないでしょうか……」

「待ってくれ。パパラッチのように、羽佐間社長はその人物が会社に現れると予想をつけていた。つまり、金の出所を問われるかして、言葉につまるとか、うまくごまかせなかったという実感があった。でも、どうして会社に忍びこまれるのを、車の中で待っていたのか……」

「わたしもその点を疑問に感じました。でも、何かその人との間に約束事があったんじゃないでしょうか。たとえば、仕事に関する取り決めとかで——。羽佐間社長とその人の間では、仕事で何かもめていた。さらに、借金がありながら、選挙にお金を使っていることを問いつめられた。だから、羽佐間社長は何かを匂わせて、その人が会社に忍びこもうとするところを待ちぶせしていた……」

舌を巻くとはこのことだった。

桐原もえみは、偽の手紙を送られて、まんまと利用されたことに怒りを覚えた。昔の友だちへの思いもあったろう。意地でも犯人に近づいてみせる。その決意を秘め、犯人につながる手がかりをつかむため、あらゆる可能性を突きつめ、ひとつの推論を組み上げていった。本当に心の底から驚かされる。

「貴重な意見を聞かせてくれて、ありがとう。とても参考になった。すまないが、電話を切らせてもらうよ。必ずあとで報告はする。じゃあ……」

脇坂は早口に告げて通話を切った。横でちらちらと視線を向けてくる小松響子に言った。

「行き先を変更だ。Uターンしてくれ」

「いいんですか。猪名野課長が待っているんじゃ……」

「急げ。下手をしたら犠牲者が出る」

脇坂が声を振りしぼると、小松響子がブレーキを踏んだ。後ろに続くスカイラインも急停止する。

鈴本は、独自に調査を続けて、荒川ではないドライバーに接触し、当時の話を聞き出したのだ。そして、桐原もえみと同じ結論にいたり、白石とその人物のもとへ向かった。それに気づいた俊太も加わっているかもしれない。

三人は携帯電話に応じていない。応じづらい状況にもあるため、電源を切って行動しているのだ。

彼らは何を考えているのか。

白石は、今朝早く母校の職員室に侵入した。同じことを考えているとすれば……。

頼む。どうか早まったことはしないでくれ。

鈴本、おまえは警察官だぞ。証拠を手に入れるためとはいえ、建造物侵入の罪を犯したのでは、捜査の正当性を否定される。昇任試験を考えていなくとも、まともな警官であれば、理解しているはずだった。

鈴本は、隠された罪を憎んでいるのか。個人的な動機から、今回の調査を続けていたのか。それが問題だった。

脇坂は目的地の住所を小松響子に告げると、携帯電話のボタンを押した。署に話をつけて、こちらにも応援を送ってもらうほかはなかった。

20:35

事務所の照明は消えていた。玄関灯と看板を照らす明かりがあるので、辺りはうっすらと見渡せる。

「……誰もいないみたいですね」

小松響子が薄闇の駐車場でブレーキを踏みながら言った。脇坂は横から手を伸ばしてクラクションを連打した。暗い夜空の下に、甲高い音が響き渡った。

外から何者かが来て、騒いでいるぞ。そう知らせるため、立て続けにクラクションを鳴らした。畜舎で動物たちが休んでいる時刻だろうが、人の命を守るためには仕方なかった。

賀江出ファームの事務所の奥には、寮と社長の木辺が住む古屋が二軒建っていた。うっすらと屋根が浮かび上がったように見えるのは、裏手に窓明かりがあるからだった。

最後にだめ押しのクラクションを長く鳴らすと、脇坂は助手席から闇の中に降り立った。警察官の心がけとして、車の中にはハンドライトを入れてあった。それを灯して夜の闇を照らした。

これだけ盛大にクラクションを連打したのに、反応がない。嫌な予感が駆けぬけ、背中が冷えていった。

「君はここにいて、応援の到着を待つんだ。エンジンは止めるな。ライトで事務所のほうを照らしてくれ」

ドアに手をかけた小松響子を見すえて言った。驚き顔が返された。

「一人で行かれるつもりですか……」

「心配するな。万一のことを考えたから、彼らの尾行を振り切らずに来たんだ。見ろ」

脇坂が指差す路上に、スカイラインともう一台の車体を低くしたセダンが停車し、ヘッドライトを消したところだった。

「もし彼らが降りてくるようなことがあれば、全力で止めろ。一般市民を絶対に近づけるな。何かあっては困る」

「……はい」

「それと、君もひとまずロックはかけておけよ。もし何かあれば、すぐ車を出して、君は彼らと逃げろ。おれよりよっぽど頼りになる若者たちだ。署への連絡はあと回しでいいから、まず身を守れ。いいな」

小松響子の頰がわずかに震えて見えた。柔道の有段者であろうと、闇と血迷った被疑者を相手にするのは恐ろしい。もし日之出建設の関係者までが白石に目をつけていた場合、立ち回り先で待ち受けていないとは限らなかった。一触即発の事態も考えられる。

「気はぬくなよ。我々は——警察官だ」

勇気づけるために言ってから、助手席のドアを閉めた。フロントガラスを透して、力強いうなずきが返された。よし、その意気だ。彼女なら心配はない。

ドアロックの音を聞き、脇坂は深く息を吸った。事務所の横手へ向かって走った。

奥の寮には、白石のほか、二人の従業員が今も暮らす。朝の早い仕事とはいえ、まだ寝るのには少し早い。クラクションの連打に気づいて何事かと警戒心を抱いてくれればいいが、想定外のことも起こりうる。

ハンドライトの明かりを頼りに、事務所の奥へ急いだ。

「賀江出警察署の脇坂だ！　いるなら返事をしてくれ。白石正吾君。身を隠しているなら、出てきたまえ！」

力の限りに、呼びかけた。

パパラッチではないか――。桐原もえみの推測が的を射ていたとすれば、羽佐間社長は誰を車の中で待ち受けていたのか。

当時、羽佐間と仕事に関する取り決めでもめていたかもしれない人物。借金を抱えながら、選挙に人と金を使ったことに不信感を強め、羽佐間産業の合い鍵をも手に入れられそうな立場にある者。見事に当てはまる人物が、一人いた。

木辺透だ。

彼は、賀江出ファームの経営が苦しくなり、地元の実業家である羽佐間社長に支援を願い出た。ところが、肝心の羽佐間産業も負債を抱え、社長はついに建設以外の業務を切り捨てようと考え始めた。このままだと、賀江出ファームへの援助は打ち切られる。もしかしたら、取得した株を買い戻せ、と言われていたかもしれない。

木辺には、寝耳に水の話だったろう。借金を抱えながら、なぜ選挙に金を使えるのか。疑問を覚えた木辺は、羽佐間社長と彼が支援する候補者陣営の関係に目を向けた。両者の間に、何か表ざたにできない密約があるのではないか。もしかすると、金銭のやり取りまでが……。

その証拠をつかむことができれば、羽佐間社長の弱みを握れる。賀江出ファームへの援助を続けてもらえるように、話を進められるかも……。そう考えるあまり、彼は羽佐間産業の事務所に忍びこむことを決意したのではなかったか。

と同時に、羽佐間のほうも、木辺と仕事の話を進めていくうち、彼の態度に不安を抱きだした。この男は何かを勘づいている。このままだと、金の流れをつかもうと、思いきった手に出てきかねない。

もし木辺が、法を犯すような行為をしてまで探ってくる気でいるなら、その現場を押さえてやればいいのだ。うまくすれば、賀江出ファームそのものを自分のものにできるかもしれない。そういう企みを秘め、木辺にある種の誘いをかけたとすれば……。

山室サイドから仕事をもらえる確約があり、資金も提供され、契約もできているのだ。悪いが、建設以外の仕事からは手を引かせてもらう。そう宣告されたなら、木辺は焦るあまりに、事務所へ忍びこむことぐらいは平気でしでかすだろう……。

羽佐間の仕掛けた罠に、木辺は落ちたのではなかったか。

夜中に彼が事務所へ潜入したのを見届けてから、羽佐間はワゴン車を降りて、現場に踏みこんだ。そこで二人はつかみ合いとなり——。

鈴本であれば、その推測を立てられる材料をすべて手にしているのだった。

確信を胸に、脇坂は叫んだ。

「賀江出署の捜査員が今、こちらに向かっている。鈴本、聞こえるか。いるなら返事をしてくれ！」

ハンドライトの明かりをめぐらせ、事務所の裏へ足を踏み入れた。

その瞬間、ふたつ並んだ古屋の手前の窓に明かりが灯った。続けて玄関先の照明がまたたき、辺りを照らしだした。

「撃たないでください！」

声が響き、ドア横の磨りガラスに黒い人影が映りこんだ。

「鈴本です！　副署長、ご迷惑をおかけしてすみませんでした。白石君もここにいます。木辺社長はたった今、すべての罪を打ち明けてくれました。本当です、副署長。ですから、銃をホルスターに戻してください！」

「本当に鈴本だな」

「はい。今ここを開けます。――白石君、大丈夫だ。うちの署の脇坂副署長に間違いない。日之出建設のやつらじゃないから、安心してくれ」

大きく呼びかける声に続いて、ドアの鍵を開ける音が響いた。

ゆっくりと玄関ドアが開いた。中から、両手を上げた男が進み出てきた。ハンドライトの明かりを全身に浴びながら、鈴本は両手をゆっくりと下ろして姿勢を正した。

「何だ……ハンドライトでしたか。てっきり日之出建設の一味が銃を持ってきたのかと勘違いしましたよ」

「馬鹿者が！」

脇坂は虚脱して胸をなで下ろしたのち、一気に怒りが沸騰して鈴本英哉に突進した。その胸倉をつかみかけたが、自制してどうにか手を止めた。

とにかく無事でよかった……。今はそれが何よりだった。

こちらの心配などどこ吹く風で、鈴本は涼しげでありながら、心なしか満ち足りたような笑みを頬にたたえ、乱れた髪をゴシゴシとかいてみせた。

「こんなに早く、副署長が追いかけてくるとは、まったく思ってもいませんでした」

「年寄りを甘く見るな」

睨みを利かせて、鈴本に迫った。まだ頭が混乱する中、玄関の奥から、今朝方このファームで話を聞いた白石が頭を下げつつ進み出てきた。

「いろいろ嘘をついたりして、すみませんでした。鈴本さんがいなかったら、もっと大ごとになってたかもしれません」

「北吉川中学校に忍びこんで、職員室の鍵を壊したのは、君だな」

脇坂が向き直って言うと、間に鈴本が割って入ってきた。

「失礼ですが、副署長。ＳＮＳの発達した今の時代ですよ。わざわざ学校に忍びこんだりしなくたって、同窓会名簿なんか簡単に手に入れられますって。白石君が母校の鍵を壊して何になるんでしょうか」

「おまえは黙ってろ！」

　頭ごなしに怒鳴りつけた。鈴本はまだ仲間をかばう気でいた。

　白石が、今度は申し訳なさそうな顔を鈴本に向けた。

「大丈夫ですよ、鈴本さん。学校には菓子折でも持って謝りに行きますから。それでも警察がおれを逮捕するって言うんなら、仕方ないですよ。でも、鈴本さんが言うように、せいぜい書類送検されるぐらいですむでしょうね、たぶん」

「鈴本、おまえはそこまで入れ知恵してたのか！」

「あ……お願いですから興奮しないでください、副署長。奥には木辺さんたちがいるんですから。副署長の怒鳴り声ばかり聞こえたら、捜査の仕方におかしな誤解を抱かれかねませんよ。ここはどうか、冷静に」

　しれっとした顔で、鈴本が両手を広げて、まあまあ、とばかりに上げ下げしてみせた。

　それから急にまた姿勢を正し、脇坂に視線をすえ直して言った。

「ご報告いたします。本日二十時二十分、この賀江出ファームに、本官の友人である白石正吾君と訪れ、社長の木辺さんと世間話をしていたところ、九年前の羽佐間勝孝氏が死亡した件で、実は自分ともみ合いになって頭を打ち、死亡にいたったのであり、自分の犯した行為が恐ろしくなったあまり、羽佐間産業の社長室に放火してしまったと、本官たちの前で話してくれました。なお、本官は休日を使って白石君と会い、ここに来たのであり、警察官の業務とは関係なく木辺さんと語らったまでです。よって、自首と見なされると判断し、これから賀江出署に出頭させようと考えていたところでした」

少しでも木辺の犯した罪を軽くさせようとしての言葉だった。

もし放火殺人と見なされれば、死刑もありうる重罪なのだ。たとえ自首が成立しようと、九年間も罪をごまかし通してきた事実もあった。罪が軽減されるかどうかは、難しい。

それでも鈴本は、木辺が自首をしたのだと、脇坂に認めさせたがっていた。

木辺はこの九年間、協力雇用主として、出所者の更生に寄与してきた実績を持つ。罪滅ぼしの意味があったにせよ、地元のために尽力してきた事実は動かないはずだ。その点を、警察が考慮しないでどうするのだ。生意気にもそう進言していた。

横にいた白石までが神妙そうな顔で言った。

「おれは、社長がいたから、こうして真っ当な人間になれたんです。でも、おれ、馬鹿だから、社長に裏切られたと思い、殴りつけてでも罪を認めさせる、そう一人で頭に血を上らせて、ここへ来たんです。鈴本さんは違いました。おれを諭したうえ、冷静に社長と話し、説き伏せたんです。警察官としてだけでなく、人としても尊敬できると思いました」

「よしてくれよ、白石君。ぼくは君たちが木辺さんを思う心に打たれただけだよ」

「いいえ、すごいっスよ、鈴本さん。テレビでよく見る人情派の刑事より、心に響く言葉をかけてたじゃないスか。おれたちだって感動しましたよ」

まるで変身ヒーローを見る少年みたいな目で、白石は鈴本を見つめて言った。彼らの心を打つほどに言葉をつくし、自白を導き出したとわかる。

「木辺さんはもうすっかり落ち着きを取り戻しています。こちらです」

鈴本が言って、玄関の中へ脇坂を招き入れた。

「おい、保利俊太も一緒なのか」

歩を進めながら言うと、鈴本がまた頭をかきむしった。

「あ、いえ……俊太君は日之出建設の関係者を張ってます。いや、驚きましたよ。まさか白石君の彼女から、ぼくたちの動きを探ってくるとは……。でも、日之出建設のやつらも動きだしてたみたいなんで、こっちに来たら、ちょっと危なくなるかもしれなくて。で、彼らには別のところへ行ってもらおうかと……」

「小狡い罠を仕掛けたわけか」

「ま、そんなとこです」

またも、しれっとした顔で鈴本が笑った。

鈴本は、「彼ら」と言った。当然ながら、俊太と洋司のことだ。二人は警察官の子であり、これ以上は危険な場所に近づけさせてはならない。だから、事件につながる別の調査があるとでも言い、この賀江出ファームに二人を来させない方策を採ったのだ。

「安心してください。二人にはつい先ほど連絡をつけました。でも、こっちには来るなと言ったので、ご迷惑はもうおかけしません」

鈴本なりの配慮であるのは間違いなかった。その手際のよさに驚かされる。が、これまでの勝手な行動は腹にすえかねた。

また睨みつけてやったが、鈴本は人懐こい笑みを浮かべて言った。

「洋司君は実に頑張ってくれました。ホント、助かりましたよ。彼ら二人の活躍もあって、どうにか決着をつけられたようなものです。――あ、靴は脱いでくださいね。ここ、木辺さんの自宅ですので」

土足で玄関を上がりかけたところで、指摘を受けた。本当にはぐらかしてくれる男だ。履き古した安物の革靴を脱いで上がった。短い廊下の先がダイニングだった。大きなテーブルが置いてあり、うなだれた木辺をはさむように二人の若者が座っていた。

制服姿の脇坂を見て、二人の若者が立ち上がった。木辺は心ここにあらずの顔で、脇坂のほうを見ようともしなかった。九年前の罪を認め、放心状態にある。

鈴本が横へ近づいて声をかけた。

「木辺さん。もうまもなく賀江出署からパトカーが到着します。でも、あなたは自首をしたんです。この副署長は、ズル休みをしたぼくを捜しにきただけですから」

あなたの自首は成立している。必ず警察に認めさせるから安心してくれ。彼を説得する材料のひとつとして、警察がすでに動いている事実を伝え、自首するなら今しかない、と訴えたに違いなかった。どこまで気の回る男なのか。

木辺がわずかに頭をもたげ、鈴本に一礼を返した。が、すぐに視線はまた足元に落ちた。

　脇坂は、社長を見守る二人の若者にうなずいてから、テーブルへ歩み寄った。

「木辺さん。ひとつだけ確認させてもらいたい。どうして羽佐間産業に忍びこもうとまで思ったのか。何かしらの確証が、あなたにはあったわけですよね」

　小さく頭が上下した。細い声が押し出された。

「……あいつは、領収書を集めてたんだ」

「山室陣営に渡すためですね」

　また頭がわずかに揺れ動いた。

「事務所を調べれば……絶対にわかると思った。あいつは……自分で宛名と金額を書いてると自慢げに言ってたよ」

　政治資金規正法で、五万円未満の領収書は、総額を明示さえしておけば、報告書に添付する必要はなかった。使途をごまかしたい出費でも、五万円未満の領収書に分けてしまえば、使い道は隠せてしまうのだ。たとえその領収書が偽造であっても、ごまかすことは不可能ではない。ザル法と言われる所以《ゆえん》がここにある。

　その領収書を羽佐間が集めていたとなれば、山室陣営から表に出せない金が渡っていたと見て、まず間違いはなかった。

　脇坂が苦々しく思っていると、なぜか鈴本が目配せを送ってきた。あとに続いて廊下に出ると、鈴本は奥へと歩きながら声を低めた。

「木辺さんは証拠を見つけたんです」

「今言っていた領収書だな」

「はい。それを取り戻そうとした羽佐間さんともみ合いになったそうです。で、階段から転げ落ちていった羽佐間さんが息をしていないとわかって動転し、証拠を残してはならないと火をつけた。領収書の一部は持って逃げた、と言ってます」

木辺は、羽佐間がどこに領収書を保管していたのか、目星がついていたのだ。だから、公職選挙法に触れる決定的な証拠を手に入れようと、羽佐間産業の社長室に忍びこんだ……。

鈴本は、九年前の事件を解決に導いた者とは思えないほど、暗く張りつめた顔になっていた。まだ話の続きがあるようだった。脇坂は目で問いかけた。

唇を嚙むようにしてから、鈴本が声を押し出した。

「しかし……いくら領収書を見つけたとしても、山室陣営から金が渡っていた証拠にはなりません。羽佐間社長が勝手に領収書を集めて宛名を書き、山室陣営に協力するつもりでいた。陣営の指示はなかった。そう言われてしまえば、否定する材料はないからです。それでも木辺さんは、真相が発覚しそうになった時に備えて、領収書を持ち出した、と言います。いざとなった時、山室雄助という大物政治家を頼りにしようと考えて、です」

確かに手書きの領収書が見つかったぐらいで、山室サイドから羽佐間へ金が流れた証拠にはならない。当然、互いの銀行口座に証拠を残すようなヘマもしていないだろう。

九年前は、政権交代が盛んに叫ばれていた時の選挙だった。山室は野党候補の猛追を受け、懸命の選挙を続けていた。票の取りまとめを依頼し、山室サイドから羽佐間に金が流れていた可能性はあったろう。が、それを証明する手立ては見つかっていないのだ。

「副署長……。あの火事で、社長室は焼けてしまいましたが、問題の領収書は金庫の中だった、と木辺さんは言ってます。しかも、その金庫の鍵は、羽佐間社長のデスクの抽出に、いつも入っていたそうです」

疑問が氷解する。木辺はそこまで知っていたから、事務所に忍びこもうと考えたのだ。無論、羽佐間にそう仕向けられたのだろうが。

鈴本が身を寄せ、脇坂の耳元へ顔を近づけてきた。

「火を消し止めたあとで、当然、金庫は開けられています。おかしな領収書が見つかり、宛名に山室の政治団体名が書かれていれば、これまた当然、警察は山室サイドに確認したはずです。その団体の関係者と羽佐間社長がどれほど懇意であったか、携帯電話の通話記録も調べたと思われます」

そうか……。脇坂は拳を握りしめた。

ここで、保利たちが証拠として取り寄せた通話記録が関係してくるのだ。

「じゃあ、金庫の中には、まだ領収書が残っていた、と……」

「わかりません。ですが、そう考えると、筋が通ります」

鈴本がさらに声を低めた。白石たちの耳に入れたくない話題が続く。

「どういたしましょうか、副署長。木辺さんが持ち去った領収書の件は、必ずあとで問題になります」

「仕方ないだろ。警察官が証拠を握りつぶせるものか」

意地でも言った。しかし、九年前、証拠のひとつを握りつぶした者たちがいる。そうとしか考えられない状況があるのだった。昔の捜査記録には、訂正された付票という、見る者が見れば事実を推定するに足る動かしがたい物証が残されてもいた。

「うちの署長は、必ず事実を公表し、事を大きくしたがります」

意味ありげに言い、鈴本が暗い穴をのぞくような目になった。

この事件は、県警内の派閥争いに利用されていく。

一巡査部長にすぎず、署内でも人付き合いを苦手とする鈴本までが、派閥の鍔迫り合いを知っていたとは驚きだった。脇坂に続いて菊島が異動してきたことで、署の隅々にまで噂が吹き荒れたと見える。

情けなくて、涙が出そうになった。人事を気にしてばかりの〝公務員〟が、警察内でも幅を利かせつつある。

「余計な心配はするな。それより、おまえにはやるべきことがあるはずだ」

受けて立つ視線を返して言った。鈴本が息を呑むような表情を見せた。少しは自覚があったらしい。

「おまえは、どこまで裏を読んで、今回の調査を続けてきたんだ。保利たちが付票を訂正していた意味に気づき、その息子に近づいてみるか、と安易に考えたわけじゃないだろうな」

　厳しい指摘をぶつけると、鈴本の目が力を帯びた。

「いえ、気軽に近づいたわけではありません。俊太君は、父親に明確な不信感を抱いてました。昔とまったく人が変わってしまった。あの子は自分一人でも、父親を尾行する気だ、と言ってたほどです」

「しかし、おまえが関与したことで、あの子は結果的に、自分の父親を摘発する側に立ってしまったわけだぞ。本当に結果を見通して動いたと言えるのか」

　当然、鈴本は結果を予測していたはずだ。だから、俊太と洋司をこの賀江出ファームに近づけないよう、手を打ったのだ。

　このまま調査を進めていけば、保利警視の行為をあばくことになる。いくら父親に不信感を抱いているにせよ、彼自身の手で父親を摘発させるようなことはさせられない。木辺が犯した罪と、九年前に賀江出署の警察官が手を染めた行為が関連していた事実を、できるものなら隠しておきたい。

　県警の幹部も、内々に関係者を処分はするだろうが、対外的な公表はしないと想像はつく。そうであれば、俊太も父親を追いつめた罪の意識に悩まされることはない。当然ながら、俊太に声をかけた自分の罪も軽く感じられてくる。そこまで読んでの行動なのだ。

「鈴本。おまえは何が目的で、今回の調査を進めたんだ」

見すえて問いつめると、鈴本は唇を嚙み、視線を落とした。

「まったく個人的な動機からでした。まさかここまで大きな事態になってくるとは思ってもいませんでした……」

「なぜ九年前の事件に着目した」

迷うように視線が揺れた。

「偶然とは思えなかったんです……。桐原もえみが一日署長に来ると決まったとたん、羽佐間産業について、いろいろ聞きたがる人が出てきたので。ちょっと調べてみたら、桐原もえみは羽佐間社長の娘と同じ歳で、同級生だったとわかりました」

そこで予感を覚え、地下倉庫の捜査記録を調べてみたわけなのだ。

鈴本が意を決するように視線を上げた。

「本当はもう少し早く仮病を使わせてもらうつもりでした。でも、俊太君と知り合い、彼の気持ちを確かめるのに手間取ったこともあって、ギリギリのタイミングになってしまいました……」

「仲間に仮病という嘘をつき、十九歳の少年を利用してまで、一人で手柄を立てたかったのか」

「違います。証拠は何ひとつありませんでした。ぼくのようなものが上に何を言ったところで、まず相手にしてもらえないとわかってました。ですが、警察官として絶対に見逃してはならない。あの捜査記録を見て、そう思えてきたんです。それに……」

鈴本は息をつき、少し迷うように言葉をつまらせた。

一人でうなずき、脇坂に視線を戻した。

「俊太君は、ぼくに言いました。自分は両親にずっと迷惑をかけてきた。だから、警察官になるつもりでいる。父を信じたいんだ、と。似た意味の言葉は、洋司君からも聞いています」

彼が自分で言ったように、最初は個人的な興味だったのだろう。だが、鈴本は、俊太という若者と出会うことで、単なる興味を超えて、警察官である自分が追うべき事件なのだと、揺るぎない決意を固めていったと思われる。

彼らは刺激を与え合い、自分たちの進むべき道を見つけていったのだった。警察官の一人として。警察官の息子として。

「鈴本さん、警察が来ました」

廊下に白石が飛び出してきた。耳をすますと、小さくサイレン音が聞こえていた。やっと署から応援が駆けつけたのだ。

「いいか、鈴本。おれは消える。あとは頼むぞ」

彼には、脇坂が何をしようというのか、すぐ見当がついたらしい。深くうなずき、姿勢を正した。

「最後の質問だ。どうして今、羽佐間産業について訊いてきた警察官の名前を口にしなかった」

鈴本はまた足元に視線を落としてから、顔を上げた。

「最初は……本当に個人的な動機でした。この署に来て、あの人からずっと嫌がらせを受けてました。たぶん、あの人にそういう意識はなかったと思いますが」

そんなことだろう、と想像はしていた。彼は閑職に異動させられ、ずいぶんと腐っていた。階級社会の常で、上には逆らえず、息抜きの対象は下へ向かう。

脇坂はその名前を告げた。

「――上月浩隆だな」

それですべての説明がつく。

恥じ入るようなうなずきが返ってきた。

脇坂は鈴本の肩をひとつたたくと、玄関へ向かって足を速めた。

20:56

大急ぎで靴を履いて外へ出た。事務所の奥から回りこみ、駐車場へ走った。サイレン音が高鳴り、夜空の一部が赤く光を放つ。パトカーはもう近くまで来ていた。

「副署長……」

脇坂の姿を見て、小松響子が運転席から降り立った。彼女を手で押しのけて、脇坂は代わりに運転席へ身を滑りこませた。

「中に鈴本がいる。あとは頼むぞ」

言いながらドアを閉めた。ギアをつないでサイドブレーキを解除し、車をスタートさせた。

「待ってください……」

ミラーの中で小松響子が手を振り回したが、一目散に車を敷地から出した。折しも二台のパトカーが目の前に迫ってくるところだった。その横をすりぬけてアクセルを踏んだ。

案の定、ポケットの中で携帯電話が鳴った。こちらに気づいたパトカーからの問い合わせだ。

脇坂は少し速度を落とし、携帯電話の通話ボタンを二度押してから、アドレス帳を片手で表示させて息子に電話をかけた。

「よく聞け。鈴本から話は聞いたよな。おかげで事件は解決した。おまえは俊太君を支えてやるんだぞ」

「じゃあ、もしかすると、あいつのお父さんまで……」

真相をすべて教えずにいたのは、鈴本らしい優しさなのだろう。が、息子たちにも多少は考えることができる。覚悟はしていたようだった。

「この先、どう決着がつくかはまだわからない。どっちに転がるにしても、おまえは友人として俊太君をしっかり見守れ。奥さんのほうは、有子が何とかするだろ。一緒に尾行までした仲みたいだからな」

「待ってよ、父さんは——」

洋司もその先の予想はつけられたらしい。声に不安がにじみだしていた。

「おれは副署長の仕事に専念するだけだ。いいな、あとは頼むぞ」

それだけ言って電話を切った。

次に、信号で停まった時を見計らい、保利毅彦の名をアドレス帳から選んでボタンを押した。

またも出なかった。往生際の悪いやつだ。

ここまで来てまだ逃げられると思うほどの楽天家ではないだろう。しつこくメッセージを吹きこんでおく。

「——脇坂だ。いいか、よく聞け。賀江出ファームの木辺社長が、九年前の放火を自白したぞ。彼は羽佐間産業の社長室から領収書を何枚か持ち出していた。その意味がわかるよな。おれは今から、昔懐かしい官舎に向かう。その意味も、おまえならわかるはずだ。待ってるからな」

彼は来る。

いや、すでに官舎へ赴き、二人で今後の策を話し合っているかもしれない。
脇坂は携帯電話の電源を落とし、暗いフロントガラスの先を見つめて運転に専念した。

第七章　警官の誇り

21:47

時刻は二十一時半をすぎた。

県警本部から車で十五分もかからない官舎前の通りを見渡した。いつもなら、黒塗りのハイヤーが並ぶ時刻なのに、今日は一台も停まっていなかった。

各報道機関はニュースのネタを稼ぐため、政治家や警察幹部の自宅を訪ねて話を聞く。県警本部で幹部が定例会見を開いてはいたが、現場を率いる刑事部長などの自宅にも、彼らは押しかける。夜中や早朝に記者の相手をするのも、警察幹部の仕事だった。

近所の住人に迷惑をかけたくないと考えて、幹部の座に就くと、自宅を出て官舎に部屋を借りる者は少なくなかった。脇坂も五年前、刑事部管理官を拝命したが、地味な二課の担当だったため、記者が自宅に押し寄せてきたのは、例の贈収賄事件を指揮した時ぐらいのものだった。

今日は、その〝夜討ち〟に来ている記者がいなかった。

県下で大きな事件がないからではなく、彼らの目当てとする人物から、今日は引き取ってくれ、と言われたのだろう。記者たちも、幹部に嫌われては仕事にならないため、強く拒まれた時は、よほどの理由がない限り、引き下がるのが紳士協定にもなっていた。おそらく、体調が悪いなどの方便を使い、今日一日は〝夜討ち〟に応えられそうにない、と告げたのだ。県警本部を出たのは確認してある。脇坂が電話をしてから慌てて動いたにしては、官舎の前が静かすぎるので、保利から相談を受け、即座に手を打ったと思われる。

来客用の駐車スペースに車を停めた。運転席から降り立ち、夜の冷気を胸深くに吸った。一号棟へ向かったところで、男の声に呼び止められた。

「どこをお訪ねですか、脇坂副署長……」

得意げな声の響きに、背中が張りつめた。

気を落ち着けて振り返ると、駐車場の薄暗い外灯下から、一人の男が歩み出てきた。

「またおまえか……」

恐るべき嗅覚に感心する。東和通信の細倉達樹だった。

手にしたノートをこれ見よがしに振りながら、自信に満ちた足取りで歩み寄った。

「おかしいと思ってたんですよ。イベントの最中、菊島署長が中座ばかりしてたし、なぜか賀江出署はがっちりガードされて、中の取材もできなくなってた。おまけに、今日は体調が悪いから、赤城部長の夜討ちは勘弁してくれ、と広報からアナウンスがきた。何かあるに違いない。そう考えながら張りこんでたら、ズバリ、命中したみたいだ」

鼻高々に語る男を待ち受けて、言った。

「広報課の要請に堂々と刃向かうとは、いい度胸だな。明日から当分、おまえら東和は、出入り禁止になると思えよ」

細倉は、わざとらしく肩を揺すって笑う振りをしてみせた。

「脅しは効きませんよ、脇坂さん。こうやって、密かに事件を処理しようと赤城派が動いた事実がある。よその記者にも教えてやりますから。そうなりゃ、記者クラブ全社結託して、県警に抗議する事態になるとは思いませんかね」

「おれは赤城派じゃない」

「見えすいた嘘はやめてくださいよ。だって、桐原もえみを見つけてきたのは、菊島派だったはずですよね。一日署長に呼んだアイドルの車を、生活安全課の刑事が調べたとなれば、何があったかは、まあ想像するまでもない。薬物関連の事件がもし表ざたになれば、県警はいい笑い物になる。そこで、桐原もえみを見つけてきた菊島派にすべての責任を押しつけようと、ここで鳩首《きゆうしゆ》会談ってわけですよね。もしかしたら、向こうの派閥から何かしらの裏取引でも引き出すつもりでしょうか」

取材力は見上げたものだ。小学校でミニバンのゴミを採取した現場を、遠くから盗み見していたようだった。しかし、推理のほうは、飛躍と深読みがすぎていた。

「熱心なのは誉めてやろう。けど、今すぐ記者クラブに戻ったほうがいいぞ」

「戻りませんよ。あなたがたが真実を話してくれるまでは」

「たぶん、今ごろ記者会見の準備が進められている」

予想外の言葉だったらしく、細倉が小さな目を見開いた。

「桐原もえみの活躍ぶりも、もしかしたら発表されるかもな」

「活躍って……あのジャリタレが何を――。だって、車を調べてたじゃないですか」

「我々警察は、あの子の執念に引っぱられたようなものだ」

どこまで県警が発表するかは想像するしかない。しかし、醜聞を隠す意図から、人気アイドルの活躍ぶりを発表すべし、と提案する幹部が出るに決まっていた。

世はヒーローの出現を待っている。友だちのために彼女が動いた事実を発表すれば、マスコミと世間の目はすべて桐原もえみに集中する。九年前の事件の裏に、警官たちの恥ずべき行為があった事実に気づく者は出ないだろう。

その算段は、事件の当事者である赤城と保利をのけ者にして進められているはずだった。過去の事件なので、今の刑事部長が会見に同席せずとも、怪しむ者はいない。おそらく今ごろは、桐原もえみとその事務所に、彼女を主役にした記者会見にしていいか、許可を願い出ているところだろう。

アイドルを祭り上げることで、身内の恥を覆い隠す。ほかに打てる手立てはなかった。

「嘘だと思うなら、今すぐ仲間に問い合わせてみろ」

細倉はまだ脇坂の言葉を疑っていた。が、スマートフォンを取り出し、慌てて連絡を取り始めた。

脇坂は、官舎の粗末な門を指で示して言った。

「ほら、早く記者クラブに戻れ。我々は反省会を開くんだ。その意味は、記者会見に出席すれば、必ずわかる。さあ、今すぐ官舎から出ていってくれ」

21:53

細倉の背中が門から出ていくのを見届けると、脇坂は一号棟へ足を速めた。

この地にあった中央官舎を出て、もう十年以上になる。懐かしく思わずにすむのは、昔の面影がまったくないからだった。地元の大物政治家である山室雄助が予算の獲得に尽力したこともあり、立派なマンション風の建物に変わっていた。隔世の感がある。

一〇一号室の呼び鈴を押した。

待っていたかのような早さで「入ってくれ」と男の声で返事があった。鍵が開けられる音がして、ドアが押された。

「君が呼び出した保利君も、もう待っているよ」

脇坂は人並みの礼儀として、姿勢を正した。

彼の部屋なのだから当然でもあったが、まさか赤城刑事部長自らがドアを開けにくるとは予想もしていなかった。ワイシャツにグレーのスラックス姿で、官舎に戻っても寛《くつろ》いでいる暇はなかったとわかる。

普段から喜怒哀楽を隠そうとしない男だった。現場を鼓舞する意図もあったが、その反面、大学出のエリート然とした者とは違うと、あえて線を引いてみせたがる狙いが感じられた。その赤城が、許可も得ずに乗りこんできた部下を前に、無理したような無表情を気取っていた。死神と陰で言われる理由でもある長身痩軀《ちょうしんそうく》が、今は小さく丸まって見えた。

「失礼します」

赤城に続いて狭い廊下を進むと、リビングに出た。十五畳近くあるだろう。昔の官舎より恵まれていた。これも山室雄助のおかげと言えそうだった。

リビングの真ん中には、不釣り合いなほど大きな布張りのソファが置いてあった。〝夜討ち朝駆け〟の記者を持てなすため、県警が用意したものと思えた。その三人掛けの端に、保利毅彦が憮然《ぶぜん》とした顔つきで座っていた。脇坂には目も向けず、立ち上がりもしなかった。

赤城は、そこがいつもの席のようで、テレビの向かいに位置する一人掛けに腰を下ろした。

「妻は出かけてる。だから、お茶も出せなくて、悪いね」

「いいえ。茶飲み話をしに来たわけではありません」

赤城が、保利の向かいの二人掛けを示したが、脇坂は座らなかった。彼らの派閥に加わる心づもりは、もとよりなかった。

立ったままでいる脇坂を見て、赤城が薄い唇の端を持ち上げた。

「最初から喧嘩腰かね」

座れ、とあごで示されたが、動かなかった。

冷ややかに見返すと、赤城は仕方なさそうにうなずいた。

「まあ、いいだろう。だいたいの話は保利君から聞いた。君はもっと大局を見通せる男だと思ってたよ。だから、現場に戻すべきだと進言したんだ」

押しつけがましい言葉には、首を振って返した。小賢《こざか》しい駆け引きは聞き流すに限る。

「もう少し冷静に考えたほうがいい。君は何か大きな誤解をしているようだからね」

「誤解であるなら、なぜ夜討ちの記者を官舎から追い返したのか、意味がよくわかりません」

赤城の笑みが広がった。演技過剰なほどに。

「もちろん、君が血相変えて駆けつけてくる、とわかったからだ。記者たちが集まる中、あることないことまくし立てられたのでは、県警の恥になる」

「わたしも県警の恥を、いたずらに広めたくはありません。だから、潔く事実を認め、責任を取ってください。そう進言するために来たんです」

赤城が、手を焼かせるなと言わんばかりに、肩をすくめてみせた。現場では、もっとストレートに自らの思いを表したがる男が、余裕ある態度を心がけようと努めていた。

「県警からの呼び出しは、まだ入ってはいませんか？」

脇坂の問いかけに、赤城はうなずきも、首を振りもしなかった。

「すでに賀江出ファームの木辺社長が、九年前に何があったか、うちの署の者に自白をしています。当然ながら、署を通じて刑事部にも連絡は行ったはずです」

その責任者たる赤城に、緊急の報告が来ていないわけはなかった。

赤城はスラックスのひざを、意味もなく平手で払いのける仕草をした。

「話を聞いて、わたしも大いに驚かされた。まさか、賀江出ファームの社長が、羽佐間さんを手にかけていたとは、当時の刑事課にいた者すべてが考えてもいなかったからね。その点では、指揮を執ったわたしもふくめて、大いに反省しなければならない点があると思う」

上辺を取りつくろう言葉は聞きたくなかった。脇坂は言った。

「――赤城警視正。現状では、木辺透が羽佐間産業の社長室にあった金庫の中から、山室雄助の政治団体に渡そうとしていた領収書を見つけて、持ち帰った事実があるにすぎません。ですので、金庫の中にまだ何枚かの領収書が残されており、それを当時の賀江出署の者が見つけ、また羽佐間社長の携帯電話の通話記録を取り寄せ、山室の関係者と羽佐間社長が頻繁に連絡を取り合っていたことをつきとめた、という証拠が出てきたわけではありません。つまり、山室の政治団体が羽佐間社長に現金を渡し、票の取りまとめを依頼したというような選挙違反の事実が立証されたわけではなく、またその事実をつかんだあなたたちが、山室サイドに恩を売るため、通話記録を証拠から削除した、と指摘できるわけでもないのです」

「そのとおりだよ。我々は、羽佐間社長の金庫の中から領収書など見つけてはいなかった。なあ、保利君」

上司から呼びかけられても、保利は返事をしなかった。

わかりきった弁解には耳を貸さず、脇坂は指摘を続けた。

「赤城警視正。わたしはあなたが山室雄助という地元で絶大な力を持つ政治家に近づき、その力を利用して、県警内で派閥を固め、出世を狙ったなどとは、まったく考えてもいません」

赤城の口が、「ほう」と言うように動いた。

「なぜなら、警視正は今なお、官舎暮らしを続けておられる。この部屋を見ても、贅沢な暮らしとは無縁だと、誰もがわかる。昔から警視正が身銭を切って多くの情報屋を雇い、捜査に役立てていたことは、我々も承知してます。刑事畑を歩んできた者であれば、警視正が仕事に全精力を傾けてきたことを、皆知っている」

赤城がまた、演技過剰に大きくうなずいてみせた。

「警視正が山室代議士に恩を売ったのであれば、それは警察のためにほかならない。少しでも予算を獲得し、県警職員が心置きなく仕事に邁進できる、そういう環境作りを進めたかった。だからやったことなのだ、とわたしは信じています」

今度は、静かに首を振られた。恩を売った——その前提から間違っている、と主張するためなのだろう。

「五年前、わたしが手がけた贈収賄事件で、証拠を保存したＵＳＢメモリが紛失しかけたことがありましたよね」

二人を交互に見たが、返事は得られなかった。

「あの時、保利がわたしの近くにいたことを、ここで問おうとは思いません。何ひとつ証拠がなく、手出しのしようもありませんから」

今となっては可能性の問題でしかなかった。こちらにも山室の親族が関係している。だからといって、警察官が証拠を消すため、ＵＳＢメモリを盗んだとまでは思いたくなかった。捜査本部がどこまで証拠を握っていたか。不安に思った者が、確認をしたくなった程度のことだと思いたい。

「しかし、九年前の事件に関しては、別です。うちの署長はおそらく、警視正の弱みをつかもうと、すでに管区警察局にも話を上げ、徹底調査を働きかけたと思われます。菊島警視正は、県警への愛着より、自分の出世を優先させたがる人のようですからね。下手をすれば、知り合いの記者にリークし、事を荒立てようと謀るかもしれません」

赤城が大きくかぶりを振った。

「迷惑な話だよ。火のないところに煙を立てれば、ただ我々の評判を落とす結果にしかならないのに、な……」

たとえ県警の看板に泥を塗ろうと、自分が出世して汚名返上に尽力すればいい。菊島であれば、そう考えて動く。百も承知で赤城は言っていた。

「ですので、警視正、ここは多くの仲間のために、潔く身を退いてください」

馬鹿も休み休み言え。赤城の目が怒りの色に染まり、こめかみが激しくうねった。

それでも言うしかなかった。

「証拠はどこにもない。そう考えているなら、大きな誤解なのです」

脇坂は言って、黙りこむ保利へと視線を移した。

赤城が弾かれたように体を揺らし、忠実な僕《しもべ》であるはずの男を見つめた。

「昨夜、誰と会っていたんだ、保利。もう隠しても無駄だぞ」

保利がうつむいたまま、目だけで脇坂を見上げた。

揺れる瞳に困惑が表れていた。唇が震えを見せたが、言葉は出てこなかった。なぜ知っているのだ。まだ隠したカードがあるわけなのか。こちらの出方を待っていた。

期待に応えて、カードを切った。

「署の捜査記録を見て、通話記録が証拠から削除されていた事実に疑問を覚えた署員がいたんだ。その男は、個人的な動機から、事件の不審な点を洗い出すべきだと考え、まず君の息子――俊太君に接近した」

息子の名前を出されて、保利の体がびくりと震えた。

「その署員は、君と赤城警視正が山室陣営の何かをつかみ、利用したのではないか、と予測をつけた。君が賀江出署時代からさしたる実績も上げていないのに出世をつかんだ話を聞き、さらに確信を深めたらしい。そこで、君が今も山室の関係者と連絡を取り合っている可能性があると踏んで、家族に近づこうとしたわけだ」

「菊島派のやつか……」

歯噛みの音が聞こえそうなほどに声をきしらせて言い、保利が脇坂を睨みつけてきた。

「彼は、菊島派閥に属するほどの男じゃない。単なる一巡査部長だ」

「嘘をつくな！」

保利の足が苛立ちに跳ね、テーブルが音を立てて揺れた。

「本当だよ。その巡査部長は、菊島派閥に加わろうとする先輩署員に、ずっと意地の悪いことをされてきたので恨みに思い、彼を追いつめようと考えた。君の出世の理由を血まなこになって調べ出そうともした。巡査部長が九年前の火事に目をつけたのは、ある意味、当然だったのかもしれない」

「おい、誰と会ったんだ。保利」

赤城が苛立ちをこめ、声をとがらせた。保利は足元に視線を落とし、顔を上げようとしない。

脇坂は先を続けた。

「君は昨夜九時すぎ、ある人物から電話をもらい、急いで家を出ていった。その慌てぶりを見て、俊太君があとをつけた。気づいていなかったようだな」

「そうか。あんたがあとを追わせたんだな。よくも俊太をそそのかしやがって……」

警察という狭い井戸の中での出世に目を奪われた哀しき男が、拳を固めて腰を浮かせた。

脇坂は冷ややかに首を振った。

「息子と女房に今すぐ電話をかけて、確かめてみればいい。わたしと洋司は俊太君をそそのかしてはいない」

「どうして妻が知っている」

「奥さんは、君が浮気をしているものと勘違いをしてたらしい。で、俊太君までが君を追おうとして家を出たのに驚き、大急ぎで二人のあとをつけていった」

「ごまかすな、保利。おまえは誰に会ったんだ」

赤城がたまりかねたように言い、足先で三人掛けのソファを強く押した。捜査本部で指揮を執っていたころの地が戻りつつある。

保利が目をそらしたまま言った。

「友人ですよ。警察官だろうと誰を友人に持っても、別におかしくは……」

「だから、誰だ。どうしておれに連絡もせずに会ったんだ。馬鹿者が！」

赤城がテーブルをまた足で押しやった。その迫力に、保利が身を引き、目をまたたかせる。

「おまえはまだわからないのか。ここにいる脇坂は、根っからの警官だぞ。この男だけじゃない。菊島だって同じだ。事件の臭いを嗅ぎつけたら、最後まで食らいついてくる。やつは必ず監察を動かすに決まってる。おまえが管区の厳しい取り調べに、友人だと最後までシラを切りとおせるものか。誰だ、言え！」

吠える虎の前で、借りてきた子猫が背を縮めた。悔しげに脇坂を見上げながら口を開いた。

「……中西《なかにし》という古くからの友人です」

名前が出た瞬間、赤城が三人掛けのソファを蹴りつけた。

脇坂には、その男に関する情報はなかった。保利を見つめた。

「どういう人物だ」

保利は横を向いてみせ、悔しげに言葉を継いだ。

「……水盛《みずもり》修三《しゅうぞう》の、第二秘書だよ」

あっけなくも、つながった。

賀江出市議会議員、水盛修三。山室雄助の元秘書で、過去には金庫番も務めた男。今日も、一日署長のイベントに、山室とともに出席していた。

「呼び出された理由を教えてくれ」

脇坂がさらに迫ると、保利が目をむいて立ち上がった。

「だから、友人だと言ったろうが！　議員秘書の仕事はストレスが多いんで、時たま一緒に飲んで愚痴を聞いてやってたんだ。その何が悪い！」

「隠しても無駄だぞ。俊太君は、君が中西という男と別れたあとも、しつこく尾行を続けてた。もちろん、中西のほうを、だ」

保利の目が見開かれた。のどが大きくひくつき、あえぎが洩れた。赤城は何度も荒く呼吸をくり返している。

「中西はその後、怪しげな店でヤクザ風の男たちと会っていた。だが、相手にされなかったらしくて、すごすごと店を出てきた。そこを俊太君たちに呼び止められ、慌てた中西は走って逃げた。近くのファミリーレストランに駆けこみ、知り合いに電話をかけて助けを求めた。誰を呼び寄せたと思う？」

二人を交互に見て問いかけたが、答えは返ってこなかった。保利はまたソファに座り直し、足元を睨みつけた。

「中西が呼び寄せたのは、中央開発の子会社に勤める福留寿弘という男だ」

「なるほど。よくわかったよ。中央開発には、山室代議士の甥が役員として働いていたな」

急に評論家のような口調で、赤城が割って入った。保利を見て言う。

「そういうことか……。君は九年前、山室の下で働いていた友人が、おかしな疑惑をかけられたのでは困ると考え、羽佐間社長の携帯電話の通話記録を削除したいと言いだし、わたしも捜査に影響は出ないと考えたから、認印を押した。その判断が、木辺の犯した傷害致死と放火の罪を、結果として隠すことになってしまった。潔くその事実は認めるしかないだろうな」

　耳を疑った。保利も啞然として顔を振り向けた。

　赤城は瞬時に、素晴らしい弁解を思いついたのだ。

　九年前、賀江出署の刑事課は、確かに事件の真相を見誤るミスを犯した。しかし、それは、保利殺彦という一捜査員が、友人に迷惑をかけたくないという個人的な動機から、羽佐間の通話記録を証拠物件から削除したためであり、その許可を与えた自分にも少しは責任がある。決して、自分の出世や警察予算の獲得と引き換えに、山室サイドの要請に応えたわけではない。おかしな癒着関係にはなかった。

　すべてのミスを、保利の個人的な配慮の結果にすり替える。自分も謝罪はしよう。そこまで譲歩すれば、県警の上層部も、管区警察局も納得してくれる。

「なあ、保利、もう認めるしかないだろ」

　おまえならわかっているはずだ。責任を被ってくれれば、あとでまた引き上げてやることもできる。おれを信じろ。警察組織を守るためでもあるのだから、ここは身をなげうつ覚悟を固めろ。あとは任せろ。そう赤城は誘いかけていた。

　保利の顔から血の気が引き、頰が小刻みに震えていた。

　脇坂は侮蔑の眼差しを隠さず、言った。

「警視正。あなたは保利一人に詰め腹を切らせる気ですか」

「おいおい、何を言ってるんだ、脇坂君。わたしは事実を認めるように、保利を諭しているだけだ。もし保利が無駄な抵抗をして、菊島の一派が騒ぎをあおり立ててきたら、記者たちにも勘づかれてしまいかねない。そうなったら、君が言ったように県警の赤っ恥になる」

臆面もなく言いつのり、赤城がまた保利を見つめた。

脇坂も保利に告げた。

「見ろ。君が信頼して支えていこうと決めた男の本性が、これだ。この人をかばったところで何も得られやしないぞ。中西と会って何を話したんだ。今ここで、すべてを打ち明けろ」

保利の目には、まだ迷いがあった。脇坂と赤城を見比べ、視線を落とした。

「中西から呼び出された理由は、いずれ監察官が暴き出すことになる。今ならまだ間に合うんだ。県警に実害が出ない道を、我々で見つけることができるかもしれない。中西が君を呼び出したのは、今日、賀江出署で行われた一日署長と関係してるんじゃないのか」

保利が反射的に顔を上げた。なぜ……。そう口が開きかけたものの、言葉は出てこなかった。真実を言い当てられた驚きが、顔に表れていた。

赤城も目をむき、横から睨みつけてくる。脇坂は説得の言葉を続けた。

「このタイミングで、桐原もえみが一日署長として地元に帰ってきたんだ。彼女が羽佐間社長の娘と同級生だったとわかれば、九年前の事件が嫌でも思い出されてくる。しかも、桐原もえみに目をつけたのは、菊島の一派だという噂があるじゃないか」

それ以上は聞きたくないとばかりに、赤城が立ち上がった。

「さあ、保利、立つんだ。今から本部長のもとへ行くぞ。真実をすべて打ち明け、九年前のミスをどう謝罪するか、多くの幹部の意見を聞こう。ほら、おれがついて行ってやる」

「警視正。まだわからないのか。あなたはもう負けたんだ。桐原もえみを呼んだのは、九年前の事件の裏に隠された事実を、こうやって表に出すためだった。だから、危険を察知した中西が慌てて保利を呼び出した。どうにかして、桐原もえみと九年前の事件を結びつけないようにする道はないか。薬物疑惑でも彼女にかけることができれば、口を封じられる。薬が用意できるか。それに近い相談を受けたんじゃないのか。保利。正直に言え！」

考えることは、皆同じだ。芸能人には薬物疑惑がついて回る。イベント前に容疑が確かなものになれば、中止に追いこめる。イベント後であれば、彼女への妨害工作と判断される。

「何も言うな、保利！　真実を話すのなら、本部長の前にしろ。こんな男の前で何を言ったところで、県警のためにはならない」

赤城が肩に力をこめて保利を脅しつけた。この男は、まだ逃げ道がどこかにあると信じているのだ。

「赤城警視正。あなたがたがおかしな動きをすれば、あえて記者に真実をリークする者が絶対に出てくる。どうして、それがわからないんだ！」

赤城が身を揺すり上げ、脇坂を睨みつけた。

「黙れ。証拠もなく、勝手な憶測だけで記事が書けるものか」

「週刊誌の連中であれば、平気で書きますよ。彼らは記者クラブに加盟してはいない。県警を恐れることもない。週刊誌が騒ぎだせば、市議会は当然ながら、県議会や国会でも取り上げようとする政治家が、絶対に出てくる。あなたは警察庁まで巻きこんで、うちの県警のスキャンダルを全国に広める気なのか」

「大げさなことを言うな。証拠を削除した保利が責任を取れば、事は収まる。おかしな疑惑などは存在しない」

「まだ言うのか。抑えきれるわけがないでしょうが。けれど、ひとつだけ事を大きくしない方法がある。警視正――あなたが身を退くんだ」

激して目をつり上げる赤城から視線をそらさず、脇坂は冷静に告げた。

「警察官の職を辞しろ、とまでは言わない。あなたの刑事としての経験は、必ずや後輩たちの大きな財産になる。幹部職から身を退き、後進の指導に専念するんですよ。それしか県警を守るすべはない」

「うるさい。黙れ！　おれは県民のために、今日まで駆けずり回ってきたんだ。山室を説得して、県警の予算だって獲得した。その金があったから、うちの科捜研だって充実できたし、各署の鑑識だって人を増やせた。違うか、脇坂。うちの検挙率に、おれがどれだけ貢献してきたと思ってる！」

山室という大物政治家との関係を暗に認め、開き直っていた。

何が悪い。県警のためになっているだろ。多くの県民が利益を——多大な恩恵を——受けてきたのだ。同時に、彼も県警での地位と力を手にしてきた。一挙両得。どこに問題がある。

「よく考えてみろ。あの菊島が、県警のために何をしたっていうんだ。あいつはただ、与えられた仕事を無難にこなしてきただけじゃないか。あんなやつに、これからの警察が率いていけるものか」

赤城文成と菊島基。二人の間に何があったのか、脇坂は知らない。知りたくもなかった。どうせ醜い足の引っぱり合いなのだ。

「今さら言うまでもありませんが、山室の事務所関係者から、もし羽佐間社長に金が流れていたのであれば、選挙違反に該当する。たかが弱小企業の社長にわずかな金が流れたところで、選挙の大勢に影響はなかった。そう思いたいんでしょうが、ほかにも似た事例が隠されていたかもしれない。あなたは独断で犯罪があった事実を見逃そうと決め、そのことによって別の罪にも目をつむり続けてきた。警察官としては、もう失格なんだ」

淡々と言えた。目の前にいる男への敬意も畏怖《いふ》も消え失せていた。

赤城が獣のような目つきで吠えた。

「おまえごときに、何がわかる！」

「わかりますよ。この春、警察学校を出たばかりの新人にだって。罪を自覚して、身を退きなさい。わたしが言いたいことは、それだけです。——失礼します」

22:16

車で官舎を出ると、携帯電話の電源を入れた。多くの着信があったと思うが、梶谷の携帯を選んでボタンを押した。

たった一度のコールでつながった。

「副署長、今どこですか！」

「記者会見はどっちで開くことになった」

「県警です。署長はこの賀江出署に桐原もえみを呼びたいと言ってゴネましたが、上に押し切られました」

当然の選択だった。幹部はすでに、派閥争いが根底にあるとわかっているのだ。菊島一人の手柄にするような記者会見はさけたいと考える。

「署長は呼ばれたのか」

「いえ。昔の事件ですから、直接の関係はありませんし。ひとまず事実関係を、十一時から発表するそうです。桐原もえみは同席しません」

彼女のほうで断ったのだろう。頭のいい子だから、警察に利用されることのプラスマイナスを見極めたいと考えてのことだ。友人のために尽力したのであり、捜査に問題のあった警察とは深くかかわらないほうがいい、と彼女のスタッフも考えるはずだ。この事件は、まだ先々まで尾を引いていく。

「とにかく早く署に戻ってきてください。署長が頭から湯気を立てて怒ってます」

「こっちも負けずに機嫌を損ねているさ」

「は……？」

「いいから、上月を自宅に帰すなよ。嘘でも県警に報告書を出すことになったとか言って、やつを逃がすな」

自首した形の木辺透は、正式に逮捕され、すでに署に送られている。県警が身柄を横取りすることも考えられた。署の留置係長を務める上月にも、まだ多少は仕事が残っているだろうが、勝手に帰宅されては困る。

「どういうことです。彼が何か――」

「とにかく、すぐ戻る。頼むぞ」

電話を切るとともに、また電源を落とした。しばらく運転に専念して国道を飛ばした。

生憎と自分の私用車なので、パトランプを常備していなかった。信号で停まるのもももどかしく、一発免停になりそうなスピード違反を犯して車を飛ばした。

賀江出署前の路上には、早くも黒塗りのハイヤーが停車していた。三台。今はどのメディアも一般から広く情報を募っており、専用のサイトを持つ。賀江出ファームの近くに住む者が、警察の動きをメディアに知らせたのだ。もしくは、SNSに上げられた情報を、鼻の利くやつが嗅ぎつけたか。このぶんでは、賀江出署でも簡単な発表を行う必要がありそうだった。

路地から駐車場に回った。素早く車を降りると、通用口から署に駆け入った。

「待ってください、副署長」

誰かの声が聞こえたが、廊下を駆けぬけて警務課のフロアへ急いだ。荒れる息を整えながら、部屋の中を見回した。

上月浩隆は席にいた。当たり前のような顔でパソコンに向かい、キーボードをたたいている。

脇坂はそっと後ろに歩み寄った。

「あ、副署長……」

声で小松響子とわかったが、視線はそらさなかった。

書棚の横の席で、上月がこちらを向いた。脇坂を見て、憎らしいほど華やかな笑顔になった。すべてがうまく運び、手柄を上げた気でいるのだ。何か言おうと口を開きかけたが、歩み来る上司の形相がおかしいと気づいたらしい。恐怖に近いものが目に浮かび、腰を上げた。

脇坂は怒りに任せて腕を伸ばした。警部補のバッジがついた襟元をつかみ上げた。

「姑息《こそく》なことをしやがって！」

「副署長、何するんです！」

署員が驚きに声を上げた。上月の胸倉を締め上げながら、脇坂は叫んだ。

「誰も動くな。仕事をしてろ！」

「落ち着いてください、副署長」

小松響子が駆け寄ってきた。本当に度胸がいい娘だ。

目を丸くして手を上げ下げする彼女に言った。

「おれは充分、落ち着いてる。安心しろ。こいつを殴ったところで意味はない。憂《う》さも晴れやしない」

「では、手を離してください。あとで問題になります」

「問題なら、もう山積みだよ。そもそもこいつが震源地なんだ。——さあ、おれと一緒に来い」

胸倉を揺すろうとした時、血迷った上月が腕を力任せに払いのけてきた。その勢いで彼の手が脇坂のあごにぶつかった。

目の前で小さな火花が飛んだ。力では若者に敵わなかった。が、この男を断じて許すわけにはいかない。

足を踏ん張って耐え、床を蹴った。たとえ力で負けても、体重では勝っている。肩口から突進した。身がまえようとした上月の腹に、当て身を食らわした。

体当たりを受けた形になった上月が、後ろに飛んだ。机に衝突し、そのまま床にうずくまる。

「立て、上月！　さあ、署長室に行くぞ。おまえらが何をやったか、詳しく聞かせてもらうからな。ほら、立て！　それとも、まだかかってくるか！」

近づく者はいなかった。哮《たけ》り狂う副署長を見て、部屋中の者が息をつめていた。

脇坂は、うずくまる上月の襟首を後ろからつかんで引いた。

また振り払おうと手を伸ばしてきたので、その手をつかんで逆手に取った。

「みっともない真似はするな。何なら、ここに署長を連れてきてもいいんだぞ。いずれ管区警察局から監察官が来て、おまえらをたっぷりと絞り上げることになるだろうからな。どっちにしても、おまえに将来なんかあるものか。さあ、立て。ほら、さっさと歩け」

やっと理解が及んだらしく、上月はうつむいたまま立ち上がり、悔しげに脇坂を一瞥《いちべつ》した。が、すぐに力なく視線はフロアへ落ちた。

「悪いが、後始末を頼む」

乱れたデスクと散乱した書類をあごで示し、小松響子に言った。返事はなかったが、脇坂は上月の腕を引いて立ち上がらせた。

多くの署員が遠巻きにする中、背中を押して裏の階段へ向かった。こんな姿を記者に見られたら大ごとだった。

おそらく誰かが署長室に内線を入れるだろうが、知ったことではなかった。ノックはせずに署長室のドアを開けて、背を丸めた上月を先に押しこんだ。

菊島基は署長の椅子に座り、疫病神を待つような形相で腕組みしていた。奥歯を噛みしめているのが、見た目にもはっきりとわかる顔だった。

脇坂は一礼などせず、後ろ手にドアを閉めた。

「こんな時間まで、どこで何をしていた。明確な命令違反だぞ」

脇坂より歳が下なので、遠慮がちに呼びかけることが多かったくせに、今は階級にものを言わせて威圧すべしと、その場しのぎに考えたようだ。

残念だが、何の効果もない。脇坂は上月を壁際に押しやってから、署長席の前に歩んだ。

「狙いどおりになったと喜んでるなら、大間違いですよ、菊島警視正」

「何の話だ」

「少しこの男を信用しすぎたようですね」

「わたしは、誰であろうと署員を信用している」

脇坂は鼻で笑った。上月は壁にもたれたまま、うなだれている。

「こいつは下手に動きすぎた。だから、鈴本に勘づかれた」

菊島の目が泳ぎ、上月へと向けられた。この男は、なぜ鈴本が今回の事件を調べていたのか、いまだ知らずにいるのだった。あきれた楽天ぶりだ。

「こいつは、桐原もえみが一日署長に来ると決まった途端、早々と与えられた仕事を果たそうとして、羽佐間産業の情報をせっせと集めだした。倉庫にある昔の捜査記録を調べ直しただけでなく、三丁目の交番勤務に就く鈴本にまで、羽佐間産業と社長のことを尋ねたんだ。何かおかしな噂が立ってはいなかったろうか、とね」

菊島は、意味がわからないと言いたそうな顔で、首をひねる振りをしてみせた。

「この上月は、以前から鈴本を遊び半分でよくからかっていた。そのことを恨みに思っていた鈴本は、なぜこのタイミングで上月が羽佐間産業のことを訊いてきたのか不思議に思い、独自の調査を開始した。インフルエンザと称して仕事を休んだのも、白石正吾にバイクを貸したのも、そのためだった」

菊島は驚きを表情に出さないよう、懸命にこらえていた。が、頬が引きつり、目のまたたきが急に増えだした。狡知《こうち》でふてぶてしい被疑者と相対した経験を持たない警官は、急場に弱いものらしい。

「しかも、鈴本たちは、木辺の傷害致死事件を突きとめただけでなく、かつてこの賀江出署で赤城警視正の下にいた保利毅彦が、昨夜、山室雄助の秘書を長く務めて今は市議会議員になっている男の秘書から呼び出しを受けた事実もつかんでいる」

「だから何だと……」

自分には無関係だと気取るかのように、首が振られた。

「山室サイドも、かなり驚いたんでしょうね。羽佐間社長の娘と同級生だった桐原もえみが一日署長として賀江出署にやって来る。ただの偶然とは思えない。たとえ天の配剤だったにしても、九年前の事件と結びつけて考える者が出てくる。そこで、馴染みの警察官を呼び出して、真相を問いただした」

一日署長をストップさせる方法はないのか。桐原もえみの醜聞を、警察の力で見つけ出せれば、イベントを中止できる。

のちに中西は、怪しげな男たちと会ってもいた。何かしらの疑惑を、桐原もえみになすりつける相談をしたに違いなかった。しかし、男たちに断られたうえ、洋司たちの邪魔立てても入ってしまった……。

「聞き捨てならない話だな」

菊島が平然と受け流すように言った。

「とぼけるのは、やめたほうが身のためですよ。桐原もえみを一日署長に呼ぼうとしたのは、あなたの一派だと、県警の誰もがもう知ってるんだ」

「何を言ってるのか。わたしには――」

見えすいた言い訳を聞かず、脇坂は上月に視線を移した。

「では、聞こうか、上月。おまえはなぜ羽佐間産業のことを今になって調べる気になった？　ごまかすなよ、証拠は挙がってるんだ。おまえは鈴本に話を聞いたし、倉庫の記録も調べてたよな」

上月は肩で息をしていた。迷うような目を菊島へ向けた。言葉は出てこない。

「ほら、どうした。答えないか。なぜ九年前に終わった事件を調べだしたんだ。さあ、おれに教えてくれ」

上月は脇坂から目をそらし、懸命に言葉を探すように唇をわななかせた。

「気をつけてものを言えよ、上月。おれはつい先ほど、赤城警視正と保利に会ってきたところだ。二人が山室の選挙違反に目をつぶった事実を指摘したら、醜い仲間割れが始まった。赤城警視正は、すべてを保利の仕業にして、自分だけ責任逃れに走ろうとした。おまえも正直に話さないと、保利の二の舞になるぞ」

上月が自分の置かれた危うい立場に気づき、弾かれたように視線を菊島へ向けた。その態度が、事実を裏づけていた。

「正直に言ったほうが、おまえのためだ。署長から密かな指示を受けたから、九年前の事件を先に探りだした。密告の手紙を署の周囲の目立つところに置いたのも、おまえだろ。警察官なら、出迎えの時に、桐原もえみのミニバンに近づける。アルミホイルの包みを投げこんでおけば、それですべてが動き出すわけだ。下手な言い訳はよせよ。真実を包み隠さず話せば、おまえは上司にただ忠実な部下だったってことで終わる。責任は及んでこないから、安心しろ」

「脇坂、黙れ。おまえは部下に脅しをかける気か！」

菊島が烈火のごとくデスクをたたき、立ち上がった。

脇坂は冷静に首を振った。

「いいえ。わたしは上月を脅す気なんか毛頭ない。菊島警視正、わたしはあなたを脅してるんだ」

「貴様……」

「あなたは、刑事に戻りたがっていたこの上月をそそのかし、桐原もえみに手紙を送らせた。あなたは以前から、赤城警視正が山室雄助の信を得ている事実が気になり、その関係性を密かに調べさせていた。おそらくは派閥の仲間を使って。その過程で浮かび上がってきたのが、羽佐間勝孝だった。なぜなら、羽佐間は山室の選挙活動に入れ揚げていたという。ところが、その選挙が終わって間もなく、火事を起こし、事故死した。会社は山室の親族が役員を務める中央開発が吸収している。あなたは賀江出署の署長に就任したからこそ、昔の話を商店会の者たちから聞けたんでしょうね、きっと」

「勝手なことを言うな……」

デスクに置かれた菊島の両手が正直にも震えていた。

脇坂は最後の仕上げにかかった。

「羽佐間の事件があった当時の刑事課長は、赤城警視正だった。ここに何かあるのではないのか。この事件の裏に、赤城警視正と山室代議士を結ぶ糸が必ず隠されている。そう信じたあなたは、九年前の事件を、正々堂々と調べ直すことができないものか、と考えた。そして、たどりついたのが、桐原もえみというアイドルの一日署長だった」

最初は、知り合いのライターにでも調べさせることを考えたかもしれない。だが、警察官による正式な捜査に勝るものはない。せっかく署長という立場にあるのだから、部下たちを動かすことはできないものか……。

「あなたは一挙両得の方法を思いついた。桐原もえみをその気にさせるため、元同級生の名前を騙って、偽の手紙を送りつける。そのうえで、偽の羽佐間聡美と、身元の割れない携帯電話を用意して連絡を取り、桐原もえみをかつぎだした」

桐原もえみが賀江出の出身であることは、地元の商店会の者なら知っていた。いくら賀江出の出身であろうと、人気アイドルを単なる商店会の催し物に呼ぶのは難しい。しかし、警察からの依頼であれば……。

「下手な方法を使ったもんだ。いずれ本部や監察が動けば、彼らは偽の羽佐間聡美を、あなたたちの周辺からとことん見つけ出そうとするでしょうね」

菊島はまだ、無表情をつくろうのに懸命だった。見つかるはずはない、と信じたがっているのだ。が、上月は追いつめられた状況を知り、心ここにあらずの顔になっている。

「桐原もえみに薬物疑惑をかけることで、彼女に秘めた動機を語らせた。同級生から手紙をもらっていたから一日署長にやって来た。そうわかれば、九年前の事件を堂々と掘り起こすことができる。しかも、この賀江出署には、現場から外されてしまい、捜査職に戻りたくてならない副署長がいた。やつなら、血まなこになって事件を調べ直すに決まっている。手伝いの部下に上月をつければ、ヒントも与えてやれる」

すべては菊島の思惑どおりになったのだった。真相はあばかれ、赤城の汚点を引きずり出すことに成功した。多くの者が走り回った結果と言えよう。

だが、脇坂の手柄はひとつもなかった。自分はただ、鈴本のあとを追いかけただけなのだ。九年前の傷害致死事件を突きとめ、赤城たちによる選挙違反のもみ消しを白日の下に暴き出したのは、若い警察官とその仲間たちだった。

「すでに本部と管区警察局が動き出しているでしょうね。偽の手紙を送りつけ、人気アイドルに一日署長というたいした金にならない仕事をさせたことで、営業妨害になるのかどうか、わたしには判断できかねる」

「罪に問えるわけがないだろうが」

菊島が勝ち誇ったように声を上げた。

「おれは何もしちゃいないぞ。そこにいる上月だって、密告の手紙なんか書いちゃいない。今おまえが言ったように、彼が商店会の噂を聞いて、独自に九年前の事件に興味を覚え、ちょっと動いてみただけだ。そうだよな、おい、上月」

「……はい。そうであります」

崩れそうになる自分を支えでもするように背筋を伸ばし、上月が三文芝居の台詞を口にした。

証拠はどこにもないのだ。そう菊島は踏んでいる。偽の羽佐間聡美につながる証拠は出てくるものか。かたや赤城警視正たちの罪は立証され、彼らが生き残っていく道は閉ざされる。勝者となった自分たちには、まだチャンスが残されている。

「菊島警視正。わたしはすべてを本部長に話します。必要があれば、警察庁にも」

「勝手にしたらいい。笑い物になるのが落ちだ」

幹部連中がもみ消しに走ろうと、方法はいくらでもあった。東和通信の細倉なら、喜んで飛びついてくる。

もちろん、マスコミにリークすれば、県警内に多くの犠牲が生まれる。膿《うみ》を出し切るには格好のチャンスだが、県民の信頼を裏切る結果を呼ぶ。

県警が認めるわけはない。

赤城たちの罪は表ざたにはならず、密かに葬られていくのだろう。おそらくは。

「脇坂。おまえだって、現場に戻りたいだろ。よく考えてみろ。赤城という、刑事部を束ねる男がいなくなるんだぞ」

目の前に餌をぶら下げたつもりのようだった。

脇坂は笑った。まだ逃げ道があると信じる男が哀れに思えた。

たぶん、上層部も同じ手を使ってくる。県警の評判を守るために、打てる手はそう多くない。小うるさく叫ぶ男に餌を与え、黙らせるのが最も手早い。そう誰もが考える。

現場に復帰したい気持ちは、今なお強い。が、個人の満足など、二の次だった。

目の前の姑息で卑劣な男を野放しにはしない。人の善意を利用し、私利私欲を満たそうという発想を、警察官たる者が持ってはならないのだ。脇坂は言った。

「菊島警視正。ひとつだけ聞かせてください」

怒りを宿した目に、わずかな気後れが浮かんだ。

「あなたは出世を手に入れ、この警察で何を実現したいと考えていたんです」

菊島が、呆気に取られたような目を返してきた。予想もしていなかった問いかけだったらしい。

その態度で、彼には警官としての志などなかったのだ、と確信できた。だったら、なぜ警官になろうとしたのだ。そう問い直したところで、納得のできる返事が得られるはずもない。

「警察官としてのあなたは、もう終わったんだ。あとは監察が何を言ってくるか、楽しみにしていましょう」

それだけ言って、もはや警官ではない男に背を向けた。


署長室を出ると、廊下に私服姿の鈴本英哉が立っていた。聴取に応じていたのだろう。脇坂を見るなり、姿勢を正した。

「本当にご迷惑をおかけしました。猪名野課長にすべてを打ち明けました」

「署長に頭を下げることはないぞ。上月が羽佐間産業を調べたのは、署長直々の命令だったからだ」

「いえ。副署長が上月さんを殴りつけて署長室へ向かった、と聞きましたので……」

「おれを心配して来てくれたのか」

脇坂は、大真面目な顔を作る鈴本を見て微笑んだ。近づいたら火の粉が飛んでくると警戒したらしく、廊下に署員の姿は見当たらなかった。

苦笑を嚙み殺していると、階段ホールで人影が動いた。

小松響子が進み出てきた。脇坂と目が合うなり、彼女は踵を合わせて姿勢を正した。迎えてくれる者が二人もいたのだ。それを喜ばないでどうする。彼女に微笑みかけると、その後ろでまた影が動いた。

今度は、猪名野と梶谷だった。二人も小松響子の横に進み、踵を合わせてみせた。そろって気障《きざ》なことをしてくれる。

脇坂は彼らの顔を正面から見ていられず、目の前に立つ若者に視線を戻した。

「おい、鈴本」

「……はい」

「おまえ、刑事試験を受ける気はないか」

思いついて言うと、鈴本は正直にも視線を落とした。

「実は……猪名野課長にも言われました」

「刑事という仕事は嫌いか？」

鈴本が視線を戻し、首を振った。

「いえ……。しかし、近隣住民に喜んでもらえる今の交番勤務が、ぼくは好きなんです」

本当に欲のない男だった。犯人を挙げて、名と男を上げることに興味はない。多くの住民に感謝される仕事だから、手ごたえが持てる。これが最近の若者なのだろう。

「いいさ、気にするな。おまえは自分の信じる警官の道を歩けばいい。明日からまたバリバリ働いてもらうぞ」

「……はい」

胸を張って声を上げるどころか、はにかむように頭をかきながら、鈴本は小さな声で言った。

その肩を景気づけにたたいたあと、脇坂は廊下に立つ警官たちに背を向け、裏の階段を一人で下りていった。

エピローグ

23:43

日付が変わろうとするころ、窓の外で車の停まる音が聞こえた。車庫の扉が音を立てた。父が帰ってきたのだった。

康明の読みどおりになったことを驚き、由希子は母と顔を見合わせた。母が笑いながら席を立ち、父を迎えに廊下へ出ていった。当の康明は素知らぬ顔を気取っていたが、掌をズボンの腰にこすりつけているところを見ると、少しは緊張しているようだった。

チャイムが鳴って、玄関のドアが開いた。

「お帰りなさい」

いつものように母が出迎えた。何度もくり返されてきた光景だった。捜査本部につめて一週間ぶりの帰宅だろうと、刑事の仲間が怪我を負ったと聞かされたあとであろうと、母は何もなかったかのように出迎えていた。お帰りなさい。そのひと言に多くの思いがこめられていたのだと、今はわかる。

「誰か来ているのか」

「決まってるでしょ。男物の革靴があるんだから。康明さんのほかに誰がいるのよ」

母の機嫌よさそうな笑い声が聞こえてくる。

怒ったような足音に続いて、暖簾が揺れた。

父の、これまたいつもの不機嫌そうな顔が現れたのを見て、康明が素早く立ち上がった。

「お疲れ様です。大変な一日でしたね」

きびきびとした動作は上司に向けてのものだったが、かけた声は義理の息子としての親しみにあふれていた。

父がダイニングのとば口で足を止め、由希子にまで睨むような目を向けた。癪《しゃく》なので笑みは見せずに言った。

「お帰りなさい。もう二時間近くも待ってたのよ、この人」

父はまた康明に目を戻し、これ見よがしの吐息をついた。肩を落として食卓へ歩むと、自分の席の椅子を引き、また吐息をつきながら腰を下ろした。

「さすがだな……。官舎に戻れば、ブン屋どもが待ち受けている。だから今日は、足を伸ばして自宅に戻るはず。まさしく読みどおりだよ」

「本当にお疲れ様でした。実は、我々のほうでも、中央開発の贈収賄事件に関して内偵を始めていたところでした」

康明が一礼してから椅子に座り、口ぶりを警察官のそれに変えて言った。

「なるほどな。その過程で、おれが手がけた例の事件との関連が出てきたわけだな」

五年前、父が指揮を執った贈収賄事件のことだ。部下が証拠を紛失しかけて、父までが責任を負わされたことは、由希子も聞かされていた。

「わたしは特務チームから外れるつもりでいたのですが、うちの本田《ほんだ》課長はかなりの策士でして。いざとなったら、お義父さんから情報提供も受けやすいと考えたようなんです。由希子には、少し心配をかけてしまいましたが……」

「そうよ。お父さんのことを調べてるわけでもないんだから、そう正直に説明してくれればよかったのに」

本当に康明は根が生真面目すぎる。いいや、頭が固いのだ。性格が、根っからの警官なのだとも言える。

家に帰って由希子と顔を合わせれば、態度から何かを悟られかねない。そう考えて、しばらく家を空けることを決めたのだという。

「廊下で待っていて声をかけてきたのは、おれに手がかりを与えるためか」

「いいえ、そんなことはありません」

「だったら、どうして五年前に保利がおれの近くにいたことを指摘してきた」

由希子は驚き、夫の横顔を見つめた。

どうやら父を利用して、捜査を進展させたみたいだ。義理の父親を焚きつけるとは、康明も上司に負けず、かなりの策士らしい。

「そんな細かいこと、どうだっていいじゃありませんか」

母が笑いながらお茶を淹《い》れ始めた。

「よくない！」

父が悔しそうな顔になって、平手でテーブルをたたいた。

「どうだっていいわけが、あるものか。署では、おれより先に若い警官が動いてて、ほとんどそいつ一人で九年前の事件を解決まで導いたんだぞ。おまけに、妻と息子までが、その捜査に手を貸してたようなもんじゃないか。そのうえ、五年前の事件まで、娘婿に先を越されてたんじゃ、おれはただの使いっ走りだろうが！」

「それでもいいじゃありませんか。骨折り損のくたびれもうけでも、事件は解決したんでしょ。警察官の務めはきちんと果たせたわけなんだから、ねえ」

母がまた笑いながら言い、康明に同意を求めた。

「今日一日ですべて解決したのは、お義父さんが全力で走り回ったからです。正直、うちのチームでも、さすが脇坂さんだと持ちきりでした」

「下手に持ち上げるな。県警本部はしばらく嵐に見舞われるぞ。覚悟しとけよな」

「わかっています。そのことに関して――ひとつご相談があります」

康明が居住まいを正して切り出すと、父が目をぱちくりさせた。

「なんだと……。そのために、ここで待ってたわけか、あきれたな」

由希子も呆気に取られた。どこまで策士なのか……。

康明が声を低めて父に言った。

「実は、水盛修三の秘書、中西昌広《まさひろ》には、政治資金規正法違反の容疑が浮かんできています。中央開発もふくめて、新たな問題もあり、五年前の件も関係してきているかもしれません。ですので、賀江出署との合同捜査本部を立ち上げたいと、うちの課長が申しております」

「いいのか？　中西と水盛をたたけば、山室を敵に回すことになるぞ」

「当然そうなるでしょうね。残念ながら、九年前の選挙違反は時効が成立しており、手は出せません。しかし、ほかに打つ手がないわけではありません」

「何がある」

丸まっていた父の背中が、すっと伸びた。疲れきっていた顔に、血色までが戻ったように見える。

「九年前の事件がクローズアップされてきたことで、ガサ入れのしやすい状況ができています。これを利用しない手はない、と本田課長が言っています」

「確かにそうだな。明日にも直ちに動くべきだ」

「そのために、知恵をお貸しください。早急に」

康明が意味ありげに声を落とすと、父が急に席を立った。

「本田はまだ本部だな」

「もちろんです」

康明までが立ち上がった。

父がテーブルに置いた車のキーをつかみ直した。そのまま廊下へ歩きだした。康明が
テーブルを回りこんで、あとに続いた。

「待ってよ。今から本部に行くわけなの？」

由希子が驚いて腰を浮かすと、母が笑いながら手で制してきた。廊下に消えた二人に向かって声をかける。

「いってらっしゃい。気をつけてくださいよね」

母まで何を考えているのだ。どうしてこんな時に笑っていられるのか。康明がこの家に来たのは、由希子に頭を下げるためではなかったのだ。冗談じゃない。

窓の外でエンジン音が高鳴った。すでに時刻は十二時をすぎている。なのに、これから県警本部へ駆けつけるとは……。

何を考えているのか、あきれてものが言えなかった。

もうお手上げだ。

父といい、康明といい、どうしようもないほど生粋《きっすい》の、馬鹿真面目でおめでたい、根っからの警察官のようだった。

解説

吉田伸子

おぉ、これは、真保裕一版「24—TWENTY FOUR—」ではないか！

「24—TWENTY FOUR—」とはFOXで放送された、アメリカのドラマで、架空のアメリカの連邦機関CTU（テロ対策ユニット）LA支局の捜査官ジャック・バウアーが主人公。

国家を脅かすテロ組織に立ち向かうジャックの死闘（文字通りの！）が描かれている。一話一時間で二十四話完結、というリアルタイム進行の斬新さ、これでもかとばかりのてんこ盛りアクションでありながら、実はたった一日のうちに起こった話である、というそのギャップ。何より、一時間前の友は二時間後の敵、みたいな展開の妙。観始めたら最後、やめられない止まらない、超超人気ドラマのことである。

本書もまた、一日の話だ。主人公は、とある地方の警察署である賀江出署の副署長である脇坂誠司《わきさかせいじ》。彼の、ジャック・バウアーばりの活躍を描いたのが本書なのだ。ドラマの「24」同様、何より物語の〝入り〟がいい。

父と同じ警察官のもとに嫁いだ脇坂の娘・由希子《ゆきこ》が深夜、実家に帰るところから、物語は幕を開ける。全開になったままの門扉にも抱いた由希子の違和感は、人気のないリビングで、ますます強まる。そのままダイニングに足を向けると、テーブルにはカップ麵。食べかけと思《おぼ》しきそのカップ麵は、まだ温かかった。弟の洋司《ようじ》の食べかけだろうと思いつつ、流しをのぞくと、そこには母と弟の夕食の食器が洗われないまま、残されていた。几帳面《きちょうめん》な母親にあるまじきその状態に、由希子は不安を覚える。弟の携帯を鳴らしても、呼び出し音の後に音声メッセージが流れるだけ。母の携帯を鳴らしてみるも、こちらも出ない。

これはもしや、父になにかあったのでは。部下のミスで責任を取らされ、今は現場を退いてはいるものの、仕事が仕事なだけに、不安を拭えない由希子は、父の携帯に電話をする。不機嫌な声で応じた父は、母や弟の心配をするどころか、逆にこんな時間に実家にいる由希子に、「喧嘩《けんか》でもして戻ってきたのか」と苦言を呈してくる。時刻は十二時半。由希子の不安は拭えないまま。

次の場面では、時刻は早朝、四時五分。目撃者からの通報で駆けつけた警官二人が、現場で目にしたのは、カーブを曲がり損ねて転倒したと見られる五十ccのスクーター。署の通信係に連絡して、ナンバーを確認してもらっている間、付近を調べてみても、運転者の姿は見当たらない。

通信係に再度連絡を入れると、該当車の登録名義人が判明したことが分かる。が、そこからが問題で、それは、賀江出署の地域課三係で、最も若い巡査部長の母親だった。

しかも、その母親は自宅にいて、スクーターを主に使っていたのは、当の巡査部長・鈴《すず》本英哉《もとひでや》だ、という。現職警官が、管内で事故を起こしたまま、現場を離れる。しかも、署には一切連絡なし。大問題になりかねないこの状況を前に、現場の警官は思い至る。今日は賀江出署にとって、特別な日だ、と。だから、逃げたのか——。

と、ここまでがプロローグ。脇坂の妻である由希子の母は？　息子である洋司は？　そして、事故を起こしたスクーターを乗り捨てて〝逃げた〟鈴本巡査部長は何処《どこ》に？　この、不穏さを漂わせた〝入り〟で、摑《つか》みはばっちり。のみならず、物語を読み進めていくと、全てはこの冒頭の、脇坂の妻と息子の不在が鍵となっていることが分かる。その物語構成の巧みさ。何よりも、読者を先へ、先へと牽引していく手つきが実に鮮やかだ。

このプロローグを経て、第一章が始まる。鈴本が実は署内では〝問題児〟扱いされていること——前任の署で持て余され、署長が二年越しに県警にかけあって、昇進を理由に賀江出署に異動になっていた——、特別な日、というのは、地元出身の女性アイドルが、春の交通安全運動のスタートを飾るため、一日署長を務める、その日であることが、明かされていく。

要するに、脇坂には、鈴本の〝事件〟を追うと同時に、件《くだん》のアイドルの一日署長のイベントをつつがなく終わらせる、という二重の責務が課せられたのだ。しかも、ことがことだけに、イベントに支障をきたすことなく、隠密かつ速やかに〝事件〟の解決を図らなくてはならないのだ。畢竟《ひっきょう》、副署長となって以来、現場からは遠ざかっていた脇坂自身が動かなければいけなくなる。

　物語が進むにつれ、〝事件〟は複雑化していく。管内の中学校で、職員室の鍵が壊されるという新たな案件が発生するわ、一日署長を務めるアイドルが薬をやっている、との怪文書が見つかるわで、脇坂は文字通りてんてこ舞い。その怪文書を受けて、女性アイドルが、実は自分はある目的があって、一日署長になったのだと告白するところから、物語はさらなる迷路へと踏み込んでいく。

　同時に、冒頭で描かれた、脇坂の妻と息子が深夜に不在だった謎を、こちらは娘の由希子が追っていく。母と弟、それぞれの応対に、彼ら二人が何かを故意に隠していると確信した由希子は、父親張りの捜査能力を発揮して、二人の行動を推理していくのだ。

　やがて、鈴本の〝事件〟も、女性アイドルの目的も、全ては九年前に起きた、ある事務所の火事、に集約していく。この流れが、実にスリリング。畳み掛けるように発生する新たな事案、時間を追うごとに苦しい立場に追い込まれていく脇坂。脇坂の家庭内は家庭内で、由希子が追いかける謎は、謎が謎を呼ぶように、不穏さを増していく。

　ばらばらに巻き起こっていたことが、やがて一つの筋にまとまっていく。九年前にあった事件を洗い直し始めた脇坂がたどり着いた〝真実〟とは何か。スクーター事故放置から始まった点と、深夜、脇坂家に起こった異変から始まった点は、一体どうやって結ばれていくのか。

実は、脇坂自身の背景には、五年前に起きたあること――それが冒頭に書いた、部下のミスで責任を取らされた、ということなのだが――があり、そこに絡んでくるのは、警察という組織内での派閥問題であり、県警での次期ポストを巡る水面下での陰湿な争い、が根底にあり、本書の大きな枠組みになっているのである。あたかも「24」ばりのノンストップな展開は体《てい》にすぎない。本質は、ずしりと重厚感のある警察小説なのだ。加えて、そこに、脇坂家と脇坂家を巡る家族小説の要素までをも盛り込んだのが、本書の醍醐味。このあたりの手際に、物語巧者である真保さんの手腕が光る。

真保さんといえば、第十七回吉川英治文学新人賞受賞作であり、国産冒険小説の金字塔の一つにあげられる『ホワイトアウト』を真っ先にあげる読者も多いと思う。他にも、初期の頃の公務員を題材にした〝小役人〟シリーズや、外交官・黒田康作を主人公にした『アマルフィ』をはじめとするシリーズ、『デパートへ行こう!』から『オリンピックへ行こう!』に連なるお仕事小説「行こう!」シリーズ、そして時代小説、と、その作風は幅広い。

真保さんの著作に共通するのは、物語の重層さと、構成の妙なのだが、それは本書でも存分に活かされていて、前述した通り、骨太の警察小説に家族小説を絡めたことで、味わいがぐんと深みを増している。ワーカホリックぎみの父親に愛想を尽かしつつも、警察官という仕事を誇らしく思っている由希子――夫と喧嘩して、深夜に実家を訪れた由希子だったが、その喧嘩もちゃんと物語のラスト、意外な形で始末がついている――、実はなかなかの知恵者だった由希子の夫。それらがエピローグで描かれることで、読者はこの、根っからの警察官である脇坂はもちろん、脇坂家の面々に対して、なんだか微笑ましい気持ちになることができるのだ。最初から最後まで、読者サービスに徹した、真保さんのプロ意識の高さ、を存分に味わえるのが本書なのである。

本書は映像化、特に連続ドラマ化に適した作品だと思うのだが、映像化した場合の、妄想配役を。主人公の脇坂には松重豊《まつしげゆたか》（「孤独のグルメ」！）、脇坂の娘、由希子は成海璃子《なるみりこ》。脇坂の息子、洋司には山田裕貴《やまだゆうき》、脇坂の妻にはキムラ緑子《みどりこ》。一日署長を務める女性アイドルは上白石萌歌《かみしらいしもか》。一癖ありそうな今どきの青年で、本書の鍵を握る人物でもある鈴本には清水尋也《しみずひろや》。なかなかいいキャスティングじゃないか、と思うのですが、どうでしょう。

（よしだ・のぶこ　文芸評論家）

本書は、二〇一六年十一月、集英社より刊行されました。

初出　「小説すばる」２０１６年２月号～７月号

図版／柴田尚吾（PLUSTUS++）

集英社文庫　目録（日本文学）

清水義範　信長の女
清水義範　会津春秋　夫婦で行くイタリア歴史の街々
清水義範　ifの幕末　夫婦で行くバルカンの国々
清水義範　夫婦で行く旅の食日記　世界あちこち味巡り
清水義範　夫婦で行く意外とおいしいイギリス
清水義範　夫婦で行く東南アジアの国々
下重暁子　鋼《はがね》の女《ひと》　最後の瞽女《ごぜ》・小林ハル
下重暁子　不良老年のすすめ
下重暁子　「ふたり暮らし」を楽しむ　不良老年のすすめ
下重暁子　老いの戒め
下川香苗　はっこい
下村一喜　美女の正体
朱川湊人　水銀虫
朱川湊人　鏡の偽乙女　薄紅雪華紋様《うすべにせっかもんよう》

小路幸也　東京バンドワゴン
小路幸也　シー・ラブズ・ユー　東京バンドワゴン
小路幸也　スタンド・バイ・ミー　東京バンドワゴン
小路幸也　マイ・ブルー・ヘブン　東京バンドワゴン
小路幸也　オール・マイ・ラビング　東京バンドワゴン
小路幸也　オブ・ラ・ディ　オブ・ラ・ダ　東京バンドワゴン
小路幸也　レディ・マドンナ　東京バンドワゴン
小路幸也　フロム・ミー・トゥ・ユー　東京バンドワゴン
小路幸也　オール・ユー・ニード・イズ・ラブ　東京バンドワゴン
小路幸也　ヒア・カムズ・ザ・サン　東京バンドワゴン
小路幸也　ザ・ロング・アンド・ワインディング・ロード　東京バンドワゴン
小路幸也　ラブ・ミー・テンダー　東京バンドワゴン
白石一文　彼が通る不思議なコースを私も
白石一文　光のない海
白河三兎　私を知らないで
白河三兎　もしもし、還る。

白河三兎　十五歳の課外授業
白澤卓二　100歳までずっと若く生きる食べ方
城山三郎　臨3311に乗れ
辛永清　安閑園の食卓　私の台南物語
辛酸なめ子　消費セラピー
新庄耕　狭小邸宅
新庄耕　ニューカルマ
真堂樹　帝都妖怪ロマンチカ　～猫又にマタタビ～
眞並恭介　牛と土　福島、3・11その後。
神埜明美　相棒はドM刑事《デカ》　～女刑事・海月の受難～
神埜明美　相棒はドM刑事《デカ》2　～事件はいつもアブノーマル～
神埜明美　相棒はドM刑事《デカ》3　～横浜誘拐紀行～
真保裕一　ボーダーライン
真保裕一　誘拐の果実(上)(下)
真保裕一　エーゲ海の頂に立つ
真保裕一　猫背の虎　大江戸動乱始末

集英社文庫　目録（日本文学）

集英社文庫

脇坂副署長《わきさかふくしょちょう》の長《なが》い一日《いちにち》

2019年11月25日　第1刷　　定価はカバーに表示してあります。

著　者　真保裕一《しんぽゆういち》
発行者　徳永　真
発行所　株式会社　集英社
東京都千代田区一ツ橋2-5-10　〒101-8050
電話　【編集部】03-3230-6095
【読者係】03-3230-6080
【販売部】03-3230-6393（書店専用）
印　刷　凸版印刷株式会社
製　本　凸版印刷株式会社

フォーマットデザイン　アリヤマデザインストア　　マークデザイン　居山浩二

ISBN978-4-08-744045-4 C0193